U0452150

现代学人的信仰

刘梦溪 著

图书在版编目(CIP)数据

现代学人的信仰/刘梦溪著.—北京:商务印书馆,2015

ISBN 978-7-100-11398-4

Ⅰ.①现… Ⅱ.①刘… Ⅲ.①随笔－作品集－中国－当代　Ⅳ.①I267.1

中国版本图书馆 CIP 数据核字(2015)第 125113 号

所有权利保留。
未经许可,不得以任何方式使用。

现代学人的信仰

刘梦溪　著

商　务　印　书　馆　出　版
(北京王府井大街 36 号　邮政编码 100710)
商　务　印　书　馆　发　行
北　京　冠　中　印　刷　厂　印　刷
ISBN 978-7-100-11398-4

2015 年 7 月第 1 版	开本 880×1230 1/32
2015 年 7 月北京第 1 次印刷	印张 9 1/2 插页 2

定价:45.00 元

目 录

题记 / 1

王国维的诸种矛盾和最后归宿 / 7

王国维陈寅恪"气类忘年" / 23

陈寅恪的"哀伤"与"记忆" / 37

陈寅恪是一位贵族史家 / 50

吴宓和"雨僧日记" / 56

晚年的陈寅恪与吴宓 / 62

钱锺书与陈寅恪的异同 / 68

钱锺书的学问方式 / 79

章太炎和晚清诸子学 / 100

章太炎与国学 / 111

马一浮的佛禅境界和方外诸友 / 120

熊十力与《新唯识论》 / 155

冯友兰和"贞元六书" / 173

金岳霖的逻辑 / 184

傅斯年的胆识 / 191

蔡元培与中国哲学的现代化 / 198

中国现代史学人物一瞥 / 206

悲剧天才张荫麟 / 221

学问天才陈梦家 / 226

张申府一篇文章的代价 / 230

学兼四部的国学大师张舜徽 / 236

茅盾与红学 / 247

"花落花开,水流不断"——缅怀赵朴初先生 / 262

"高文博学,海外宗师"——怀念柳存仁先生 / 268

现代学者晚年的宁静 / 286

附录一 儒家话语下的宗教与信仰 / 292

附录二 一架子书和一所荒凉的花园 / 300

题记

中国现代学术就历史时间段而言，主要指晚清民国以还，包括辛亥革命前后、五四前后，以及后五四时期的二十世纪二十年代、三十年代、四十年代，直至后来与当代学术段域相重合部分，前后经过了百年的时间。中国现代学术的总成绩，我认为那是清中叶的乾嘉之后，中国学术的又一个高峰。

不同于往昔的特殊之点在于，二十世纪现代学者的学问结构，在西学的训练方面，无论汉、宋儒还是清儒，都不能与之同年而语。而他们的国学根底，又为后来者难以望其项背。此无他，盖二十世纪中国现代学人的历史环境和个人的身世经历使然。他们处身于社会转型、新旧交替的开放之世，往往十几岁或二十几岁，便负笈游学欧美和日本，掌握一到数种异域文字，屡见不鲜。他们中的佼佼者又大都出生于旧学根底深厚的家庭,所受教育得天独厚,诗词古文和四书五经不必说,有的十几岁就读完了十三经、前四史和诸子集成,特异者至有能够背诵其中的大部分内容。

所以尽管他们所处的时代环境,正值古与今、新与旧、中与西的文化交织震荡之时,他们自身却从不发生文化失重现象。陈寅恪十三岁开始游学日本,后断续在欧美的大学和研究院,前后停留异域有十七年的时间,主要以研习治学工具为课业,掌握十余种外域文字,所受西学浸润自不待言。但寅老在自己的著述中很少露出西学的痕迹。相反一再申说嘱咐:"其真能于思想上自成系统,有所创获者,必须一方面吸收输入外来之学说,一方面不忘本来民族之地位。"陈寅恪如是,本书所涉及的严复、梁启超、王国维、吴宓、马一浮、章太炎、熊十力、冯友兰、蔡元培、傅斯年等现代学人,莫不如是。钱锺书掌握的外域文字看来没有陈寅恪多,但对英、法、德、意、西班牙诸国文字运用的精熟,容或在陈寅恪之上。但钱先生的名言是:"东海西海,心理攸同;南学北学,道术未裂。"胡适之先生早年尝有"西化"之说,但英文笔下关涉到中国文化,正面叙论之外鲜有异词。王国维则视古今中西之"学"为一体,认为强为之分中西、分古今、分手段和目的、分有用与无用,均所谓不知"学"者也。

王国维扮演了现代学术开山的角色,早年究心西学,对西哲康德、叔本华读其书而大好之。嗣后一变而为中国诗学和宋元戏曲，再变而为古文字古器物古史研究。学术创获在现代学人中首屈一指。但一生矛盾，遽发一时，最后以自己的方式遁走人寰，时在1927年6月2日。两年后，与王气类相投的陈寅恪，受命撰写《清华大学王观堂先生纪念碑铭》，其中的经典名句是："士之读书治学，盖将以脱心志于俗谛之桎梏，真理因得以发扬。思想而不自由，毋宁死耳。斯古今仁圣所同殉之精义，夫岂庸鄙之敢望。先生以一死见其独立自由之意志，非所论于一人之恩怨，一姓之兴亡。"又说："惟此独立之精神，自由之思想，历千万祀，与天壤而同久，共三光而永光。"独标为学必须具备的"独立自由之意志"、"独立之精神，自由之思想"，并视若生命，终生以之，绝不动摇。中国现代学人的志节、精神、信仰，王、陈堪称典范。

五十年代初陈寅恪还曾说过："无自由之思想，则无优美之文学。"揆诸百年以还的中国现代学人，无一不可为证。梁任公的笔墨含情、汪洋恣肆的大块文章，盖其思想自由使之耳。章太炎的挥斥古今，空诸依傍，牢狱不能折其志，羁縻无法诱以降，亦独立自由之意志挺之也。相反，为学而不能守持独立自由之意志，则学术创获必受影响。

高士逸人马一浮，居僧舍，栖陋巷，学富五车，粹然儒宗。不意日寇犯华，战乱流离之际，应民国政府之最高层邀为创办复性书院，虽有一定经费拨给，仍恪守学术独立，坚持书院置身于现行教育体制之外。而前此讲"六艺之学"于播迁至江西泰和、广西宜山的浙江大学，开讲即向诸生示教言曰："此是某之一种信念，但愿诸生亦当具一种信念，信吾国古先哲道理之博大精微，信自己身心修养之深切而必要，信吾国学术之定可昌明，不独要措我国家民族于磐石之安，且当进而使全人类能相生相养而不致有争夺相杀之事。"其怀抱信仰由国族而及于全人类，当艰苦蹇难之际，发此沉着刚毅之音，信念何其坚牢乃尔。他的精神旨归是："天下虽干戈，吾心仍礼乐。"

而在1938年6月，马一浮在赠浙江大学毕业诸生的序中，又引《大戴礼·哀公问五义篇》对"士"的解释。哀公问孔子："何如则可谓士矣？"孔子回答："所谓士者，虽不能尽道术，必有所由焉；虽不能尽善尽美，必有所处焉。是故知不务多，而务审其所知，行不务多，而务审其所由，言不务多，而务审其所谓。知既知之，行既由之，言既顺之，若性命肌肤之不可易也。富贵不足以益，贫贱不足以损。若此，则可谓士矣。"马先生可谓用心良苦。他说古代的"士"，即相当于今天的知识分子。"知识"的"知"，须是知其然，又知其所以然，而且知而能行。行亦不在多寡，重要的是"审其所由"，知道为什么这样做。既然做了，就无不可对人言。问题是要"审其所谓"，明白其中的道理为何。此即知识分子应该有独立认知的意识。所以《大戴礼》释"士"，才有"若性命肌肤之不可易"的关键词。不可"易"者何？"士"之"志"也。无论贫穷抑或富贵，都不能降其志。《论语·子罕》："三军可夺帅也，匹夫不可夺志也"，亦为斯义。马先生解"志"为

"敬"，即个体生命的自性庄严。这和陈寅恪力倡的"独立之精神，自由之思想"，完全若合符契。我近年研究中国传统价值理念在当代可能有的意义，尝提出"敬"这个价值理念，已进入中华文化的信仰之维。

中国现代学人中的第一流人物，正是由于做到了志不可夺，独立自由之意志不可动摇，学问与人格才见出精彩。王国维如是，陈寅恪如是，马一浮如是，钱锺书亦复如是。只不过呈现的方式，因各人的经历、环境、性格的不同，而有所区分。对学问本身的坚守，即为独立自由之意志未见夺的表现。主张历史写作可以带有审美追求的张荫麟，只活了三十七岁，但以高才与执着、勤奋与敏锐，赢得同侪俊杰的一致赞许。他的学问如同他的性格，最当得"不苟"二字。不到二十岁时他就提出，学者应有"作家的尊严"。所谓"作家的尊严"，就是为学为文要独到，有个性，有自己的风格。其所著述与所言互为表里，皆能"审其所谓"和"审其所由"。一部仅写到东汉的《中国史纲》，引无数学人竞折腰。他的早逝，实与情感的挫折有关。但在他的好友、哲学家贺麟看来："求爱与求真，殉情与殉道，有同等的价值。"陈寅恪、吴宓、钱锺书、熊十力、钱穆等学术重镇都曾为他的早逝著文哀悼。陈的挽诗有"与叙交情忘岁年"句。钱锺书的哀诗则云："气类惜惺惺，量才抑末矣。"不约而同地表达惺惺相惜之意。本书所收《悲剧天才张荫麟》一文，所叙论掘发即为此一义谛。

我对二十世纪中国现代学人发生兴趣，源于上世纪八十年代的一次学术转变。我由阅读王国维、陈寅恪、钱锺书而窥得现代学术的无量藏。大家知道本人在二十年前，曾主持编纂过一套大书，名为《中国现代学术经典》，两千余万字，积七年之功始竟其役。此举的是非功过姑置勿论，对我个人为学而言，是使我有机会熟悉现代学术的知识谱系，包括典范人物和历史流变，如历史的记录影像一样刻印在我的脑际，挥之不去不说，想忘却他们已不能做到。后来我的集中研究王国维、陈寅恪、马一浮等几宗学术个案，即与此直接有关。他们之外的现代学术人物，亦难免时而专论，时而合论，不断地反复出现于自己的笔端。本书所收的各篇文字，就是二十年来陆续所写。只有《钱锺书的学问方式》和《钱锺书与陈寅恪的异同》两篇，是为最近写就。其实我研钱所下的功夫，一点不少于陈寅恪和马一浮，此两文的成稿，我感到了些许安慰。

中国二十世纪现代学人的知识群体，他们的独标与秀出、性情与著述、谈吐与风致、精神与信仰，确有足可传之后世而不磨的典范意义。他们精神世界所具有的优长，恰好为我们今天的学术界所缺乏。缅怀赵朴初和柳存仁两先生的文字一并收录，是觉得他们身上不无我心仪的现代学人的流风遗绪，亲聆謦欬，感会尤深。附录的文字则关乎读书、为学和儒家的信仰传统，仅供本书读者聊作参证而已。

（2015年4月3日记于北京之东塾）

王国维的诸种矛盾和最后归宿

我所说的最后归宿,是指1927年的6月2日,王国维在颐和园的鱼藻轩前面投水自杀,死的时候才五十一岁,正值他的学术盛年。中国最了不起的学者,现代学术的开山,清华国学研究院的导师,逊帝溥仪的老师,全世界闻名的大学问家,突然自溺而亡。这个事件当时震惊了全国,也可以说震动了世界。近百年以来,对于王国维的死因,远不能说已经研究清楚,至今仍是学术界一个大家饶有兴趣探讨的学术之谜。

我这里并非专门研究王国维的死因,不想在这个问题上试图得出一个最后的结论。只是想说明,王国维始终是一个矛盾交织的人物,他的精神世界和人生际遇充满了矛盾。下面,我把他一生的矛盾概括为十个问题层面,逐一加以探讨,敬请关心静安其人其事其学的朋友不吝指正。

王国维

一 个人和家庭的矛盾

王家的先世最早是河南人，在宋代的时候官做得很大，曾经封过郡王。后来赐第浙江海宁盐官镇，便成为海宁人。但宋以后他的家世逐渐萧条，变成一个很普通的农商人家。到他父亲的时候，家境已经很不好了。他的父亲叫王乃誉，有点文化修养，做生意之余，喜欢篆刻书画。还曾到江苏溧阳县给一个县官做过幕僚。喜欢游历，走过很多地方，收藏许多金石书画。王国维出生那一年，王乃誉已经三十岁了。浙江海宁盐官镇是王国维出生的地方。这块土地人才辈出，明代史学家谈迁是海宁人，武侠小说家金庸也是海宁人。王国维对自己的家乡很自豪，写诗说："我本江南人，能说江南美。"

但王国维四岁的时候，母亲就去世了，由祖姑母抚养他。从小失去母爱的孩子，其心理情境可以想见。有记载说，王国维从小就性格忧郁，经常郁郁寡欢。不久父亲续娶，而后母又是一个比较严厉的人，王国维的处境更加可怜。他十几岁的时候，有时跟一些少年朋友聚会，到吃中饭时一定离去，不敢在外面耽搁，怕继母不高兴。这种家庭环境对一个孩子、一个少年儿童，影响是很大的，可以影响到他的一生。所以我说这是一重矛盾，即个人和家庭的矛盾。

二 拓展学问新天地和经济不资的矛盾

晚清的风气，特别1895年中日甲午战争中国战败以后，掀起了变革现状的热潮，所有富家子弟，只要有条件的都想出去留学。王国维家境贫寒，没有这个条件。他因此自己非常焦急，父亲也替他着急，但没办法，只好"居恒怏怏"。十七岁的时候，他也曾应过乡试，但不终场而归。二十二岁结婚，夫人是海宁同乡春富庵镇莫家的女儿，莫家是商人家庭。他的婚姻，依我看未必幸福。想提升学问，没有机会。想出国留学，却得不到经济支持。这是影响王国维人生经历的一个很大的矛盾。

三 精神和肉体的矛盾

王国维小的时候，身体羸弱，精神非常忧郁，这跟继母有很大关系，也和父亲的不理解有关系。父亲王乃誉对他的要求是严格的，日记里对儿子的成长做了很好的设计，但不理解儿子的心理和学问志向。而王国维的思想非常敏感，从小就是一个智慧超常发达的人。一个很瘦弱的身体，你看王国维的照片，就可以看出来，智慧却超常。所以他在《静安文集》的第二篇"序言"里讲："体素羸弱，性复忧郁，人生之问题，日往复于吾前。"已经说得再明白不过，这就是他年轻时候性格的特点，这特点延续了他的一生。这就是我所说的一个人的精神和肉体的矛盾。

四 追求学术独立和经济上不得不依附于他人的矛盾

这也是伴随他一生的矛盾。王国维一生中有一个大的际遇，也是伴随他一生的问题，甚至他的最后归宿都与之有关，这就是他和罗振玉的恩怨。王国维自己家里贫穷，不能到国外游学；应试，屡考不中；当过塾师，但很快就辞职了。直到二十二岁的时候，才有一个机会，到上海《时务报》做一份临时工作。《时务报》是汪康年所办，主笔是梁启超，章太炎也在《时务报》工作过。这是当时维新人士的一份报纸，在全国有很大影响。不过王国维参加《时务报》工作的时候，梁启超已经到了湖南，应陈宝箴、陈三立父子之约，主讲时务学堂。

王国维在《时务报》只是一名书记员，做一些抄抄写写的秘书之类的工作。他海宁的一位同乡在《时务报》工作，因为家里有变故，回海宁处理家事，让他临时代理。一个大学者的料子做如此简单的工作，未免屈才。但他很勤奋，做了一段时间之后，恰好当时上海有一个专门教授日文的东文学社，是罗振玉办的，他就利用业余时间去那里学习日文。在那里认识了罗振玉。认识的机缘，是罗振玉看到王国维给一个同学写的扇面，上面有《咏史诗》一首："西域纵横尽百城，张陈远略逊甘英。千秋壮观君知否？黑海东头望大秦。"王国维的《咏史诗》共二十首，罗振玉看到的是第十二首，写汉代盛时和西域的关系，气象很大。罗振玉看后大为赞赏，非常欣赏作者的才华。尽管王国维因为经济困难和其他诸多事情所累，学得并不是太好，罗振玉仍给予经济上的支持，使其无后顾之忧。后来又把王国维送到日本去学习。从日本回来后，罗振玉凡是要举办什么事业，都邀请王国维一起参与。罗、王的友谊，特殊关系，就这样结成了。再后来他们还结成了儿女亲家，罗振玉的女儿嫁给了王国维的儿子。王国维一生始终都没有钱，罗振玉不断给予资助。得到别人金钱的资助，究竟是好事还是坏事？一次我在北大讲这个题目，一个学生提问题时说，他觉得是好事，并说如果他遇到这种情况，一定非常高兴，只是可惜自己没有遇到。这当然也是一种看法。但王国维不这样看，他一方面心存感激，另一方面，也是一种压力。因为王国维是追求学术独立的学者。这不能不是一个绝大的矛盾，即追求学术独立和经济上不得不依附于他人的矛盾。

五 "知力"与"情感"的矛盾

王国维是一个非常特别的人，他的理性的能力特别发达，情感也非常深挚。所以他擅长写诗，能写很好的词，同时在理论上、在学术上有那么多的贡献。一个人的知力、理性思维不发达，不可能有那么多的学术成就，既研究西方哲人的著作，又考证殷周古史。而没有深挚的情感，他也不能写出那么多优美的诗词。本来这两者应该是统一的，但从另一个侧面看，它们也是一对矛盾。他自己说："余之性质，欲为哲学家则感情苦多，而知力苦寡；欲为诗人，则又苦感情寡而理性多。"那么到底是从事诗歌创作呢，还是研究哲学？还是在二者之间？他感到了矛盾。当然用我们后人的眼光看，也许觉得正是因为他感情多，知力也多，所以才成就了一代大学人，大诗人。但在王国维自己，却觉得是一个矛盾，矛盾得彷徨而无法摆脱。

六 学问上的可信和可爱的矛盾

这个怎么讲呢？因为他喜欢哲学，喜欢康德，喜欢叔本华，喜欢他们的哲学。但他在研究多了以后，发现一个问题，就是哲学学说大都可爱者不一定可信，可信者不一定可爱。这是什么意思呢？哲学上其实有两种理论范型，一种是纯粹形而上的理论系统，或者如美学上的纯美学，这样的理论是非常可爱的，为王国维所苦嗜。但这种纯理论、纯美学，太悠远、太玄虚，不一定可信。而另一种范型，如哲学上的实证论，美学的经验论等，则是可信的，可是王国维又感到不够可爱。于是构成了学者体验学术的心理矛盾。这重情况，在常人是不可能有的，但一个深邃敏锐的哲人、思想家，会产生这种内心体验和学理选择上的矛盾。

七 新学与旧学的矛盾

王国维一开始是完全接受新学的，学习日文、英文、德文，研究西方哲学，研究西方美学，翻译西方哲学家、美学家的著作。他做了大量把西方的思想介绍到中国的学术工作。但是后来，在1912年移居日本以后，他的学问的路向发生了很大的变化。大家知道，1911年辛亥革命成功，皇帝没有了，而罗振玉是不赞成辛亥革命后的新政局的，他比较赞成在原来的体制下维新变法，不赞同革命。所以辛亥发生的当年冬月，罗振玉就带着家属，和王国维一起，移居到日本去了。他们住在日本京都郊外的一个地方，后来罗振玉自己还修建了新居，把所藏图书搬到新居里，取名为"大云书库"。罗藏书多，收藏富，特别是甲骨文、古器物的拓片和敦煌文书的收藏，相当丰富，据称有五十万卷。他们在那里住了近十年的时间。王国维1916年先期回国，住在上海，但有时候还要去日本，往返于中日之间。

就是在日本这六七年左右的时间里，王国维的学术路向发生了极大的变化。罗的丰富的收藏，成了王国维学问资料的源泉。他在"大云书库"读了大量的书，就进入到中国古代的学问中去了。罗振玉也跟他讲，说现在的世界异说纷呈，文化传统已经快没有了，做不了什么事情，只有返回到中国的古代经典，才是出路。在时代大变迁时期，知识分子如果不想趋新，只好在学问上往深里走，很容易进入到中国古典的学问当中去，这在个人也是一种精神寄托的方式。我想王国维内心就是这样，所以听了罗振玉的话，学问上发生了大的变化。他后来成为非常了不起的大学者，跟这六七年的钻研有极大关系。他早期介绍西方哲学美学思想的那些文章，都收在《静安文集》和《静安文集续编》两本书中。有一个说法，说王国维去日本时，带去了一百多册《静安文集》，听了罗振玉的话后，全部烧掉了。研究王国维的人，有的认为他不大可能烧书，认为是罗振玉造的谣，其实是误会王国维也误会罗振玉了。

　　据我看来，烧掉《静安文集》是完全可能的。一个人的学问总是在不断变化。到日本之前，王国维的学问已经经历了一次变化，由研究西方美学哲学，变为研究中国的戏曲文学，写了有名的《宋元戏曲史》。我个人是念文学出身，但后来喜欢思想学术和历史文化，就长期抛离了文学。我就有这样的体会：觉得过去写的文学方面的书和文章一无可取，有时甚至从内心里产生一种厌恶，烧虽然没有烧，但早已放到谁也看不见的去处了。这也不是对文学的偏见，也包括随着年龄学问的增长，喜欢探求历史的本真，而不再喜欢文学的"浅斟慢饮"，觉得不能满足自己的寄托。当然年龄再大些，学问体验再深一步，又觉得文学可以补充历史的空缺了。总之我相信王国维到了京都以后烧过书，这个事应该是真实的。所以不妨看作他的学问道路上，发生了新学和旧学的矛盾。前期是新学，后期又归于旧学，主要是古史、古器物的研究。这个学术思想前后变迁的矛盾是很大的，这是王国维的又一重矛盾。

八　学术和政治的矛盾

　　本来他是一个纯学者，不参与政治的。但他有过一段特殊的经历，是这段经历把他与现实政治搅到了一起。辛亥革命以后，他对新的世局采取了不合作的态度，虽是一种政治选择，但对他个人没有太大影响。主要是后来他又当了溥仪的老师，就进到敏感的政治漩涡里面去了。

辛亥革命后，1912年清帝逊位，但民国签了条约，采取优待清室的条件，仍准许溥仪住在紫禁城内，相关的礼仪也不变。用今天的话说，叫待遇不变，在紫禁城里照样过着皇帝的生活。我们看溥仪的《我的前半生》，就会知道他在紫禁城里生活得很好。可以骑自行车，觉得紫禁城的大门槛不方便，就把皇宫里的门槛锯断了。为了好玩，就打一个电话给胡适之博士，胡适也称他为"皇上"。这样的悠闲时间不短，一直持续到1924年，冯玉祥突然把他赶出宫。

王国维当溥仪的老师，是1923年4月（农历三月）下的"诏旨"。年初（农历十二月）皇帝大婚，然后就"遴选海内硕学入值南书房"。王国维做事很认真，事情虽然不多，但他愿意尽到自己的职责。1924年1月溥仪发谕旨，赐王国维在紫禁城骑马，王国维受宠若惊，认为是"异遇"。因此当溥仪被赶出宫时，王国维极为痛苦，对当时的政治状况充满不满。而且在宫中遇到诸多的人事纠葛，以致和罗振玉也有了矛盾。

此时，王国维所心爱的学术和现实政治便产生了矛盾。虽然他是一个纯学者，但还是跟政治有了无法摆脱的关系。这就构成了他思想世界的另一重矛盾——学术和政治的矛盾。他后来自杀，与这一重矛盾有直接的关系。

九 道德准则和社会变迁的矛盾

这一点很重要,任何一个人都不可避免。当社会发生变迁的时候,你跟社会的变化是采取相一致的态度,顺时而行,还是拒绝新的东西,想守住以往的道德规范,这是一个蜕变的过程。

有人比较顺利,社会往前走,他跟着往前走。但是也有一些人,他不愿意立即改变自己的准则,想看一看新东西是不是真好,或者压根儿就认为所谓的新东西其实并不好,也许并不是新东西,而是旧东西的新的装扮。这一点,陈寅恪在《元白诗笺证稿》里,讲到元稹的时候,有专门论述。他说当社会变迁的时候,总是有两种不同的人,一种是趋时的幸运儿,一种是不合时宜的痛苦者。他的原话是这样说的:"值此道德标准社会风习纷乱变易之时,此转移升降之士大夫阶级之人,有贤不肖拙巧之分别,而其贤者拙者,常感受苦痛,终于消灭而后已。其不肖者巧者,则多享受欢乐,往往富贵荣显,身泰名遂。"

王国维显然是那种"贤者拙者"。这一重矛盾在王国维身上非常突出,所以当溥仪被赶出宫以后,他非常痛苦,痛苦得当时就想自杀。这在中国传统道德里面,叫不忘"故国旧君",是文化知识人士在特殊境遇下的一种节操。

十 个体生命的矛盾

也就是生与死的矛盾。这在一般人身上不突出。一个普通人，年纪大了，最后生病了，死了。死了就死了。虽然每个人都难免留恋人生，但生老病死，是自然规律，人所难免。但王国维采取了一个行动，在五十一岁的盛年，在他的学问的成熟期，居然自己来结束自己的生命。这是很了不起的哲人之举。我说"了不起"，大家不要误会，以为我认为所有的自杀都是好的。过去在传统社会，有的弱女子，受不了公婆的气，投井自杀了，这类例子不少。但这是一种被迫的一念之下的情感发泄，不是理性的自觉选择。但对于一个有理性的人，一个大的知识分子，一个思想家，一个大的学者，他在生命的最后，能采取一种自觉的方式来结束自己的生命，这是一般人所做不到的。这是一个哲学的问题，很复杂，讲起来需要很多笔墨。我把王国维最后的自我选择，称作一个人的个体生命的矛盾。

人们常说一个人的死，说他走得很从容。其实，王国维才真正是走得很从容呢。在1927年6月2日，早八点，王国维从自己家中出来，到国学研究院教授室写好遗嘱，藏在衣袋里。九点到研究院办公室，与一位事务员谈了好一会话，并向事务员借了五块钱。步行到校门外，雇了一辆人力车去颐和园。十时到十一时之间，购票入园。走到排云殿西侧的鱼藻轩，跳入水中而死。这个过程，可以知道他是自觉的理性选择。1924年溥仪被冯玉祥逼宫，罗振玉、柯劭忞与王国维有同死之约，结果没有实行。陈寅恪《挽王静安先生》诗"越甲未应公独耻"句，就指这件事说的。最后，到1927年，他终于死了。所以他的遗书里说"义无再辱"。

对于王国维的死因,说法很多,可以说至今仍是二十世纪的一个学术之谜。但是我觉得,对于王国维之死给予最正确解释的是陈寅恪。在王国维死后,陈寅恪写了非常著名的一首长诗,叫《王观堂先生挽词》,回顾了王国维一生的际遇和学术成就,当然也写到他和王引为"气类"的特殊关系。在这个挽词的前面,有一个不长但是也不算短的序。我认为《王观堂先生挽词》的这篇序,是陈寅恪的一个文化宣言。他在序里边讲,当一种文化值衰落的时候,为这种文化所化之人,会感到非常痛苦。当这种痛苦达到无法解脱的时候,他只有以一死来解脱自己的苦痛。他认为这就是王国维的死因,是殉我国固有文化,不是殉清。陈寅恪在这篇序里讲了一个非常重要的观点,就是认为中国传统文化的精神统系,它的文化理想,在《白虎通义》的"三纲六纪"一节,有系统的表述。"三纲"就是君臣、父子、夫妇。"六纪"包括诸父、兄弟、族人、诸舅、师长、朋友。王国维觉得"三纲六纪"这一传统文化的精神价值,在晚清不能继续了,崩溃了,他完全失望了,所以去自杀了。

我有一篇专门探讨这个问题的文章,提出了一个新的看法。所谓"纲纪"之说本来是抽象理想,为什么这些会跟王国维的死有关系?陈寅恪在《挽词序》里举了两个例证,说就君臣这一纲而言,君为李煜,也期之以刘秀;就朋友一纪而言,友为郦寄，还要待之以鲍叔。李煜是皇帝，南唐的李后主，亡国之君。但是李煜的词写得很好，李煜和李清照的词是缠绵委婉的一类词，他们是婉约派最有代表性的人物。但是这个皇帝很软弱，能文不能武，整天哭泣而已。刘秀是光武帝，他使汉朝得到了中兴。按传统"纲纪"之说，皇帝虽然无能，臣子也要尽臣子之礼，希望皇帝能使自己的国家重新振作，得到中兴。所以皇帝即使是李煜，臣子也应该期待他成为光武中兴的刘秀，这是一个臣子应该尽到的礼数。而朋友是郦寄——郦寄在历史上是出卖朋友的人，是一个"卖交者"，但作为朋友，仍然应该用鲍叔的态度来待他。历史上的管仲和鲍叔的友情，是做朋友的模楷。《挽词序》讲到"三纲六纪"，讲了这两个例子，我认为大有文章。陈寅恪谈历史，讲学问，有"古典"和"今典"之说。讲这两个例证，他不可能是虚设的。他讲的君，我以为不是别人，应该指溥仪。而且《挽词》里面可以找到这句话的证据，就是"君期云汉中兴主"那一句。不是指溥仪指谁？但溥仪不是刘秀，他没法使清朝中兴，王国维很失望，但这是没有办法的事情。还有朋友的例子，他讲的是谁呢？我认为讲的是罗振玉。

王、罗一生交谊，但后来有了矛盾。在王国维死的前半年，1926年9月，王国维的长子王潜明在上海去世了，年仅二十七岁；儿媳罗曼华是罗振玉的女儿，也才二十四岁。这当然是个悲剧。葬礼之后，罗女回到了天津罗家。这个媳妇跟王国维的太太关系不是太好,与夫君的感情也未必佳。王潜明留下两千四百二十三块钱,王国维把这笔钱寄给了罗家。结果罗振玉把钱退了回来。王国维很不高兴,说这钱是给儿媳的,怎么退回来。并说这是蔑视别人的人格,而蔑视别人的人格就是蔑视自己的人格。罗振玉可能也说了些什么,两个人的矛盾于是表面化了。

当然远因很多,一生恩恩怨怨。所以,也有人说王国维是罗振玉逼债逼死的。所谓"逼债",和这两千四百二十三块钱没有关系,而是指另外的事情。王国维在宫里的时候,溥仪经常会拿出一些宫中的古董书画,请身边的人帮助变卖。是不是也让王国维做过这类事情,没有直接证据。如果有此事,王国维一定转请罗振玉来处理。那么有无可能,罗振玉变卖之后,钱没有及时交回王国维,因此王向罗提出此事。可能罗振玉表现出不悦,甚至再说一句:我这一生资助了你多少钱?你还催我此事!但王国维觉得是受皇帝之托,事关君臣一纪,他就会大不以为然了。而就朋友一纪而言,按"六纪"之说,朋友之间是可以通财货的。朋友之间发生财货的计较,足以彻底破坏友情。王国维在君臣一纪上,不能收回卖书画的钱,感到是负于君,在朋友一纪上,感到受到了屈辱,他的文化精神理想最后破灭了。这有点像推理小说,但确实有这个传说。

王国维既然没有在溥仪被赶出宫的时候去死,却在三年后,成为清华国学院导师的时候去死,应该已经与溥仪无关。

倒是他和罗振玉的矛盾最终爆发，朋友一纪的理想彻底破灭，可能成为一个直接的导火索。但根本原因，应该从王国维一生的诸种矛盾中去寻找。他是一位哲人，他最后的结局，是一生当中诸种矛盾的总爆发。所以陈寅恪先生的解释，说王国维最后殉了中国文化的理想，而不是殉了清朝，是明通正解。本来么，要殉清朝，1911年或者1912年就殉了，1924年冯玉祥逼宫也有适当的机会，为什么要等到溥仪被赶出宫三年之后？我个人还是赞同陈寅恪对王国维死因的解读。

（载《"中国传统文化与21世纪"国际学术研讨会论文集》，中华书局，2003年版）

王国维陈寅恪"气类忘年"

"风义平生师友间"

陈寅恪先生最有名的话是"独立之精神,自由之思想",这是1927年王国维去世后的隔年,也就是1929年写的。王国维去世是在1927年的6月2号,他是在颐和园昆明湖的鱼藻轩投水自杀的。那天早晨九点,他向国学院秘书借了五块钱,从清华的侧门出去,坐人力车,到颐和园,从容地投水自杀。这是一个令人震惊的大事件。

王国维是现代学术的开山,在中国现代思想学术的各个门类,都有自己的建树。他早年致力日文和英德文的学习,翻译和介绍很多西方的著作,主要是康德和叔本华的著作。有一部分是通过日文翻译的。他出版的《静安文集》和《静安文集续编》，就是这个时期写的文章的结集，这些文章常常涉及艺术、美学和文学，探讨教育的文章也不少。但是很快，他的学问有一个转变。

王国维和罗振玉可以说是学问知己，后来又成为儿女亲家，同时他们也恩怨一生。由于罗振玉的关系，王国维被推荐到北京的学部，担任学部图书编译馆的编修，时间大约在1907年。这时他开始研究宋元戏曲。他是浙江海宁人，罗振玉是浙江上虞人。辛亥革命后，王国维随罗振玉到日本，又转变为研究古史、古文字和古器物。他的学问，在二十世纪文史学者当中，几乎被公认是第一位的。当然我们可以说他是大师。可是过去也没人叫他国学大师。他的学问包括研究敦煌学、甲骨学，这是二十世纪的两大显学。这两门学问的出现，跟晚清的两大发现有关。甲骨文的发现，是在1899年，戊戌变法的第二年。敦煌遗书的发现，是在1900年，大闹义和团的那一年。这两个发现，使二十世纪的人文学增加了两个新的学科。这样两门学问的依据，发现的材料，早期大量外流，以致国外研究敦煌学的人比国内的还多。他们把很多珍贵材料拿走了，所以陈寅恪先生讲，我国的敦煌学，是吾国学术的伤心史也。

最了解王国维学问的是陈寅恪先生，所以王国维逝世的隔年，清华大学建纪念碑，碑文是请陈寅恪写的，"独立之精神，自由之思想"，最早见于这个碑文。陈寅恪和王国维气类相投，陈写的《王观堂先生挽词》，其中有句："许我忘年为气类"，就是指此。王比陈大十三岁，所以用了"忘年"一词。就精通的外国文字来说，陈在王之上。他十三岁留学日本，然后回国，后来又继续留学。王、陈的关系，一是"气类忘年"，一是"亦师亦友"。所以陈寅恪的《王观堂先生挽词》还有句云："风义平生师友间，招魂哀愤满人寰。"

吴宓的固执与浪漫

1919年，陈寅恪是哈佛大学的留学生。当时跟他在一起的有吴宓，陕西泾阳人，有名的诗人。吴宓比陈寅恪小四岁，比王国维小十七岁。大家都提倡白话的时候，他主张文言。大家都主张新文化的时候，他提倡一点旧文化。他的诗，在钱锺书先生看来，还不够好，但是他自己觉得很好。他懂学问，对高才总是很佩服。清华国学研究院1925年成立，整个筹备工作是由吴宓先生一手经办的。但他不是清华国学院的导师，而是清华国学院的办公室主任。

吴宓有激情，看人有眼光。他在哈佛见到陈寅恪以后，就给国内的一些朋友写信，他说，要讲学问，从国外到国内，谁都比不过陈寅恪。他是陈寅恪先生一生的朋友。他很重友情。他也熟悉钱锺书，说年轻一点的要属钱先生学问最好。但他与钱锺书先生有一个公案。钱先生幽默睿智，他讲清华的教授，谁太傻，谁太糊涂，谁太笨，如何如何。他可能说过吴宓先生有点什么。这都是私下的话，也未必作准。实际上，我们看一些记载，钱先生对吴先生很尊重。后来杨绛先生把公案给了结了，杨先生和吴宓的女儿吴学昭是忘年好友。

吴宓先生有一累，一些特殊的人都有累。他的一累就是喜欢谈恋爱。他爱上了一个叫毛彦文的女性，他觉得毛彦文天仙一般的美。你看《吴宓日记》，从1925年开始到1930年，五六年的时间，很多写的都是对毛彦文的情感牵挂，不可理喻。前不久出了一本毛彦文写的书，这书叫《往事》，她说她根本没跟吴宓有过恋情。当然吴宓先生去世了，要是他还活着，对他的打击，可能比当时给毛彦文写信的时候还要沉重。这就是老辈，他们胸怀宽博，内心坦荡，精神世界丰富。毛彦文后来跟熊希龄结婚，熊大她三十三岁，他们过了相濡以沫、情感炽热的三年婚姻生活，1949年后毛去了台湾。

"四大导师"

陈寅恪先生懂十几种文字，懂敦煌学，懂佛学经典，懂一些稀有文字，梵文不用说，蒙古文、藏文、巴利文、西夏文，很多稀有文字，他都懂。他念这些文字的目的，是为了比较佛经的不同版本，来校对佛经，研究佛经的义理。研究佛经的义理，叫义学。佛学的另一个学问叫禅学。陈寅恪先生研究的主要是佛学的义学。精通禅学的是马一浮先生。陈寅恪先生在清华国学院开的课,就是讲佛经翻译的比较研究。1925年清华国学院一成立,他就被推荐为国学研究院的四大导师之一。

这四大导师都很了得,第一个是王国维,溥仪的老师。还有一位是赵元任,现代语言学的大师,常州人。赵元任的太太是杨步伟,金陵刻经处和内学院的创始人杨文会的孙女。再有就是梁启超,和王、陈、赵一起,成为清华国学院的四大导师。梁启超的名气尤其大,文章学问,名动天下。在晚清,谁不知道大名鼎鼎的梁任公呢。

1898年那一年很特殊,就是戊戌变法那一年。1897到1898年,《时务报》的主要撰稿人是梁启超。《时务报》是在上海创办的,主持人是汪康年,要研究近代的思想和历史。汪康年这个人物很重要。他主持过很多刊物,特别是《时务报》,他跟很多政坛文坛的重要人物都有联系。后来出版的五卷本的《汪康年师友书札》,都是通信,是很可宝贵的材料。我研究陈寅恪的祖父陈宝箴1895年至1898年在湖南做巡抚时,如何推动新政及后来的结局,汪康年的书信是很好的材料。

梁启超担任《时务报》撰稿人,他写的鼓吹变法的文章,人人爱读。黄遵宪也是了不起的人物,他从日本回来,看到梁启超的文章说,他的文章怎么写得这么好,他说自己也会写文章,就是没有梁启超写得好。陈寅恪的父亲陈三立,是晚清了不起的大诗人。晚清有一个诗歌流派,叫"同光体",是同治、光绪年间一批第一流的学人兼诗人写的，他们的诗有宋诗的特点，不是唐诗的风格，里边有"理"的成分，有禅意。这样一批人，比如陈三立、范伯子、郑孝胥等。范伯子是范曾先生的曾祖父，也叫范当世、范肯堂，跟陈三立是儿女亲家。

范伯子的女儿婚配给陈三立的长子陈师曾，师曾是一位画家，文人画的提倡者，对绘画史很有研究。陈师曾是一位孝子，1926年，陈寅恪从德国回来，应清华国学院之聘。他母亲正在生病，照料母亲的主要是长子陈师曾。陈师曾是怎么死的呢？给他母亲吃药，每一种中药他都先尝过，结果中药中毒而死。陈三立是同光体靠前的一二把交椅，有研究者认为第一把交椅是范伯子，也有人说两人难分上下。

"义宁父子"和晚清变法

陈寅恪先生的学问有家学渊源。他是江西义宁人，远祖是福建人。很早迁到江西义宁州，民国后改为修水。现在去修水，还可以看到陈家的老屋。陈三立中进士时的旗杆还在。陈宝箴做巡抚的一些遗迹、匾额也可以看到。所以，当时的人士常常称陈宝箴、陈三立为"义宁父子"，甚至用"义宁"来概括。这是清中叶到晚清官员和士人的一个称谓习惯，对一些非常重要的人物，以地望相称，比如李鸿章，安徽合肥人，称李合肥；曾国藩是湖南湘乡人，称为曾湘乡；张之洞是河北南皮人，叫张南皮，等等。

陈寅恪的家世有很特殊的经历，他的祖父陈宝箴是1895到1898年的湖南巡抚，把湖南的改革做得非常好，当时走在全国维新变法的最前面，成为中国的一个典范。改革派人士当时很多都到了湖南。梁启超来了，任长沙时务学堂的中文总教习。黄遵宪，是晚清改革派的大将，从日本回来后，担任湖南的盐法道，跟陈宝箴一起推动湖南新政。他人好，学问也好，而且有外事经验。谭嗣同本来就是湖南浏阳人，新政期间，他也在湖南。后来"六君子"被保荐入京，谭做了章京，这是1898年年中了。很快就是慈禧八月政变，谭嗣同和另外五人被杀于京城菜市口。唐才常，熊希龄，经学大师皮锡瑞，当时也都在湖南。一时间，湖南的改革做得轰轰烈烈。

当时的改革有两种流派。以陈宝箴、陈三立、黄遵宪为首的一派，他们主张改革需要慢慢来，就是渐进的改革。以康有为、梁启超、谭嗣同为代表的一派，主张激进的变革，想趁热打铁，无所顾忌。熊希龄、唐才常和康、梁、谭的主张相同。谭嗣同性格很激烈，说自己是"纵人"，志在超出此地球，视地球如掌上。唐才常以"横人"自诩，谭嗣同说他是"志在铺其蛮力于四海"，不能取胜就继之以命。熊希龄则自称为"草人"，说自己"生性最憨，不能口舌与争，惟有以性命从事"。

1898年八月初，慈禧发动政变，陈宝箴、陈三立受到了

"革职、永不叙用"的处分。为什么处分他们呢？说陈宝箴"滥保匪人"，杨锐、刘光第是他保荐的。陈三立的罪名叫"招引奸邪"。为什么呢？请梁启超做时务学堂的中文总教习，是陈三立的主意。你看，慈禧给他们定罪的时候，也还都有点"原因"，尽管在我们看来，梁启超不是"奸邪"，杨锐、刘光第不是"匪人"，可是站在慈禧的立场，梁启超就是"奸邪"，杨锐、刘光第就是"匪人"。黄遵宪、熊希龄、皮锡瑞也都受到了处分。

慈禧戊戌八月政变对陈寅恪家族的打击非常大。当时陈寅恪九岁。但是他家庭的状况，所受的教育，以及1898年这一年的状况，对他的心灵都有巨大的刺激。这一年的冬天，陈宝箴一家，坐长江的船，从长沙到了南昌。住在南昌的一个小巷子里，叫磨子巷。没有经济收入，靠亲友帮助，维持生活。陈宝箴在南昌的西山，修了一个庐舍，他住在那里。这是1898年底到1899年初的情况。1899年，义和团起来了。慈禧太后一开始镇压义和团，看到义和团反对洋人，又利用义和团反对洋人。慈禧为什么这么恨洋人呢？谭嗣同等六君子在菜市口被杀了，但她最恨的康、梁居然跑掉了。外国人对慈禧政变同声谴责，并且保护康、梁，他们在国外活得不错。谭嗣同也可以走，船都为他预备好了，但他没有走。他说，如果改革需要流血，从他开始。他等着巡捕把他带走，被斩于菜市口。谭嗣同是湖北巡抚谭继洵的公子，陈三立是湖南巡抚陈宝箴的公子。另外还有两个人，一个是广东水师提督吴长庆的公子吴保初，一个是福建巡抚丁日昌的公子丁惠康，被称为晚清的"四公子"。

戊戌变法酿成悲剧，失败，流血，这件事对陈宝箴、陈三立父子打击巨大，对未来的史学家陈寅恪的打击，也让他终生难忘。陈寅恪后来写了很多文字，对中国的变革有深刻的反思。他同意祖父和父亲的看法，觉得中国的变革应该是渐进，应该是"守国使不乱"。他觉得，如果当时不是走激进的道路，如果按照他祖父和父亲的方法变革，按照他们所设计的方案实施，推荐张之洞入朝，带领谭嗣同这些年轻人办理改革，情况会有不同。张之洞是慈禧喜欢的人，也是改革派。如果他来主持改革，慈禧与光绪的矛盾不会爆发，就不会有八月政变，随后的义和团变乱也就不会出现，也就不会有八国联军打入北京。如果没有八国联军，就不会有后来的一系列事变。在陈寅恪看来，中国近代的历史，从1898年戊戌变法之后，走上了一条从激进到激进的道路，这非常"可堪哀痛"。这是一位大史学家的观点，其实很有价值。

"借传修史"的《柳如是别传》

陈寅恪一生秉持"独立之精神，自由之思想"，很少有另外的人像他那样坚持到那种程度。陈寅恪的许多著作，包括他晚年写的《柳如是别传》，这是他写的一部最重要的史学巨著，都有他的这种学术精神的表露。他早年有《隋唐制度渊源略论稿》、《唐代政治史述论稿》、《元白诗笺证稿》，研究的是中古文化社会之史。而在晚年，居然写出《柳如是别传》这样一部史学巨著，真是学术奇迹。

1945年以后，他的眼睛不能看物了，已经成为一个盲人，后来腿又跌伤，变成"目盲膑足"，直到1969年去世。广东有一位陆键东先生，写了《陈寅恪的最后20年》，写1949年到1969年这20年陈的遭遇。陈先生在眼睛不能看东西的情况下，写了70万字的《柳如是别传》。他是给晚明一个有名的妓女立传，这个人叫柳如是，号河东君。她不是一般的做某种专业工作的人，在陈寅恪看来，她是一位民族英雄，他认为她也秉承了"独立之精神，自由之思想"。明清易代，1644年清军打到北京，明代亡了，崇祯皇帝吊死在煤山，就是现在的景山。北方一个民族打进来了，诸种契机，中国历史甚难言也。明朝垮了，在南京建立了南明朝廷，就是弘光政权。河东君（柳如是）最后嫁的男人是钱牧斋钱谦益，他是明清之际学问非常好的人，有"当代李杜"之称。何以嫁他？有一些故事。很多人都追求她，追求她的人也都是当时很有地位的人。这些人很多是钱牧斋的学生。她实在摆脱不掉，就想索性嫁给他们的老师，他的学生就不敢追了。她也爱过一个人，叫陈子龙，是几社的领袖，晚明的大诗人，后来抗清殉节。他们有真爱，但未有善终。

清兵入关之前，明朝的时候，钱牧斋本来有可能当宰相的，但天时人际，未能如愿。于是告老还乡，回到江苏常熟老家。可是当南明小朝廷建立的时候，钱牧斋应诏入阁了，成为礼部尚书。跟他一起做官的还有一个了不起的人，叫王铎，大书法家。南明不到一年时间就垮台了，所谓"一年天子小朝廷"。1645年清兵南下，扬州没有守住，也是统治集团内部多种矛盾造成的，如果不是内部的这些矛盾，清兵能否打过长江这一险，很难说。大家到扬州看看，史可法纪念馆有具体材料，他没守住扬州，全家自杀，很惨烈也很壮烈。

清兵打到南京，弘光皇帝跑了。当时两个人，一个是钱牧斋，一个是王觉斯，就是王铎，他们很快都投降了清朝。对要不要投降清朝的问题，钱牧斋跟他的夫人柳如是有分歧，他们本来商量好，准备投秦淮河自杀，钱牧斋临阵退缩，但柳如是没有降清。按照清朝的规定，降臣要"循例北迁"，迁到北京上"学习班"，接受改造。按规定夫人也要同行。王觉斯的夫人就一起去北京了。钱牧斋去了，但柳如是坚决不去，一个人留在南京。钱牧斋在北京也没有恋栈，半年左右，就托病回到常熟老家。回去以后，他们夫妇两个，直到死，都在从事一件事，就是反清复明活动，比如跟郑成功建立联系等。所有这些材料，都是陈寅恪在《柳如是别传》中一一考证出来的。在此之前，这些故事谁都不知道。《柳如是别传》，表面来讲，是给一个女性作传，实际上写的是明清的文化史和政治史，是

"借传修史"。陈寅恪先生在《柳如是别传》的缘起中讲得很清楚,他写此书,是为了表彰我民族的这种"独立之精神,自由之思想"。

"史学二陈"

陈寅恪这样的大学者被国民党称作国宝,他有充分理由在1948年去台湾。本来去台湾的机票,政府方面都给他买好了,跟胡适一起。但到了上海,胡适去了台湾,陈寅恪不走了。没走,到了南京,住在俞大维家里一段时间。再过一段,就到了广州岭南大学,应聘做教授。后来院系调整,岭南大学和中山大学合并,陈寅恪先生成为中山大学历史系的教授,直到1969年去世。

中间有个故事,1953年到1954年的时候,中国科学院几次想请陈寅恪先生北上,担任历史第二所所长。但他没有来。学者们有很多考证,本人也写过几篇文章,分析各种理由。但我们不知道一件事,这件事是陆键东先生在《陈寅恪的最后20年》中公布的一份材料,从中山大学档案里发现的,是陈寅恪当时对科学院的答复。这个答复由汪籛手录,原原本本记录,陈寅恪亲自看过记录稿,然后拿去科学院。汪籛是陈寅恪欣赏的弟子,北京大学教授。汪是热血青年,面对一个新的政权,他当然也很高兴。他去广州,请陈先生就任第二所所长职务,这是中央政府派他去的。陈先生跟他没谈好。没谈好的原因，以我对现场的重构，看来是汪篯表现得太过于高兴，陈先生不喜欢这样的态度。

一个政权的变迁，有很多复杂的东西，文化的、历史的东西都在里头，陈先生看得很深。两人没谈好，后来他就明确讲，我不能去，如果让我去，两个条件：一，历史第二所不学马列主义；第二个条件，请毛公或者刘公给我写一封信，准许历史所不学马列。我们现在知道了，毛公或者刘公没有给他写这个信，陈寅恪先生也就没有去。他在给科学院的答复中，重申"独立之精神，自由之思想"。他说做学问，必须以此为准。一切都可以让步，只有这个不能让。这就是陈寅恪的态度。我在我的书里说，现代学者中，能把"独立之精神，自由之思想"坚持到如此的高度和纯度的，没有第二人可以和他相比。

在这个问题上，陈援庵先生也不能和陈寅恪相比。但是，陈寅恪极端看重陈援庵先生的学问。陈援庵两本书的序言都是寅恪先生写的。陈援庵先生最重要的书是《元西域人华化考》，陈先生给他写了序，给予很高的评价，认为他的学问是钱晓徵以后的第一人。钱晓徵是谁？清代的大史学家钱大昕，字晓徵。钱大昕的学问，是一等的。陈先生认为，援庵先生的学问是钱晓徵之后的第一人。但是在二十世纪五十年代初，援庵老人也有叫寅恪先生伤心之处。1953年，他在报上公开发表一个检讨。寅恪先生不喜欢一个大学者这么做,你可以完全拥护一个新的政权,但也不必那么深刻地否定自己的过去。他看了这个检讨,写了一首诗,题目是《男旦》。这首诗,我想,援庵老人也会看到的。"改男造女态全新,鞠部精华旧绝伦。太息风流衰歇后,传薪翻是读书人。"因为陈先生一生提倡"独立之精神,自由之思想",必然不赞成"妾妇之道"。学者要有"独立之精神",不能像小媳妇那样。

"改男造女"是中国戏曲的一个特点,梅兰芳是最有名的了。陈先生非常喜欢京剧和昆曲,"鞠部"就是戏剧。陈先生在这首诗里,对援庵先生的行为有所嘲讽,但他从不轻视援庵先生的学问。如果你在大学念书,不管你读什么系,援庵先生的几部书,应该是必读的。即便是念哲学,不懂史,怎么念哲学?陈援庵先生有一本书叫《史讳举例》,这是他的绝学。还有一本《元西域人华化考》,一等的著作。还有一本,也是非常重要的,我们现在还在用的,《二十二史朔闰表》。他还有一个大的贡献,是对中国各宗教的研究,不仅是佛教、道教,还包括天主教、基督教的研究。援庵的学问,了不起呀。"史学二陈"的学问,即便跟自己的专业没有关系,也应向他们表一份敬意。如果你们了解了他们的学问,以及他们的遭遇,你们的内心就会有一种庄敬产生。

(载《中国书画家》2014年第7期,原题《我们需要什么样的学问》,此为增补稿)

陈寅恪的"哀伤"与"记忆"

世间凡读寅老之书者，知寅老其人者，无不感受到他内心深处蕴藏着一种挥之不去的哀伤和苦痛，而且哀伤的意味大于苦痛。按心理学家的观点，"哀伤"和"记忆"是连在一起的。那么都是一些什么样的"记忆"使得陈寅恪如此哀伤以至哀痛呢？

说到底，实与百年中国的文化与社会变迁以及他的家族的命运遭际有直接关系。义宁陈氏一族的事功鼎盛时期，是1895至1898年陈宝箴任湖南巡抚时期，当时陈宝箴在其子陈三立的襄助下，使湖南新政走在全国的最前面，梁启超、黄遵宪、江标、徐仁铸、谭嗣同、唐才常、邹代钧、熊希龄、皮锡瑞等变法人士，齐集右帅的麾下，以至于有天下人才都到了湖南的说

陈寅恪

法。改革措施不断出台,董吏治,辟利源,变士习,成绩斐然。更有时务学堂之设、湘报馆之办、南学会之开,一时名声大震。义宁父子"营一隅为天下倡"的理想实现在即。但百日变政、一日政变的戊戌之秋突然降临,慈禧杀谭嗣同等"六君子"于京师菜市口,通缉康、梁,陈宝箴、陈三立则受到"革职,永不叙用"的处分。

这一年的冬天,陈宝箴离开长沙抚院,携全家老幼扶夫人的灵柩迁回江西南昌。当时陈三立大病,三立大姊痛哭而死,寅恪长兄师曾之妻范孝嫦(范伯子之女)不久亦逝。陈寅恪这一年九岁。而1900年农历六月二十六日,刚住到南昌西山崝庐仅一年多的陈宝箴,"忽以微疾而终"。

突如其来的"重罚其孤",致使陈三立锻魂刲骨,悲痛欲绝。如果不是有所待,他已经不想活在这个世界。此后每年春秋两季都到崝庐祭扫哭拜。眷属和子女暂住南昌磨子巷,主要靠亲友借贷维持生活。一个家族的盛衰荣悴之变如此之速,其所给予年幼成员的影响势必至深且巨。

而国家在戊戌之变以后大故迭起。

1899年,慈禧大规模清剿"康党",欲废掉光绪未果,义和团开始变乱。

1900年,慈禧利用义和团,激化了与西方诸国的矛盾,致使八国联军攻陷北京,演出近代史上第二次洋人占领中国都城的悲剧。

1901年,清廷与十一国公使团签定"议和大纲",首当其冲的重臣李鸿章病死。

1902年,仓皇出逃的两宫还京,有所"悔祸",但为时已晚。李鸿章后的另一个重要人物袁世凯登上历史舞台。

1904年,日俄战争在中国领土打起,结果日本占领更多中国领土。清廷在这一年开始赦免除康、梁之外的戊戌在案人员。

1905年,废科举,设学部,孙中山领导的同盟会成立。

1906年,宣示预备立宪。

1907年,张之洞入军机。

1908年,慈禧和光绪均逝,宣统即位。慈禧死于农历十月二十二日，光绪死于前一天的十月二十一日。清史专家认定是慈禧将光绪先行毒死。

1909年，张之洞病逝。

1911年，辛亥首义成功。

1912年，中华民国成立，清帝逊位。

1915年，袁世凯称帝。

1917年，张勋复辟。尔后北洋政府，军阀混战，五四运动，溥仪出宫，国共合作，北伐战争。

1931年，日本占据东北。

1937年至1945年，全民抗战。

1945年至1949年，国共内战。

二十世纪五十年代以后，则土改，镇反、肃反，三五反，院系调整，抗美援朝，公私合营，合作化，科学进军，大跃进，除"四害"，反"右派"，反"右倾"，三年困难反苏修，城乡"四清"，文艺整风，直至"文革"浩劫。

此百年中国之一系列大变故，均为陈寅恪所亲历。早为目睹，后则耳闻。如果是普通细民或庸常之士，可能是身虽历而心已麻木。但陈寅恪是历史学家，而且是有特殊家世背景的极敏感的历史学家。他对这些愈出愈奇的天人变故能不留下自己的记忆吗？能不为之哀伤而叹息吗？

抑又有可言者，同为哀伤，宜有深浅程度之分别。陈寅恪之哀乃是至痛深哀。其所著《王观堂先生挽词并序》有言：

"其表现此文化之程量愈宏,则其所受之苦痛亦愈甚。"[1] 故此语虽为静安而设,其普适价值与寅恪亦应若合符契。所以陈寅恪《诗集》中,直写流泪吞声的诗句就有二十三联之多。兹将相关联句依陈寅恪《诗集》所系之时间顺序摘录如下,以见其至哀深痛之情状。

> 残域残年原易感,
> 又因观画泪汍澜。(1913)

> 回思寒夜话明昌,
> 相对南冠泣数行。(1927)

> 闻道通明同换劫,
> 绿草谁省泪沾巾。(1936)

> 楼高雁断怀人远,
> 国破花开溅泪流。(1938)

> 得读新诗已泪零,
> 不须借卉对新亭。(1939)

> 世上欲哭流泪眼,
> 天涯宁有惜花人。(1945)

> 万里乾坤迷去住,

词人终古泣天涯。（1945）

眼泪已枯心已碎，
莫将文字误他生。（1945）

去国欲枯双目泪，
浮家虚说五湖舟。（1946）

五十八年流涕尽，
可能流命见升平。（1948）

惟有沈湘哀郢泪，
弥天梅雨却相同。（1951）

儿郎涑水空文藻，
家国沅湘总泪流。（1951）

赵佗犹自怀真定，
惭痛孤儿泪不隆。（1951）

葱葱佳气古幽州，
隔世相望泪不收。（1951）

文章存佚关兴废，
怀古伤今涕泗涟。（1953）

论诗我亦弹词体，

怅望千秋泪湿巾。（1953）

掩帘窗牖无光入，
说饼年时有泪流。（1954）

独醪有理心先醉，
残烛无声泪暗流。（1955）

衰泪已因家国尽，
人亡学废更如何。（1955）

死生家国休回首，
泪与湘江一样流。（1957）

玉溪满贮伤春泪，
未肯明流且暗吞。（1958）

铁锁长江东逝水，
年年流泪送香尘。（1959）

开元全盛谁还忆，
便忆贞元满泪痕。（1964）

此二十三联是三联版《陈寅恪集》之《诗集》中直接关乎泪流的诗句，不一定很全，可能还有遗漏。《柳如是别传》"稿竟说偈"结尾四句："刻意伤春，贮泪盈把。痛哭古人，留赠来者。"就没包括在内。

陈寅恪不是一般的流泪,而是"泪汍澜"、"溅泪流"、"泪不收"、"涕泗涟"、"泪湿巾"、"贮泪盈把",可见悲伤之情状和哀痛之深。这是很少能在另外的文史学者的文字中看到的。即使是现代的诗人、文学家,也不多见。南唐后主李煜有"以泪洗面"的传说,但形诸文字中也没有写得如此泗泪滂沱。然则陈寅恪深度哀伤的缘由究竟为何?此无他,唯"家国"二字而已。故上引诗联有"衰泪已因家国尽"的句子,他自己已讲得非常清楚。

我十余年前写过一篇《陈寅恪的"家国旧情"与"兴亡遗恨"》的文章,解析陈寅恪《诗集》里所反映的他的家国情怀,曾举出多组关于"家国"的诗句,如"家国艰辛费维持"、"死生家国休回首"、"频年家国损朱颜"、"家国沅湘总泪流"等等。并且发现陈三立的诗里面,也不乏类似的句子,如"羁孤念家国"、"旋出涕泪说家国"、"百忧千哀在家国"等,父子二人都在为家国的不幸遭遇而流泪。

散原老人的诗句是:"百忧千哀在家国",陈寅恪的诗句是:"衰泪已因家国尽",其措意、遣词、旨归,以及情感的发抒,完全一致,哀伤的程度似乎也大体相同。所以然者,则是与陈氏一家在戊戌之年的不幸遭遇直接有关。故陈寅恪的诗句反复强调:"家国沅湘总泪流"、"泪与湘江一样流",明确透露出与此哀此痛直接相关的湖南地域背景。

但陈氏家族的遭遇是与国家的命运联系在一起的。

慈禧政变对近代中国的影响难以言喻,包括八国联军攻入北京等许多伤害国族民命的后续事变,都是那拉氏的倒行逆施结出的果实。因此陈寅恪作为历史学者,他不仅有"哀",其实也有"恨"。所"恨"者,1898年的变法,如果不采取激进的办法,国家的局面就会是另外的样子。他的祖父陈宝箴和父亲陈三立本来不赞成康有为的激进态度,而主张全国变法最好让张之洞主持,以不引发慈禧和光绪的冲突为上策。这就是陈寅恪在《寒柳堂记梦未定稿》第六节"戊戌政变与先祖先君之关系"里所说的:"盖先祖以为中国之大,非一时能悉改变,故欲先以湘省为全国之模楷,至若全国改革,则必以中央政府为领导。当时中央政权实属于那拉后,如那拉后不欲变更旧制,光绪帝既无权力,更激起母子间之冲突,大局遂不可收拾矣。"[2]也就是陈寅恪在《读吴其昌撰梁启超传书后》一文里所说的:

> 当时之言变法者,盖有不同之二源,未可混一论之也。咸丰之世,先祖亦应进士举,居京师。亲见圆明园干霄之火,痛哭南归。其后治军治民,益知中国旧法之不可不变。后交湘阴郭筠仙侍郎嵩焘,极相倾服,许为孤忠闳识。先君亦从郭公论文论学,而郭公者,亦颂美西法,当时士大夫目为汉奸国贼,群欲得杀之而甘心者也。至南海

> 康先生治今文公羊之学，附会孔子改制以言变法。其与历验世务欲借镜西国以变神州旧法者，本自不同。故先祖先君见义乌朱鼎甫先生一新《无邪堂答问》驳斥南海公羊春秋之说，深以为然。据是可知余家之主变法，其思想源流之所在矣。[3]

陈寅恪对戊戌变法两种不同的思想源流做了严格区分，以追寻使国家"大局遂不可收拾"的历史原因。

1965年冬天，也就是陈寅恪先生逝世的前四年，他写了一首总括自己一生的哀伤与记忆的诗篇，这就是《乙巳冬日读清史后妃传有感于珍妃事为赋一律》，兹抄录如下与大家共赏。

> 昔日曾传班氏贤，如今沧海已桑田。
> 伤心太液波翻句，回首甘陵党锢年。
> 家国旧情迷纸上，兴亡遗恨照灯前。
> 开元鹤发凋零尽，谁补西京外戚篇。[4]

这是一首直接抒写戊戌政变对中国社会变迁以及对义宁陈氏一家深远影响的诗。首句之班氏即汉代的才女文学家兼历史家班昭，作者用以指代珍妃。珍妃是戊戌政变的直接牺牲品，慈禧因光绪而迁怒珍妃，故庚子西行先将珍妃处死。第二句说珍妃的故事已经很遥远了，国家如今发生了天翻地覆的变化。三四两句是关键，句后有注："玉溪生诗悼文宗杨贤妃云：'金舆不返倾城色，玉殿犹分下苑波。'云起轩词'闻说太液波翻'即用李句。"玉溪生是李商隐的号，寅恪所引诗句见于其《曲江》一诗，全诗为："望断平时翠辇过，空闻子夜鬼悲歌。金舆不返倾城色，玉殿犹分下苑波。死忆华亭闻唳鹤，老忧王室泣铜驼。天荒地变心虽折，若比伤春意未多。"注家对此诗讽咏内容的考证结论不一，要以写悲惋唐文宗甘露之变者为是，寅恪先生采用的即是此说。

不过这应该是"古典"，"今典"则是文廷式的《念奴娇》词中与珍妃之死有关的"闻说太液波翻"句。文廷式是珍妃的老师，慈禧因不喜珍妃而牵及其师，早在政变之前就把文廷式赶出宫，并于政变后连发多道旨意，勒令地方督抚捕后就地正法。但当时正在长沙的文廷式为陈宝箴、陈三立父子联手所救免，以三百金作为路资，先走上海，尔后逃赴东瀛。

珍妃遇难，文廷式异常悲痛，作《落花诗十二首》为悼。另《念奴娇》两首也都关乎珍妃事。第一首有"杜鹃啼后，问江花江草，有情何极。曾是灯前通一笑，浅鬓轻拢蝉翼。掩仰持觞，轻盈试翦，此意难忘得"句，自是回念珍妃无疑。后者即是寅恪先生所引录者，其第二阕词云："闻说太液波翻，旧时驰道，一片青青麦。翠羽明珰漂泊尽，何况落红狼藉。传写师师，诗题好好，付与情人惜。老夫无语，卧看月下寒碧。"至于"太液波翻"之典故意涵，只有用来比喻宫廷政争一解。所以李商隐用此，指的是唐代与牛、李党争有关的文宗甘露之变;文廷式用此,指的是因帝、后党争引发的戊戌政变。

那么陈寅恪诗中所伤心者("伤心太液波翻句"),实与文廷式同发一慨,正是戊戌惨剧而非其他。故第四句由戊戌之变想到了东汉的党锢之祸,那次党祸接连两次,杀人无算。盖义宁一家最恶党争,陈三立说:"故府君独知事变所当为而已,不复较孰为新旧,尤无所谓新党旧党之见。"正是历史上无穷无尽的党争给国家造成了无数灾难,戊戌之年的所谓新党和旧党、帝党和后党之争,则使中国失去了最后一次渐变革新的好时机。

陈寅恪所哀伤者在此,所长歌痛哭者亦在此。

所以《乙巳冬日读清史后妃传有感于珍妃事为赋一律》的第五六两句尤堪注意:"家国旧情迷纸上,兴亡遗恨照灯前。"此不仅是这首诗的点题之句,也可以看作是陈寅恪全部诗作的主题曲,同时也是我们开启陈寅恪精神世界隐痛的一把钥匙。明乎此,则晚年的大著作《柳如是别传》有解矣,他的一生著述有解矣,他的哀伤与记忆有解矣。诗的最后一联:"开元鹤发凋零尽,谁补西京外戚篇。"盖寅恪先生慨叹,熟悉晚清掌故的老辈都已作古,谁还说得清楚当时宫掖政争的历史真相呢?

当然我们的大史学家是洞彻当时的历史底里真相的,他晚年撰写的《寒柳堂记梦未定稿》,就是试图重建历史结构的真相的重要著作,虽原稿多有散佚,但我们运用陈寅恪的方法以陈解陈，应大体可以窥知。《寒柳堂记梦未定稿》写于1965年夏至1966年春，《乙巳冬日读清史后妃传有感于珍妃事为赋一律》在时间上，相当于《寒柳堂记梦未定稿》竣事之时，故不妨看作是对《寒柳堂记梦未定稿》的题诗。因此补写"西京外戚篇"的伟业，我们的寅恪先生事实上已经践履了。

注释

[1][4] 陈寅恪：《诗集》，《陈寅恪集》，生活·读书·新知三联书店，2001年，第12、172页。
[2][3] 陈寅恪：《寒柳堂集》，同上，生活·读书·新知三联书店，2001年，第203、167页。

（载《学术月刊》2007年第6期，复经《21世纪经济报道》于2007年7月23日、30日分上下两篇编载，此文是其中之一节）

陈寅恪是一位贵族史家

　　陈寅恪从根本上说是一位贵族史家。明乎此，我们方有可能对他的立身行事表一种了解之同情。谁能够设想，一位大学问家由于未能看到一场昆剧演出就会大发雷霆呢？然而这样的事情恰恰发生在陈寅恪身上。

　　那是1962年，由俞振飞、言慧珠领班的上海京剧团赴香港演出，回程过广州加演四场，其中一场是专为政要和名流献艺。有陈寅恪的票，但当他拿到时，演出时间已过去好几天。他愤怒了。没有人描述过当时发怒的具体情形。但这个故事或者说事件，下至中山大学的教授和校方管理者，上至粤省最高领导，无不知悉。以至于后来国家动乱期间还有人以此构陷陈寅恪。

在物质和精神同陷贫瘠的二十世纪六十年代初，能够有意外的机缘观赏昆剧名伶的演出，对一般的知识人士而言，也不啻幸运之星的降临，何况一生苦嗜京昆的寅恪先生，为不该丧失而丧失的机缘而懊恼，自是情理之常。但懊恼和大发雷霆是不同的两回事。不仅仅是对待学者的态度所引起的反应，还有寅恪的世家子弟的身份赋予他与生俱来的对自我尊严的维护。

陈寅恪出身于晚清世家，他的祖父陈宝箴是1895年至1898年的湖南巡抚，无论曾国藩、李鸿章，还是张之洞、郭嵩焘、王文韶等晚清大吏，无不对其投以青睐（曾国藩称陈宝箴为"海内奇士"）。而他的尊人陈三立，是晚清的大诗人，同光诗坛的巨擘，襄助乃父推行湘省新政的翩翩佳公子。诚如吴宓所说："先生一家三世，宓夙敬佩，尊之为中国近世之模范人家。盖右铭公（陈宝箴，字右铭——笔者注）受知于曾文正公，为维新事业之前导及中心人物，而又湛深中国礼教，德行具有根本；故谋国施政，忠而不私，知通知变而不夸诬矜噪，为晚清大吏中之麟凤。先生父子，秉清纯之门风，学问识解，惟取其上；而无锦衣纨绔之习，所谓'文化之贵族'。"[1] 正是这一特殊身份决定了陈寅恪的贵族史家的立场。

所以，当1902年寅恪随兄长陈师曾游学东瀛路过上海时，遇到支持中国变法的李提摩太教士，李用华语对陈氏兄弟说："君等世家子弟，能东游甚善。"四十年后，即1945年，寅恪卧病英国伦敦医院治眼疾，听读熊式一的英文小说，叙及李提摩太戊戌上书光绪皇帝事，不禁发为感慨，作七律一首：

> 沈沈夜漏绝尘哗，听读伭卢百感加。
> 故国华胥犹记梦，旧时王谢早无家。
> 文章瀛海娱衰病，消息神州竞鼓笳。
> 万里乾坤迷去住，词人终古泣天涯。

此诗的题目极长，为《乙酉冬夜卧病英伦医院，听人读熊式一君著英文小说名〈天桥〉者，中述光绪戊戌李提摩太上书事。忆壬寅春随先兄师曾等东游日本，遇李教士于上海，教士作华语曰："君等世家子弟，能东游甚善。"故诗中及之，非敢以乌衣故事自况也》[2]。

我们从此诗的诗题引李提摩太"君等世家子弟"一语，及诗中有"旧时王谢早无家"的句子，可以看出寅恪先生对自己家世的重视与怀恋。虽然，他从来不曾夸饰自己的世家身份，晚年撰写《寒柳堂记梦未定稿》，特申此义于前面的弁言之中，曰："寅恪幼时读《中庸》至'衣锦尚䌹，恶其文之著也'一节，即铭刻于胸臆。父执姻亲多为当时胜流，但不敢冒昧谒见。偶以机缘，得接其丰采，聆其言论，默而识之，但终有限度。"[3] 即使《乙酉冬夜卧病英伦医院》这首诗的诗题里面，也不忘声明"非敢以乌衣故事自况也"。所谓"乌衣故事"，就是唐刘禹锡的那首脍炙人口的《乌衣巷》诗："朱雀桥边野草花，乌衣巷口夕阳斜。旧时王谢堂前燕，飞入寻常百姓家。"盖南京秦淮河畔朱雀桥边的乌衣巷，相传是东晋大族王导、谢安的旧居，但到了唐朝，已经是一般老百姓住的地方了。寅老略及此一古典,是他行文的谦虚,所以特标"不敢"二字。

然而他的特殊的家世身份给予他的影响,还是像烙印一样反映在诸多方面。他看人论事,格外重视门第出身。不是蓄意精心了解的选择,而是不自觉地与出身高门者有一种文化上的亲近感。最明显的是他的择偶。陈夫人唐筼,系故台湾巡抚唐景崧的孙女,寅恪晚年对此一婚姻过程叙之甚详,读之饶有情趣,且无法不撩动人们的神思。他写道:

> 寅恪少时,自揣能力薄弱,复体屦多病,深恐累及他人,故游学东西,年至壮岁,尚未婚娶。先君先母虽累加催促,然未敢承命也。后来由德还国,应清华大学之聘。其时先母已逝世。先君厉声曰:"尔若不娶,吾即代尔聘定。"寅恪乃请稍缓。先君许之。乃至清华,同事中偶语及:见一女教师壁悬一诗幅,末署"南注生"。寅恪惊曰:"此人必灌阳唐公景崧之孙女也。"盖寅恪曾读唐公请缨日记。又亲友当马关中日和约割台湾于日本时,多在台佐唐公独立,故其家世知之尤谂。因冒昧造访。未几,遂定偕老之约。[4]

此可见家世的因素在寅恪先生择偶过程中占有何等位置,以及在寅恪先生心中占有何等分量。不是见婚姻对象而钟情,而是因其家世而属意。而且终生相濡以沫,直到白头偕老,也算人生的异数了。

而那轴署名"南注生"的诗幅，便成了他们定情的信物，伴随寅老和陈夫人唐篔度过一生。1966年的端午节，寅恪先生为纪念这段人生奇缘，对诗幅重新做了装裱，并题绝句四首，其中第二首为："当时诗幅偶然悬，因结同心悟夙缘。果剩一枝无用笔，饱濡铅泪记桑田。"陈寅恪与唐篔1928年农历七月十七在上海结褵，四十一年后的1969年农历八月二十六寅恪先生逝世，四十六天后的同年农历十月十二唐篔先生亦逝。我们晚生后学能不为他们因家世出身而偶然相遇并结同心的姻缘称贺感叹吗？

陆键东先生的《陈寅恪的最后20年》一书的一大贡献，是他经过近乎人类学学者进行田野调查般的取证，对陈寅恪晚年所处文化环境之真相做了一次历史的重构。他复活了寅老身边的一些不为人所知的人物。冼玉清、黄萱、高守真这三位曾经给晚年的陈寅恪以精神慰安的"奇女子"，她们的家世，都不无来历。黄萱为一华侨富商的女儿，人品高洁，旧学可观，寅老晚年口述之著述均为其一手所笔录。冼玉清教授是被散原老人评为"澹雅疏朗，秀骨亭亭，不假雕饰，自饶机趣"的女诗人，有《碧琅玕馆诗稿》之作，"碧琅玕馆"的斋名就是陈三立所题。高守真的父亲则是香港一位通近代掌故的名流。虽说都是偶然相遇，亦岂无有宿因哉？

笔者往昔阐发寅老的文化高于种族的观点，曾说这方面的宏义高论多见于《隋唐制度渊源略论稿》和《唐代政治史述论稿》两书,其实此两部著作凸现的另一文化观点,则是强调地域和家世信仰的熏习作用。陈寅恪先生对中国学术思想史有一重要假设,即认为汉以后学校制度废弛,学术中心逐渐由官学转移到家族,但"家族复限于地域",所以他提出:"魏、晋、南北朝之学术、宗教皆与家族、地域两点不可分离"[5]。而家族所起的作用在于:"士族之特点既在其门风之优美,不同于凡庶,而优美之门风实基于学业之因袭。"[6]

易言之,中国传统社会的学术与文化之传承,家族是一重要渠道,其出自学养厚积的家族的人物,才性与德传必有最大限度的融和,故寅恪先生与此一类人物有一种前缘宿契的亲近感,就不是偶然之事了。

注释

[1] 吴宓:《读散原精舍诗笔记》,《吴宓诗话》,商务印书馆,2007年,第291页。
[2] 陈寅恪:《诗集》,《陈寅恪集》,生活·读书·新知三联书店,2001年,第55页。
[3][4] 陈寅恪:《寒柳堂集》,同上,生活·读书·新知三联书店,2001年,第187、236页。
[5][6] 陈寅恪:《隋唐制度渊源略论稿 唐代政治史述论稿》,同上,生活·读书·新知三联书店,2001年,第20、260页。

(载《学术月刊》2007年第6期)

吴宓和"雨僧日记"

当我们讲王国维、陈寅恪的时候,不能不讲到吴宓。吴宓的学术成就自然不能与王、陈相比,但亦自有精彩处,如果不是因为吴宓,我们对王、陈的人格与学术的细节,不会了解得那般清晰。1935年上海良友图书公司出版的《二十今人志》给吴宓画的一幅肖像,是这样的:"世上只有一个吴雨生,叫你一见不能忘,常有人得介绍一百次,而在第一百次,你还得介绍才认识,这种人面貌太平凡了,没有怪样没有个性,就是平平无奇一个面庞。但是雨生的脸倒是一种天生禀赋,恢奇的像一副讽刺画。脑袋形似一颗炸弹,而一样的有爆发性,面是瘦黄,胡须几有随时蔓延全局之势,但是每晨刮的整整齐齐,面容险峻,颧骨高起,两颊瘦削,一对眼睛亮睛睛的像两粒炙光

吴宓

的煤炭——这些都装在一个太长的脖子上及一副像枝铜棍那样结实的身材上。"[1]《二十今人志》传写的二十个人当中，有严复、林纾、王国维、章太炎、梁漱溟、胡适、周作人、徐志摩、齐白石等，很多都是"五四"前后学苑艺坛的胜流，而吴宓被列在第一名。作者是温源宁，发表的当初，曾有人误会为钱锺书先生所写，钱先生尝作诗解嘲："褚先生莫误司迁，大作家原在那边；文苑儒林公分有，淋漓难得笔如椽。"此事成二十世纪二十年代文坛的一段佳话。

吴宓字雨僧，又作雨生，1894年生于陕西泾阳，早年留学美国，师从新人文主义大师白璧德，与陈寅恪、梅光迪、汤用彤等哈佛同窗相友善。归国后历任东南大学、东北大学、清华大学、西南联大、武汉大学等校教授，主讲西洋文学，阐发中国文化。1949年以后，隅居四川重庆，执教西南师范学院，但1965年开始已不再任课，史无前例时期肉体精神倍受摧残，1978年在泾阳老家逝世，终年八十四岁。《二十今人志》"志"的是任清华大学外文系教授的吴宓，那是他相对较为平稳少波折的时期。除此之外，世道人心便与他捉迷藏、闹别扭、造误会，一生矛盾痛苦，终于赍志以殁。中国现代文化人的遭遇不幸，吴宓是最突出的一个。

他的不得志，不是生不逢时，而是不肯趋时。白话时兴的时候，他提倡文言；新诗走俏，他作旧诗。"五四"新文化运动把传统打得七零八落，他与梅光迪、柳诒徵、胡先骕等创办《学衡》，主张"昌明国粹，融化新知"，竭力回狂澜于既倒。他的不趋时，一方面基于新人文主义的文化信仰，反映出个人文化思想的恒定性；另一方面由于具有严正认真的个性，为人坦荡无伪，对事真诚不欺。至于1929年与原配陈心一女士离异，曾掀起轩然大波，师友同事悉皆反对，认为言行相失，不足取信。唯陈寅恪不以为异，说在美初识吴宓，就知其"本性浪漫，惟为旧礼教、旧道德之学说所拘系，感情不得发舒，积久而濒于破裂。犹壶水受热而沸腾，揭盖以汽，比之任壶炸裂，殊为胜过"[2]，并认为其他种种说法都是不了解吴宓。

《二十今人志》的作者用"慷慨豁达,乐为善事"、"孤芳自赏,不屈不移"概括吴宓,是说对了的。而前引肖像描写中传出的奇崛不驯的神气,也确为雨僧先生所独具。

吴宓的躁动不安的心灵可以感到安慰的是,中国现代思想文化史上许多第一流的人物,都与他结有深厚的友谊,不仅同道合志,而且情意相通。1922年至1924年他主持编纂《学衡》杂志时期,往还与共者有梅光迪、柳诒徵、汤用彤等。他一生与陈寅恪的友爱尤为深挚。早年留学哈佛,两个人就一见如故,吴宓写信给国内友人,说"合中西新旧各种学问而统论之,吾必以寅恪为全中国最博学之人"[3]。而对比自己小十六岁的钱锺书,他同样推崇备至,曾说"当今文史方面的杰出人才,在老一辈中要推陈寅恪先生,在年轻一辈中要推钱锺书,他们都是人中之龙,其余如你我,不过尔尔"[4]。由此可见他的慧眼与卓识。萧公权1918年考入清华,当时吴宓已在美一年多,等到萧赴美留学,吴宓已经回国。直至1934年,彼此才有所交往,这使得爱才若渴的吴宓深感遗憾,所以《空轩诗话》第四十五则在全录萧新作《彩云曲》后,特补笔写道:"予交公权最晚。近一年中,始偶相过从。然论学、论道、论文、论事,皆极深契合。"[5]只要有可能,他从不放过任何一个与同时代第一流学者雅相爱接的机会。

我们今天不能忘怀于吴雨僧的,最主要是他生平中的三件大事:一为创办《学衡》;二为筹建并实际主持清华国学研究院的工作；三是慧眼识陈、钱以及与陈寅恪建立了终生不渝的诚挚友情。这三件事，都是为中国学术和中国文化传薪续命的伟绩，时间过得愈久愈显出它们的价值。至于讲《红楼梦》，授西洋文学，撰写《空轩诗话》，出版《吴宓诗集》，比之这三件事，还是小焉哉。当然吴宓生平中还有一件事也足以嘉惠士林，传之久远，就是他几十年如一日、不间断地记日记，中国现代思想和学术的许多人与事、问题与主义、轶事与趣闻，以及他个人的心路历程，困扰与矛盾，特定历史时期的文化与文化人的命运，日记中都有忠实的具体而微的记录。吴宓自己称他写日记的特点："体例一取简赅，以期能不中断，如电铃之扣码、书库之目录。凡藏储脑海者，他日就此记之关键，一按即得。故惟示纲目，而不细叙，藉免费时而旋中辍云。"[6]《吴宓日记》实际上是一部内容丰富的日记体中国现代学术史叙录，也是一部现代学人的文化痛史，其史料价值和学术价值，均不可低估。[7]

注释

[1]《二十今人志》，上海良友图书公司，1935年，第1—2页。
[2]《吴宓日记》第五册（1930~1933），1930年4月22日，生活·读书·新知三联书店，1998年，第60页。
[3] 吴宓：《空轩诗话》第十二，《吴宓诗话》，商务印书馆，2007年，第196页。

[4] 郑朝宗：《但开风气不为师》，《海夫文存》，厦门大学出版社，1994年，第1页。
[5] 吴宓：《空轩诗话》第四十五，《吴宓诗话》，第249页。
[6] 《吴宓日记》第二册（1917~1924），生活·读书·新知三联书店，1998年，第19页。
[7] 《吴宓日记》正续编，正编十册，1910~1948，续编十册，1949~1974。前后计六十四年，二十巨册，起自1910年十月初一日，迄于1973年十二月三十一日（1974年日记失去），所记日期均为阴历。已由三联书店于1998年和2006年先后出版。

（1992年初稿，载香港《明报月刊》）

晚年的陈寅恪与吴宓

陈寅恪在《王观堂先生挽词》的"序言"里，为说明王国维1927年6月2日自沉昆明湖不是为了"殉清室"，而是殉延续几千年的中国固有文化，提出中国文化的最高境界具有"抽象理想之通性"，比如"以朋友之纪言之，友为郦寄亦待之以鲍叔"。郦寄是西汉时期有名的出卖朋友的小人，史家称为"卖交"，为后世所不齿。而鲍叔则以能知人著称于世，少年时发现管仲有出息，就始终不变，不论管仲有什么小的缺点，处境如何，都"善遇之"，直到推荐给齐桓公，使居于自己之上，感动得管仲不知如何是好，说"生我者父母，知我者鲍子也"。

管鲍故事是中国人友朋相交的最高境界，向为人们所称道，但复按历史，真正达到这一境界的例证并不很多。不过我在这里要说，我国现代学术文化史上的两位巨子——陈寅恪与吴宓，他们之间的友谊，是可以比之管鲍而不愧疚的。两个人自1919年在哈佛订交，以后在半个多世纪的时间里，不论顺利也好，挫折也好，他们总是真诚不欺，相濡以沫。共事于清华国学研究院时期两个人的深厚情谊已如上述。感人的是1944年十月底，吴宓从昆明西南联大去成都看望在燕京大学任教的陈寅恪。当时寅恪先生右眼已失明，左眼因劳累过度也于十二月十二日不能辨视物象，两天以后住进医院治疗。

我们打开1944年十二月十四日至1945年一月二十四日的《吴宓日记》，几乎是天天、有时一天两次，吴宓都去医院看视、陪同寅恪先生。例如《吴宓日记》1944年十二月十四日："寅恪以目疾，住陕西街存仁医院三楼73室，宓1—2往探视，久陪坐谈。"十二月十五日："10—11存仁医院探寅恪病……4：00再探寅恪病，以万元付寅恪作家用。"十二月十六日："在燕京大礼堂，讲《红楼梦评论》"，"探寅恪病。"十二月十七日："下午1：30始得至存仁探寅恪病。"十二月十八日："12—1探寅恪病。今日下午，左目将行割治。"十二月十九日："往存仁视寅恪。仅得见夫人筼，言，开刀后，痛呻久之。"十二月二十一日："探寅恪病，甚有起色。"十二月二十三日："夕，探寅恪病，仅见筼夫人。言寅恪又不如前。"十二月二十四日："上午探寅恪病，转佳。"十二二十五日：" 探寅恪病。逢陈医检查其病目。"十二月二十六日："探寅恪病。医方检视，宓急退出。"十二月二十八日："夕，探寅恪病，方眠。"十二月三十日："探寅恪病，方食。后筼夫人送出，秘告：医云，割治无益。左目网膜脱处增广，未能粘合。且网膜另有小洞穿。"十二月三十一日："探寅恪病，方眠。"1945年元旦："9：30探寅恪病。""下午，阴。2—3以借得之张恨水小说《天河配》送与寅恪。"一月三日："夕5—8探寅恪病，陪坐。"一月五日："探寅恪病，方眠。"[1]吴宓几乎是天天去医院"陪坐"、"久坐"、"陪谈"。这一时期的《吴宓日记》，如同寅恪先生眼病的病历卡一样，纤毫不漏，很少见到朋友之间有如此至爱亲情的。陈寅恪的特点是深挚，吴宓的特点是投入。1961年吴宓赴广州最后一次看望老友，陈寅恪赠诗有句说："幸有人间佳亲在"，这"佳亲"二字，不妨看作也包括两个老友的关系在内。

吴宓和陈寅恪在1949年以前，尽管有战乱和流离，总有机会倾心谈叙，互相切磋；1949年以后，本来是寰宇已定的和平环境，反而天各一方、相见时难了。因此1961年已是六十七岁的吴宓亲赴广州看望七十有一的陈寅恪，可不是一件小事。吴宓于八月二十三日乘船到武汉，会见老友刘永济先生，然后于八月三十日抵广州，到中山大学已是夜里十二时，寅恪先生仍在东南区一号楼上相见。这一天的《吴宓日记》写道："寅恪兄双目全不能见物，在室内摸索，以杖缓步。出外由小彭搀扶而行。面容如昔，发白甚少，惟前顶秃，眉目成八字形。目盲，故目细而更觉两端向外下垂（八）。然寅恪兄精神极好，撮要谈述十二年来近况。"[2] 读这篇《日记》，令人感到凄然。吴宓九月四日离开广州，与寅恪先生有四个整天在一起叙往谈心，学术、政治、人事，无所不及，又交流诗作，寅恪劝吴宓与陈心一女士复合。陈寅恪《赠吴雨僧》诗第一首："问疾宁辞蜀道难，相逢握手泪汍澜。暮年一晤非容易，应作生离死别看。"[3] 不料想这首记实的诗，后来竟成为谶语，果然是"生离死别"，从此这两位结管鲍之谊的老人再没有见过面。

1964年暑期吴宓本来还计划有广州之行，因政治风云忽变而未果。陈寅恪1962年跌断右腿，盲目膑足，在十年内乱期间倍受摧残。吴宓处境更为不利。1969年挨批斗，被猛向前推跌倒，左腿扭折，至1971年六月又盲了右目。扣发工资，每月只给三十七八元生活费。但此情此景，他担心、眷念的是寅恪先生，竟于1971年九月八日写信给"中山大学革命委员会"，问询老友的消息。他在信中说："在国内及国际久负盛名之学者陈寅恪教授，年寿已高"，"且身体素弱，多病，又目已久盲。——不知现今是否仍康健生存，抑已身故（逝世）？其夫人唐稚莹（唐筼）女士，现居住何处？此间宓及陈寅恪先生之朋友、学生多人，对陈先生十分关怀、系念，极欲知其确实消息，并欲与其夫人唐稚莹女士通信，详询一切。故特上此函，

晚年的陈寅恪与吴宓

敬求贵校（一）复函，示知陈寅恪教授之现况、实情。（二）将此函交付陈夫人唐稚莹女士手收，请其复函与宓，不胜盼感。"[4] 其实寅恪夫妇早在1969年10月和11月去世，吴宓的信晚了差不多两年。不过即使两年前写此信，他大约也得不到回复吧。

  使我们感到格外钦敬的是吴宓的勇气，身处自身莫保的险境，他居然敢于写这样一封充满对老友系念、礼敬的信，这只有吴宓才做得出。而且十分细心，开头即说明陈寅恪是"国内及国际久负盛名之学者"，在当时恐怕也包含有对迫害知识精英的抗议吧。"身故"一词后面加一括号，注明是"逝世"的意思，想得也极周到，因为当时以戕贼文化为使命的文化环境，对方可能读不懂雨僧先生的至诚无华的信，连吴宓的"宓"是否识得都在未知之数。当时吴宓下放在四川梁平县，不久又由于为孔子和儒学辩护，所受迫害变本加厉，以至于不得不回到陕西泾阳老家，终于孤独地死去，比陈寅恪更加不幸。

  而当晚年的吴宓独卧病榻时，他还在不停地思念老友。一生以维系中国固有文化为己任而又具有诗人浪漫情怀的吴宓，到生命的晚期，把他与寅恪先生的友谊升华到醇美的诗的境界，管鲍地下有知，也要为后世有如此气类知音之士而额手至再罢。

注释

[1] 《吴宓日记》第九册（1943~1945），生活·读书·新知三联书店，1999年，第376—403页。

[2] 《吴宓日记续编》第五册（1961~1962），生活·读书·新知三联书店，2006年，第159页。

[3] 陈寅恪：《赠吴雨僧》，《陈寅恪集·诗集》，生活·读书·新知三联书店，2001年，第138页。

[4] 《吴宓书信集》（吴学昭整理、注释、翻译），生活·读书·新知三联书店，2011年，第434页。

（写于1992年，载香港《明报月刊》）

钱锺书与陈寅恪的异同

吴宓三十年代初在清华园，一次谈起学问人才，说年龄大一些的要数陈寅恪，年轻的首推钱锺书。陈、钱都是有识人慧眼的吴雨僧所欣赏的人物。陈生于1890年，钱生于1910年，相差二十岁。陈、钱并非齐名，但常为人所并提。并提是缘于学，而忘记岁年。

打通文史和贯通中西

陈、钱为学的共同特点，一是都精通多种文字。过去研究者说陈寅恪懂二十几种文字，后来汪荣祖先生分析，大概有十六七种。陈掌握外域文字的独异处，是通晓一些稀有文字，如蒙古文、藏文、巴利文、西夏文、突厥文等。他研习蒙古文和藏文,是为了读佛经。不了解蒙古文、藏文,对佛经的原典不能有真切的了解。后来他在清华任教的时候,仍然每礼拜进城向钢和泰学习梵文。钱先生也懂多种文字,包括英、法、德、意、西班牙等国文字,还有梵文。他的懂,是通晓无碍,使用熟练,可写可说。杨绛先生整理的《钱锺书手稿集·容安馆札记》,三大厚册,两千五百多页,经由商务印书馆于2003年出版。里面的读书笔记,很多都是各种文字交互使用。其次是,他们都具有惊人的记忆力,读书广博,中西典籍,过目不忘。此两点可以证明,陈、钱都是学问天才。第三,他们都出身于名门,得益于家学传统。陈的祖父陈宝箴、父尊陈三立,是晚清学殖深厚的名宦,吏能和诗文为当时胜流所称道。钱的尊人钱基博子泉先生,是风清学厚的国学大师。强为区分,则陈寅老的出身,不独名门亦为高门。

不同之处是,陈的学问直承乾嘉,钱则受外域学术的影响比较深在。我们在陈寅恪的著作中,很少看到西方学术观念和方法的直接使用。可是又不能不承认,陈的西学训练非常之好。他在德国学习研究的时间最长,很多人说他受到德国史学家兰克的影响。我有一次在德国,特别就这个问题向几位研究德国史学的教授请教,他们说没有看到具体证据。只是相信陈的史学考证,可能是受了当时欧洲实证主义史学思潮的影响,特别是兰克史学。钱锺书先生不同,他的著作熔中外于一炉,大量直接引用各种西方典籍。他是把中外学问一体看待的,用不同的文字阐释不同问题的相同理念。如果不把钱的学问方式称作比较文学或比较文化学研究，用他自己喜欢的说法，应该是求得中外学问的打通。

陈寅恪先生跟钱锺书先生为学的不同，主要在科业门类的专攻方面。陈的专业根基在史学，钱的专业根基在文学和诗学。但他们都是通儒，在打通文史、贯通中西这点上，是相同的。陈的方法是用诗文来证史，文史兼考，交互贯通。钱的方法是打通文史，中西会通。只有在极特殊的情况下，需要细读深思，才可能发现，陈的著作中不是没有西学的痕迹。譬如他给冯友兰的《中国哲学史》写的审查报告，中间使用了"结构"一词。这个概念百分之百是西方的。陈先生不慎露出了一点西学的"马脚"。陈先生还有几篇涉及比较语言学的文章，使用了西方的学理概念。他对比较语言学情有独钟，尤其在与刘文典论国文试题的信里，谈得集中。傅斯年当年在中研院建立历史语言研究所，跟陈有一定关系，他们都受到德国比较语言学的影响。现在台湾"中研院"的历史语言研究所，名称一直没有改变。张光直先生担任"中研院"副院长的时候，曾经考虑，索性将历史语言研究所一分为三，语言的归语言，历史的归历史，考古的归考古。当时我恰好在那里访学，他请我在史语所讲陈寅恪。我特别讲到，我顺便提个建议，史语所的名称似乎不应该改。张先生当时在场。后来他私下跟我说，你的想法可能"获胜"，因为史语所很多老人都不同意改。

陈寅恪先生的著作里，西学的影响不轻易流露。钱先生的著作则熔中西理论典例于一炉，处处引用，一再引用，引得不亦乐乎。我们作为晚生后学，读他们的书，感到是一种难得的享受。我读钱先生书，四个字：忍俊不禁。学理是严肃的，学问方式是调皮的，幽默的，读得一个人老想窃笑。读陈的书，也有叫我窃笑的时候，他考证到佳绝处，直接走出来与古人调侃对话。

陈的《柳如是别传》，把柳如是和陈子龙的爱情，钱谦益和柳如是的婚姻爱情，写得极其细致入微，当事人的爱情心理都写出来了。钱柳半野堂初晤后，互有赠诗，且钱牧斋已为柳修筑新屋。此时，曾"追陪"柳如是不离不舍的嘉定诗老程孟阳来到钱府，钱柳当时之关系他无所知闻，显然处境相当尴尬。强颜和诗钱柳，诗题作《半野堂喜值柳如是，用牧翁韵奉赠》。寅恪先生考证，诗题的"喜"字系钱牧斋所加。然后发为论议写道："虽在牧斋为喜，恐在松圆（程号松圆——笔者注）转为悲矣。"[1] 又此前《别传》亦曾考证，程氏尝往吊追逐柳如是最力的谢象三的已过时的母丧，目的是希望得到谢的周济。明末的一些"山人"，寅老说，都难免有此种德行。行笔至此，寅恪先生下断语曰："益信松圆谋身之拙，河东君害人之深也。"[2] 史家的职司，文学的能事；文学的职司，史家的能事，陈、钱两大师悉皆具备。

钱陈辨华夷

不妨举几宗中国史上的典型学案，以见陈、钱诠解的异同。陈寅恪学术思想的一项重要内容，是关于种族与文化的学说。这是他学术思想里面的一个核心义旨。他认为文化高于种族。所谓胡化和华化的问题，是文化的问题，不是种族的问题。他的《隋唐制度渊源略论稿》和《唐代政治史述论稿》两书，以很多考证来辨明此义。晚年写《柳如是别传》，又特别标明，当年他引用圣人"有教无类"之义，来阐释文化与种族的关系。"类"即种族，"教"是文化。"有教无类"，即是文化高于种族之意。[3] 这是他贯彻一生的学术理念。

这个理念的重要性在于，它至今不过时，今天仍然有现实的和现代的意义。如果我们了解陈寅恪的这一学说，就会知道前些年哈佛大学亨廷顿教授的"文明冲突论"不过是一隅之词。亨廷顿说，冷战后的世界，文明的冲突占主要地位，西方文化跟伊斯兰文明的冲突，跟儒教文明的冲突，将成为左右世界格局的动因。他只看到了文化的冲突，没有看到文化的融合和人类文化追求的尚同。他不了解大史学家陈寅恪的著作，自然不懂得文化高于种族的道理。

但我这里传递一个学术信息，钱锺书先生也如是说。他说华夷之辨在历史上没有确指，其断限在于礼教，而不单指种族。例证是汉人自称华，称鲜卑是胡虏；可是魏的鲜卑也自称华，而说柔然是夷虏。后来南宋人称金是夷狄，金称蒙古是夷狄，金自己也是夷狄。钱先生的引证很多，很多是陈先生引用过的。但我相信钱先生一定是自己看到的材料，而不是使用陈的材料。他们是不约而冥合，读书广博，取证类同。《北齐书》的《杜弼传》，记载高祖对杜弼说，"江东复有一吴儿老翁萧衍者，专事衣冠礼乐，中原士夫望之以为正朔所在"。钱先生说，这是"口有憾，而心实慕之"。[4] 这是钱先生的解释。同样这个例子，陈寅恪先生的称引不止一次，此为陈的说史常谈。

钱先生引《全唐文》卷六百八十六皇甫湜的《东晋、元魏正闰论》一文，其中谓："所以为中国者，礼义也；所谓夷狄者，无礼义也。岂系于地哉？杞用夷礼，杞即夷矣；子居九夷，夷不陋矣。"[5] 显然具有更直接的说服力。然后钱先生又引《全唐文》卷七百六十七陈黯的《华心》一文："以地言之，则有华夷也。以教言，亦有华夷乎？夫华夷者，辨在乎心，辨心在察其趣向。有生于中州而行戾乎礼义，是形华而心夷也；生于夷域而行合乎礼义，是形夷而心华也。"[6] 钱后来对此节做增订，又引元稹《新题乐府·缚戎人》："自古此冤应未有，汉心汉语吐蕃身。"钱先生说这是汉人"没落蕃中"者。不是由于地域，而是由于文化。钱并标出英文为注，写道："华夷非徒族类（ethnos）之殊，而亦礼教（ethos）之辨。"[7]

陈、钱在华夷之辨问题上，机杼相同，理路相同，结论相同。但我发现，钱先生的引证，增加了许多文学方面的资料。陈先生在华夷之辨问题上，在种族与文化的引证中，虽也引证元稹和白居易的诗作，但主要是新旧两《唐书》和其他史籍的材料，这是由于他们为学的专业类分各有专攻也。

陈钱的文体论

陈、钱的学问里面，都包含有文体论的内容。他们对文体的重视是惊人的，此点大大异于其他人文学者。陈、钱文体论的侧重点虽有不同，都是文体革新派则一。他们都主张文无定体，不拘一格，力倡文体革新。钱先生在《谈艺录》里对韩愈的"以文为诗"给予肯定，并引申为说："文章之革故鼎新，道无他，曰以不文为文，以文为诗而已。"[8] 升华了文章学和诗学的理论容度。陈先生论韩柳与古文运动，对韩愈的"以文为诗"更是大加称赏。他说："退之之古文乃用先秦、两汉之文体，改作唐代当时民间流行之小说，欲借之一扫腐化僵化不适用于人生之骈体文，作此尝试而能成功者，故名虽复古，实则通今，在当时为最便宣传，甚合实际之文体也。"[9] 对韩愈的评价比钱还高。

陈的《论韩愈》写于二十世纪五十年代初，发表于《历史研究》，钱肯定会看到此文。有意思的是，钱先生也一直有写一篇专论韩愈的文章的打算[10]，可惜未及动笔而斯人已逝，真是遗憾之至。否则陈、钱两大家共论"文起八代之衰"的文雄韩愈，各出以巨文，该是何等好看。

对野史小说可否考史的问题，陈、钱的看法约略相同。陈在此一方面持论甚坚，其《顺宗实录与续玄怪录》一文，可为力证。他说："通论吾国史料，大抵私家纂述易流于诬妄，而官修之书，其病又在多所讳饰，考史事之本末者，苟能於官书及私著等量齐观，详辨而慎取之，则庶几得其真相，而无诬讳之失矣。"[11] 陈著显示，以野史小说来补充正史的不足，是陈先生的史家之能事。钱先生涉及此一问题，引用司马光《传家集》卷六十三《答范梦得》的说法："实录正史未必皆可据，野史小说未必皆无凭。"盖其撰《资治通鉴》，即曾采及野史小说。钱先生因此写道："夫稗史小说、野语街谈，即未可凭以考信人事，亦每足据以觇人情而征人心，又光未申之义也。"[12] 此可见钱、陈虽都重视野史小说的作用，陈用来直接考史，钱则认为考信人事未必可据，但可以见出当时的人情和人心。

关于不同作者的著作和作品，有时会出现相似甚或相同的见解和论述，对此一问题如何看待，钱、陈有不约而同的胜解。艺苑文坛，著作之林，不同的作者居身不同地域，彼此互不通问，但写出来的文章或著作，义旨和结论竟然相似或相同。这种现象如何寻解？是否可径以抄袭目之？陈寅恪先生在《论再生缘》一书中，专门讨论了这个问题。他以他本人和陈垣先生都曾撰文考证杨贵妃入道的时间，而结论不谋而合为例，来说明发生此种现象的原因。他写道："抗日战争之际，陈垣先生留居京师，主讲辅仁大学。寅恪则旅寄昆明，任教西南联合大学。各撰论文，考杨妃入道年月。是时烽火连天，互不通问，然其结论则不谋而合，实以同用一材料，应有同一之结论，吾两人俱无抄袭之嫌疑也。"[13] 钱先生对此一问题也有类似看法。他在考论《太平广记》一书时，对多种典籍都曾使用以鼋鼍为津梁的典故，是不是存在彼此抄袭仿效的问题，给出了他的论断："造境既同，因势生情，遂复肖似，未必有意踵事相师。"[14] 钱、陈对此一现象，得出了异地易时而同的结论，足可成为学界佳话，而不必怀疑他们是有意"踵事相师"。

附语

陈、钱比论粗毕，兹有一事，向读者交代。即钱、陈论学的文字风格是截然不同的。陈1969年离世，显然无缘一睹钱的《管锥编》。《谈艺录》1948年印行于上海，战乱流离，陈未必得观，即观亦未必感兴趣。陈如何评价钱锺书先生，我们无缘得知。但陈的著作，钱肯定是读过的。如前所说，钱应该读过陈的《论韩愈》。还有《柳如是别传》，钱先生肯定也读过。不过钱对《别传》的著作体式和文辞，似颇不以为然。钱先生在与汪荣祖先生晤面或通信中，流露过这方面的看法。

我对此有一旁证。八十年代末、九十年代初，我和钱先生有通信，他总是有信必复，致使我不敢接写第二封，怕劳烦他再写回函。只有一次，我寄1990年第三期《中国文化》给他，他没有回示。因此期刊有我写的《陈寅恪撰写〈柳如是别传〉的学术精神和文化意蕴及文体意义》，文长两万余字，是为第一次系统阐释《别传》的文章。照说钱先生当时会目验此文，并有便笺给我。结果几周过去，声息全无。我意识到，钱先生可能不赞同我的论说。后来汪荣祖兄告以钱对《别传》的态度，始证实我当时的感觉不误。

然我对《柳如是别传》的评价，至今没有变化。反而越研究越知其旨趣不同寻常。就以诗文证史的方法使用和创获而言，此著可谓陈寅恪先生的学术制高点。而就陈先生说诗治史的学术历程来说，《别传》不啻为陈著的最高峰。但这丝毫不影响我对陈、钱这两座现代学术的高峰，经长期研究而秉持的情感价值和学理价值的坚守。

注释

[1][2] 陈寅恪：《柳如是别传》，《陈寅恪集》，生活·读书·新知三联书店，2001年，第529、233页。

[3] 刘梦溪：《陈寅恪的学说》，生活·读书·新知三联书店，2014年，第82—109页。

[4][12][14] 钱锺书：《管锥编》，生活·读书·新知三联书店，2007年，第2310、443、999页。

[5][6][7] 同上，第2311页。

[8] 钱锺书：《谈艺录》，中华书局，1984年，第29—30页。
[9] 陈寅恪：《论韩愈》，《金明馆丛稿初编》，《陈寅恪集》，生活·读书·新知三联书店，2001年，第329—330页。
[10] 杨绛：《钱锺书手稿集》序，商务印书馆，2003年。
[11] 陈寅恪：《金明馆丛稿二编》，《陈寅恪集》，生活·读书·新知三联书店，2001年，第81页。
[13] 陈寅恪：《论再生缘》，《陈寅恪集·寒柳堂集》，生活·读书·新知三联书店，2001年，第87页。

(时在甲午腊月二十[西历2015年2月8日]晚九时写讫于东塾，载《中华读书报》2015年5月27日)

钱锺书的学问方式

学术殿堂的引桥

我和钱锺书先生没有见过面。但二十世纪九十年代初，因为创办《中国文化》杂志，也由于当时想着手对钱先生的学术思想做一些研究，跟他有不少通信。我从未把这些信拿出来，觉得不好意思。他是我非常尊敬的前辈学者，不仅是欣赏，而且是特别尊敬和心仪的人。我研究晚清民国以来的现代学术思想史，钱先生是我关注的重点学术案例。

八十年代中期，我开始做这方面的题目，决定对王国维、陈寅恪、钱锺书这三位真正大师级的人物，做个案分疏和综合比较研究。于是开始读他们的书。最先读的，是钱锺书。可以毫不夸张地说，他的每一本书、每一个字，我都读过三遍以

钱锺书

上。内子陈祖芬写过一篇文章,叫《不敢见钱锺书先生》,其中写到,在八十年代,如果你在北京的街头巷尾,看到一个人,或者在公共汽车上,或者在路上,在树下,在墙边,在任何地方,都拿着书看,这个人看的一定是《管锥编》或者《谈艺录》。她这样写是写实,不是文学描写。我的确读钱先生读得很熟,熟到他成为和我日夜相伴的人。不仅他的书一本一本被我画乱了,读钱的笔记也积下好多册。

读完钱锺书之后,就读王国维。王的东西多,必须选读。先是早期的《静安文集》和《静安文集续编》,然后是《人间词话》、《宋元戏曲史》、《古史新证》等。王国维后，开始读陈寅恪。非常"不幸"，我读陈寅恪以后，扎进去就没有出来。结果不是三个人一起写了，变成对陈寅恪做单独的个案研究。我现在写的关于陈寅恪的文字，大概有五十多万言，公开发表的文章，出版的著作，只是其中一部分。但是对我如此熟悉的钱锺书，却一直没有写文章发表。我的一些朋友也知道我研究钱锺书，一次厦门大学召开关于钱先生的研讨会，李泽厚说你应该去，你是研究钱锺书的。我问他何以知之，他说当然知道。为什么知道，他没有讲理由。

近三十年我所做的研究，很大一块是围绕二十世纪现代学者的学术思想。我的体会是，这些大师巨子是我们晚学后进进入学术殿堂的比较便捷的引桥。通过他们，可以通往古代，走向中国传统学术，也可以通过他们连接西方，走向中西学术思想的会通。更重要的，他们为我们树立了学术典范。我曾经用"空前绝后"一语，形容他们学问结构的特点。"空前"，是指这些现代学者，在西学的修养方面，汉儒、宋儒、清儒，都比不过他们，因为当时不可能有这个条件。汉宋儒不必说，乾嘉学者也不能跟二十世纪现代学者在这方面相比肩。虽然早期的传教士跟明末清初的一些学人有一些关联，但我们看不到乾嘉大师们的西学修养有哪些具体而明显的呈现。二十世纪学者不同，他们常常十几岁就留学国外。陈寅恪十三岁留学日本，然后美国、欧洲，前后大约有十六七年的时间在国外。连马一浮也有在美国、日本的经历，也是很年轻的时候就去的，尽管停留的时间前后不是很长，毕竟扩大了学问的视野。

另一方面，二十世纪现代学人的国学根基，又是后生晚辈不能望其项背的。他们四五岁开始发蒙，到七八岁，十几岁，不用说五经四书，十三经、诸子集成、前四史，差不多都读过了。他们有这样的学问积累的过程，所以在学术的知识结构方面，既是空前的，又是绝后的。"绝后"不是说后来者的聪明智慧一定少于他们，而是没有当时那些个具体条件，包括对学人为学非常重要的家学和师承。国学需要童子功，年龄大了补课，实际上为时已晚。因此后来者要赶上他们，难之又难。就研究我国固有学术而言，二十世纪学者也开了先路，经由他们可以更自觉地进入原典。比如研究马一浮，就需要了解宋代的学术源流，因为马先生的学术思想是直承宋学而来，我们不得不跟着他进入宋儒的世界。可是宋儒的话题，是跟先秦诸子，跟孔子、孟子、荀子的思想连接在一起的，"六经"是他们反复阐释的原初经典。宋代濂、洛、关、闽四大家，即周敦颐、程颢、程颐、张载、朱熹诸大儒，一生学问，主要是以重新阐释孔、孟和"六经"的原典为能事。而马一浮的学理发明，也主要在"六艺论"。所以研究马一浮，跟着他返宋的同时，还须返回到先秦，返回到孔子和"六经"。

二十世纪现代学者的学术，是不是也有瑕疵？肯定会有。陈寅恪就讲过，王国维的学说也可能有错误，他自己的学说也会有错误，自然可以商量。同样，钱锺书的学术，也一定有可商之处。但是他们的学术精神、为学的态度、纯洁的资质，堪称后学的典范，应无问题。我们今天的学术风气所缺乏的，恰好是二十世纪大师们的那种精神、那种风范、那种态度。

避免误读钱锺书

现在关注二十世纪现代学术的人多起来了，但研究得远不够深入。有一些方面的研究，刚刚开始，就刮起这个"热"那个"热"的风。学术研究最怕刮风。一刮风，"热"得快，凉得也快。然后骂声随之而来。钱锺书先生不幸也遭此命运。我看到一篇文章，题目是《钱锺书是卡夫卡的绝食艺人》。这篇文章写得倒是很俏皮，但认为钱先生的学问，不过是一个杂耍艺人用以谋生惑众的绝活，除了博得看客的几声叫好，没有任何实用价值。他说《谈艺录》和《管锥编》，本质上应归属于诸如绕口令、回文诗、字谜等文字和语言游戏一类，是一种自娱性的、习惯性的、享受性的东西。这位作者甚至还声称，《谈艺录》和《管锥编》是自私的，势利的，是抬高门槛为难人的，是以显摆为目的等等。

我无论如何不能认同这篇文章对钱锺书先生的评价。如果不是牵引卡夫卡蓄意做一番拟于不伦的文字游戏，我认为他至少是没有读懂钱锺书。读懂钱，并不容易。陈寅恪先生的书，马一浮先生的书，也不容易读。读懂读不懂，不完全是文字障碍，文字没有那么多障碍。马一浮的著作不多，无非《泰和会语》、《宜山会语》、《复性书院讲录》、《尔雅台答问》等。但读懂马先生，我认为是非常难的事情。难就难在，阅读者是否能够进入马先生的学问世界和精神世界。陈寅恪给冯友兰的《中国哲学史》写审查报告，提出一个极为重要的思想，就是对古人的著作，对古人的立说，要具有"了解之同情"的态度，因而能够体会古人立说的"不得不如是"的苦心孤诣。钱锺书先生的著作，为什么采用现在我们看到的这种呈现方式？为什么用文言而不是白话？他是文学家，小说《围城》和散文《写在人生边上》等，可以证明他的白话同样令人倒绝。

　　这涉及如何理解钱先生的学问态度和学问方式问题。他对学问有一个宿见，就是认为大抵真正的学问，不过是荒江野老，二三素心人，商量培养之事，而不是闭目塞听地"做"出来，或是吵吵嚷嚷地"讲"出来的学问。他说一旦成为朝市的"显学"，很快就会变成俗学。这些话，深入体会，才能知道一点学问的滋味。以虚妄浮躁的心态，试图了解稳定的学问，不可能对学问得出正解。钱先生的学问方式，毫无疑问是活跃的，多姿的，千变万化的，但他的学问精神是恒定而守持不变的存在。他认为古与今、中和西，不是截然不搭界的两造，而是可以连接一气、互相打通的世界。他说："古典诚然是过去的东西，但是我们的兴趣和研究是现代的，不但承认过去东西的存在，并且认识到过去东西的现实意义。"[1]

他对"专学"的看法也很特别。他说因研究一种书而名学的情况不是很多。一个是"选学"，《文选》学；一个是"许学"，研究许慎的《说文解字》的学问，它们可以称为专学。《红楼梦》研究成为"红学"，是为特例，但他认为此学可以成立。其余的研究，包括千家注杜（杜甫）、百家注韩（韩愈），都不能以"杜学"或者"韩学"称。可见他对学问内涵的限定，何等严格。这是大学问家的态度。现在到处使用专学的称谓，把学问泛化，结果取消了学问本身。钱先生还特别指出"师传"的弊端，认为弟子多，对其师尊崇的结果，反而把师也扭曲变形了。这就是《谈艺录》反复讲的"尊之实足以卑之"。钱先生的好友郑朝宗先生说，钱先生是"但开风气不为师"，可谓真知钱先生之言。钱先生从不以师自居，不聚徒讲学，也没有弟子。

钱锺书的学问构成

钱锺书先生的学问结构，都由哪些部分构成，他的学问脉分如何辨识，学术界没有一致的看法。我长期读钱，三复其义，认为他的学问构成约略可分为四目：第一是经典阐释学；第二是学术思想史；第三是中国诗学；第四是文体修辞学。

前面提到的说钱先生是卡夫卡的绝食艺人的文章，不承认钱先生著作里面有解释学的内容,未免令人感到意外。《谈艺录》也好,巨著《管锥编》也好,独不缺少解释学的内容。只不过钱先生对解释学有独辟胜解。《左传正义》三,隐公元年,解一"待"字,令人绝倒。郑庄公由于"寤生",惊吓了他的生母武姜,因而母子失和。庄公即位之后,武姜便与庄公的胞弟共叔段结为联盟,封地逾制,一人独大。郑大夫祭仲建议及早除掉,免生滋蔓。庄公说:"多行不义必自毙,子姑待之。"这是大家都知道的进入中学课本的《左传》名段"郑伯克段于鄢"。

我们且看钱锺书先生如何解释此一"待"字。

他先是征引《左传·闵公元年》,齐国的仲孙湫提出:"不去庆父,鲁难未已。"齐桓公回答说:"难不已,将自毙,君其待之。"又引定公六年,公叔文子谏卫侯:"天将多阳虎之罪以毙之,君姑待之,若何?"再引《韩非子·说林》,下有与悍者邻,欲卖宅避之,人曰:"是其贯将满矣,子姑待之。"钱先生具引之后申论说:"'待'之时义大矣哉。'待'者,待恶贯之满盈、时机之成熟也。"然后又引《汉书·五行志》董仲舒之对策:"鲁定公、哀公时,季氏之恶已熟"、《孟子·告子上》以麰麦喻人性:"至于日至之时,皆熟矣"。这就如同郑庄公等待到共叔段谋反在即,并得知其起事的具体日期,于是下定决心,说:"可矣!"也就是可作为的时机真正成熟了。

钱先生接着又引《史记·韩信、卢绾传》："太史公曰：'於戏悲夫，夫计之生熟成败，于人也深矣！'"以及《北齐书·陆法和传》里的陆氏发为议论："凡人取果，宜待熟时，不撩自落，檀越但待侯景熟。"意犹未尽，更引西典助发，一是文艺复兴时期意大利政论家的"待熟"之说；二是培根论"待"时提出的"机缘有生熟"；三是孟德斯鸠论修改法律，提出"筹备之功须数百载，待诸事成熟，则变革于一旦"；四是一名李伐洛者，认为"人事亦有时季，若物候然"。[2]中西古典万箭齐发，齐来会战，"待"之一词被包围得水泄不通，只好俯首就擒。

其实所谓"待之"，就是为人举事，要讲究条件和时机。而时机须由条件来酝酿。舍此二端，急于从事，揠苗助长，冒行躁进；或灰心气沮，知难而返，坐失良机，都是不明不智的表现，亦即尚不懂钱先生反复阐释的这个"大矣哉"的"待"字。

钱先生又引清儒之言写道："乾嘉'朴学'教人，必知字之诂，而后识句之意，识句之意，而后通全篇之义，进而窥全书之指。虽然，是特一边耳，亦只初桄耳。复须解全篇之义乃至全书之指（'志'），庶得以定某句之意（'词'），解全句之意，庶得以定某字之诂（'文'）；或并须晓会作者立言之宗尚、当时流行之文风，以及修词异宜之著述体裁，方概知全篇或全书之指归。积小以明大，而又举大以贯小；推末以至本，而又探本以穷末；交互往复，庶几乎义解圆足而免于偏枯。"[3]这也就是乾嘉学者何以重视小学的原因。小学是进入经学的阶梯,故"读书必先识字"是清儒的常谈。小学包括文字学、训诂学、音韵学,即读书进学,首在认识字,知读音,明义训。然后再由小学进入经学。经学的旨归在义理,就进到中国传统学问最高的形上之境了。钱先生把这一过程概括为"积小以明大,而又举大以贯小;推末以至本,而又探本以穷末"[4]。此亦即西哲所说的"循环阐释"。钱先生告诉我们,阐释的方式或有中西的不同,但阐释学,中西宜有共理。钱氏阐释学,则明显带有经典阐释的特点,既吸收了西方的理论范式,又直承中国传统传注义疏的阐释传统。

他学问构成的第二脉分,是学术思想史的内容。绝不光是文学,他的学问早已超越单一的文学一科。特别《管锥编》一书,处理的主要是学术史的问题。他选出来作为研究案例的那些典范著作,《周易》、《毛诗》、《左传》、《史记》、《老子》、《列子》、《焦氏易林》、《楚辞》、《太平广记》、《全上古三代秦汉三国六朝文》,涵盖了传统四部之学最精要的内容。他丝毫没有轻视作为我国固有学术统领地位的经史之学,而是将其置于先位来加以研究。《诗经》、《易经》均可分称为"六经"之首,《左传》是《春秋》三传中最重要的一传。而《焦氏易林》的列入,则是钱先生的所好,喜其文辞古雅,诗意馥馥。钱先生虽出身中西文学,其经史之学的根底岂可限量哉。只不过他解"经"的方法不仅与清儒不同，与昔日的时流亦迥然有别而已。他的"经解"，集部之学并为入室阶梯。

钱先生学问构成的第三脉分的内容，是中国诗学，这是他学问结构中最重要的部分。他喜欢诗，长于写诗，有诗眼，也有诗心。他的精神意象在诗里边存活并得到再生。他的笔触一旦进入中国诗学，他就自由得如同水里面的鱼，欢悦而快乐，似乎有无穷无尽对诗学的独得之秘，顷刻化作语言文辞的泉水，重叠交汇，喷涌而出。《谈艺录》就是一部关于中国诗学的大著述。还有可与专著相埒的诗论《中国诗与中国画》，以及《诗可以怨》。《通感》其实也是一篇诗学的会通之作。《宋诗选注》虽受到彼时精神环境的限制，未能畅意发抒，被他称为"模糊的铜镜"，但经钱先生手泽润色，自有他人所不及的佳风景。他诗学的义理情愫所钟，是为宋诗，自己为诗也是宋诗的风致。但《谈艺录》论诗，唐宋之别，不以历史时段，而以"体格性分"。对清末同光体诸人，是非得失均看得清爽，不掩善，也不护短。钱之诗论，通贯古今，兼采中西，旁征博引，胜解如云。我未见有另外的诗评家能和钱先生对中国诗学的贡献相比伦。老辈如陈石遗，终因缺少西学根底，不能不让钱一箭之地。杨绛先生也说："他酷爱诗。我国的旧体诗之外，西洋德、意、英、法原文诗他熟读的真不少，诗的意境是他深有领会的。"[5]

他学问构成的第四脉分，是文体修辞学。钱先生无异是修辞高手甚或圣手。他的言语文辞的讲究，见于他所有各体著作。丰赡、睿智、幽默的特点充溢字里行间。不妨一读他的文学作品《人·兽·鬼》、《写在人生边上》，以及长篇小说《围城》，他的独特的修辞风格，踵武前贤而不袭前贤，迥异时流而无法模仿，开篇即知此为"钱氏体"。《谈艺录》等涉及文评诗话的学理文章写作，《管锥编》所展示的经典诠释系统，都是自家体貌，古今中外的要言妙道齐来登场，共同搬演中国诗学和中国学术的传奇大戏。

钱锺书先生的学问呈现方式，体现了古今文体的兼美。如果是白话，他使用的是典雅的白话，不是通俗的白话。文字里带有诙谐的隐喻，和繁富扬厉的比类观照。"典雅的白话"，是我的概括语，自认比较确切。如果是文言，他使用的是典雅的文言。至于在什么情况下使用文言，我的理解是，《谈艺录》、《管锥编》有大量原典引用，所引原典都是文言，如果述论者以白话来阐释文言，繁简失序，两不相融，必令文体不相统一。这在常人不成为问题，在钱先生则情非所愿。现在史学界正在组织人写清史，我的老师戴逸先生主持该项目。原来的《清史稿》自然多有舛误，但当时撰写《清史稿》的那些作者，可都是一时之选，譬如赵尔巽等，学问文章相当入流。现在写清史，如果用浅近的白话，只能无限地扩大篇幅，史著的味道，过去二十四史的味道，就没有了。

钱先生撰写《谈艺录》和《管锥编》，以他对文体修辞之道的精熟老到,自然懂得,如果用白话通释文言典藏,无异于在茶水里兑上白开水。他深知不同的研究对象,不同的域区类属,宜乎以不同的文体来加以呈现。而中国的文评诗话,他认为向无定体。《谈艺录》的方式,应归于中国的文评诗话之属,文体上叫"诗文评"。钱先生说过,"文评诗品,本无定体"。陆机的《文赋》是赋体,杜甫的《戏为六绝句》是诗体,郑板桥的《述诗》、潘德舆的《读太白集》、《读子美集》,是词体。钱先生说,"或以赋,或以诗,或以词,皆有月旦藻鉴之用,小说亦未尝不可"[6]。小说也可以用来评文论诗,古典小说如《红楼梦》、《儒林外史》、《镜花缘》,事例多有,而《围城》发抒此道,尤见文体修辞家的法眼机杼。

钱氏修辞典则:"说破乏味"

钱锺书先生认为,"遮言为深,表言为浅"[7]。他的修辞典则是:"说破乏味"。其实就是含蓄为美。所谓行文典雅,语言使用的诀窍,是为不露,是为含蓄。有人说,钱先生的著作不见义理,光引那么多故书,意欲何为。其实钱著充满了意蕴理趣,到处都是创发的观点和独出的见解,思想的烛光照亮著论全体。如果钱著没有思理意蕴,他就不会拥有那么多读者了。只不过他不喜欢空疏著论,而是善用遮言和隐喻,将理趣意蕴寓于古今典例故事的征引叙述之中。也就是不把问题全都

"说破",点到为止,引而不发,留给读者以三隅反的空间,是为钱氏修辞学的特点。所以他特别提醒:"善运不亚善创,初无须词尽己出也。"[8]

钱先生的名言是:"不道破以见巧思。"[9]并且引吴文溥《南野堂笔记》里的诗句作为例证:"怕闻桥名郎信断,愁看山影妾身孤。"把西湖的断桥和孤山巧妙地织入诗的语句中,以自然风景映衬人的心情意绪。怕听到"断桥"的桥名,是担心爱恋的对象音书断绝;愁看"孤山",是因为看到孤山的山影,会联想到己身的孤单。钱先生本人的文学写作,何尝不是如此。重峦叠嶂,溪流百转,山重水复,柳暗花明,文心诗笔,吊诡有术,趣味无穷。《管锥编》卷《焦氏易林》"大有"引晋李颙的《雷赋》云:"审其体势,观其曲折,轻如伐鼓,轰若走辙。"钱先生认为,斯轮鼓之喻,还未能尽"声势之殊相",只有《易林》以声声相续为声声相"逐","活泼连绵,音态不特如轮之转,抑如后浪之趁前浪,兼轮之滚滚与浪之滚滚,钟嵘所谓'几乎一字千金',可以移品。"这段话,"移品"钱氏的文体修辞,虽不中亦不远矣。钱先生又引杜句"青山意不尽,滚滚上牛头",状其"峰峦衔接,弥望无已,如浪花相追逐",以及岑参诗句"连山若波涛,奔凑似朝东",是又将此意境推至无穷。[10]自然也可以"移品"钱锺书先生。以是之故,唯懂得了钱氏的学问方式和修辞典则,才能懂得他学问本身;反之亦复如是,懂得他的学问内涵和理蕴,才能知晓他的不与人同的学问呈现方式和修辞法则。

　　学者的立身行事，也为钱锺书先生所关注。他有一个信守不移的观念，就是学者最忌出位之思。学问做到一定程度，会明白一个浅显的道理：对自己不了解的问题不应该也不必发言。这其实是学者的自知之明和理性自觉。知不知道对哪些问题自己不具备发言条件，考验一个学人学问的知性程度。《谈艺录》初版于1948年，到八十年代才第一次重印。三十多年的时光，他不是没有机会再行出版此书。1965年，北京和上海的出版社都曾向他提出申请，他一律予以婉拒。1982年重印此书，他道出个中原委："壮悔滋深，藏拙为幸。"[11] 他深谙避世避俗之道。"隐身适成引目之具，自障偏有自彰之效，相反相成，同体歧用"[12] 的哲理，为他所深谙。杨绛先生也写过《隐身衣》。但钱锺书不是隐者，他不同于马一浮。马先生是真正的隐士，长期在西湖，住陋巷，不入讲舍。钱先生也不入讲舍，但他有许多青年朋友，对文坛世相的了解出于很多人的想象。我跟钱先生并无接触，但一次他在信中，称我和内子是"文章知己，患难夫妻"。不晓得他是如何知道的不入正传的"野史掌故"，我们夫妇因此非常感念他。钱先生不是隐者，只是"默存"而已。

向钱锺书要什么

　　探讨钱锺书先生的学问方式，还必须讲几句不能不说的话，就是你想向钱先生要什么。六十年代初，有一本流行的书，是苏联作家柯切托夫写的，叫《你到底要什么》，一本反思苏俄正统的书。但是它的书名我很感兴趣。对钱先生，也有个到底要什么的问题。本文开始提到的那位说钱先生是杂耍艺人的文章，他要的是钱先生自己不想要更不想做的东西。

钱先生不是革命家，不是政治家，也不是游旋于政学两界的人。你向他要革命，他没有。要政治，他不喜欢谈。要亦学亦政，他反对这种骑墙式的人生状态。他是非常单纯的学者。不应该向他要这些反其道而行之的东西。你要他出头？参与街头政治？他不愿意那样做。换句话说，他不是梁任公，他不是冯友兰。冯友兰先生的学问当然很好，三十年代的《中国哲学史》，上、下两大册，陈寅恪先生评价很高。抗战时期的"贞元六书"，构建自己的哲学体系，也是开创性的建树。冯友兰的学术成就，没人能够否定。但冯先生一生于学问之外，有不能忘情于政治的一面，所以容易遭受各种訾议。但我不赞成否定这位杰出的大哲学史家，到现在我给学生开书目，他的《中国哲学简史》，还是必读书。

但钱先生不是冯友兰，他没有投身政治活动的激进的经历。他和熊十力也不一样。熊十力是新儒家的领军。我们讲熊十力、马一浮、梁漱溟，是新儒家的三圣。但熊十力早年投身国民革命，参加过起义，行伍出身，学问资历不高，但他的学问成就是一流的。钱先生没有参加过革命，甚至学生运动他也不是很赞成。要知道，他的尊人钱基博老先生，也不赞成学生搞运动。钱穆钱宾四先生，也不赞成年轻学生参政，他们认为学生主要是读好书，积累知识学问以备将来有用于家国，或至少有益于世道人心。陈寅恪先生就是这样的主张。但他不涉身政治，不等于不懂政治，他的信念和信仰非常牢固。如果对政治有看法，也是通过学问的途径来表达，不轻易作出位之思。

钱锺书先生所以养成宁静的不旁骛的治学心态，固然由于对学问本身的如同宿契般的兴趣，还由于他很早就获得了终生不渝的爱情。爱情是一副良好的安定剂。躁动不安的青年时期，让他得到了安宁。八十年代中期，我参加厦门大学的一个研讨会，当时有幸拜望郑朝宗先生。我去拜访他，是由于正在研究钱锺书。我向郑先生提出一个问题：以钱先生的睿智和锋芒无法掩藏的性格，1957年的风雨环境他何以能够平安度过。郑朝宗先生用很大的声音说：那是由于他有杨绛先生。他有了杨绛，觉得什么都有了，何须外求。我认为郑先生讲的是知钱知人生知爱情之言。

关于钱先生的学术成就，除了众多的具体学科门类的学术创获之外，在学术观念上的一大贡献，是打破了中外学问的神秘。他告诉大家，中国的学问没有那么神秘，不像传说的那样遥不可及。有人说钱先生的著作不免有卖弄学问之嫌，我以为是看错了。其实他是把被人神秘化的学问，打破了锦囊，揭开了谜底。他似乎在说，人们奉若神明的那些学问，并没有什么了不起，东西就那么多，难点也可以数出来。我相信他内心有这个东西。另外一点，他虽然不缺少整体把握的能力，但他绝不想构建框架完整的体系。这一点恰好是中国学问的方式。中国的先哲，从不以构建体系为能事。只有少数例外，一个是《文心雕龙》，不能不承认这是一部具有完整的理论体系的著作。这和其作者刘勰受到佛理的影响有关。还有宋代朱熹的哲学，是有一个理学的理论体系的。除此之外，即使古代圣贤，也很难说建立了完整的理论体系。

但不构建体系，不等于乏于辩证思维。《管锥编》开篇"论易之三名"，引皇侃《论语义疏》的自序："一云'伦'者次也，言此书事义相生，首末相次也；二云'伦'者理也，言此书之中蕴含万理也；三云'伦'者纶也，言此书经纶今古也；四云'伦'者轮也，言此书义旨周备，圆转无穷，如车之轮也。"钱先生于此写道："胥征不仅一字能涵多意，抑且数意可以同时并用，'合诸科'于'一言'。"具道吾国语文的特点。然后又说："黑格尔尝鄙薄吾国语文，以为不宜思辨，又自夸德语能冥契道妙，举'奥伏赫变'（Aufheben）为例，以相反两意融会于一字（外文省略——笔者注），拉丁文中亦无义蕴深富尔许者（省略同前）。其不知汉语，不必责也；无知而掉以轻心，发为高论，又老师巨子之常态惯技，无足怪也；然而遂使东西海之名理同者如南北海之马牛风，则不得不为承学之士惜之。"[13] 嗣后遍举中西典例进而阐说，于是又言："语出双关，文蕴两意，乃诙谐之惯事，固词章所优为，义理亦有之。"[14] 此论虽为畅述中国语文的思辨功能，也可以理解为钱先生对自己著述体例的理蕴自道。

钱先生还告诉我们，中国的东西不是独得之秘，正如西方有"奥伏赫变"，中国也有相应的理趣；我们中国有的，域外之文化渊深之国度，并不是没有。人类的奇思妙想的智慧结晶，中国人、外国人常常不约而同。所以学术思想上才有"轴心时代"的提出，亦即全世界最早出现第一流思想家的时代，都是在纪元前八世纪到二世纪左右，佛祖释迦牟尼，中国的孔子和老子，古希腊的苏格拉底、柏拉图、亚里士多德，都产生于此一时间段。钱先生的名言是："东海西海，心理攸同；南学北学，道术未裂。"[15] 他的著作里充满了"貌异心同"这样的话。比较文化学所追寻的，归根结底是尚同。人类的相同点远远多于不同之处。持续在那里讲不同，互相标异，就要打架了。追求同，可以使人类走向和解。主张尚同，能把学问做大。标异的学问，是小家气的学问。钱先生没有观念预设，因此没有预设的观念和方法的框框，秉持的是一种带有古典意味的学术自由主义。这是我研究钱先生提出的一个概念，叫"带有古典意味的学术自由主义"。他是学术自由主义，他的思想极端自由，文体极端自由，表达极端自由。但他是典雅的古典自由主义，或云具有古典意味的学术自由主义。

陈寅恪先生相信可以重构历史的真相，但是钱锺书先生认为，写自己个人的历史，都难以复原历史的本真，因此他不相信任何一种回忆录。陈寅恪认为历史真相可以重构，不是徒托空言，而是有他的学术实践。他的《柳如是别传》，就把钱（牧斋）、柳（如是）和柳（如是）、陈（子龙）的交错复杂的关系，复原重构得如同回到历史的现场。陈的考证，做到了他自己提出的需要有艺术家欣赏古代绘画雕刻之眼光和精神。钱先生当然也具备这样的眼光和精神，他本人就是充满想象力的艺术家，但是他与陈寅恪先生的看法有异。有人说钱先生对家国世事人生关怀不够。这里举一个例子，即他在阐释《左传》的时候，引用《左传》昭公十八年，"可以无学，无学不害"，这是在说什么呢？另外他引《老子》六十五章："古之善为道者，非以明民，将以愚之，民之难治，以其智多。"又引《论语》"民可使由之，不可使知之"、郑玄注所引《春秋繁露》"民，瞑也"。更引宋晁说之《嵩山文集》卷十三《儒言》里的话："秦焚《诗》、《书》，坑学士，欲愚其民，自谓其术善矣。盖后世又有善焉者。其于《诗》、《书》则自为一说，以授学者，观其向背而宠辱之，因以尊其所能而增其气焰，因其党与而世其名位，使才者颟而拙、智者固而愚矣。"[16] 钱先生说，此晁之论，是为反对王安石的"新学"而发。这些考论阐证究系何义，世不乏善读钱书者，自当通解真切，无待我言。

注释

[1] 钱锺书：《古典文学研究在现代中国》，转引自郑朝宗《海夫文存》，厦门大学出版社，1994年，第8页。
[2] 钱锺书：《管锥编》，生活·读书·新知三联书店，2007年，第276—277页。
[3][4] 同上，第281页。
[5] 同上，杨绛代序（写于1997年），第2页。
[6][7][8][9][10] 同上，第1002、840、371、2364、849—850页。
[11] 钱锺书：《谈艺录》引言，中华书局，1984年。
[12][13]《管锥编》，第10、3—4页。
[14][16] 同上，第7、386—387页。
[15]《谈艺录》序。

（时在甲午腊月二十[西历2015年2月8日]晚九时写讫于东塾，

载《中华读书报》2015年4月29日）

章太炎和晚清诸子学

章炳麟字枚叔,太炎为其别号,清同治七年十一月三十日(1869年1月12日)生于浙江余杭。曾祖父、祖父、父亲都曾担任过县学的训导一类职务(曾祖、父亲为县学训导,祖父为国子监生),外祖父为庠生。虽非高门,却不乏诗书传统。十一二岁时读蒋氏《东华录》知有曾静、吕留良之案,授其读经的外祖父说:"夷夏之防,同于君臣之义。"炳麟问前人是否也这样讲过,外祖父说王船山、顾亭林都讲过,并以船山"惟南宋之亡,则衣冠文物亦与之俱亡"之语告。太炎于是说:"明亡于清,反不如亡于李闯。"[1]其种族革命之思想,少年时期即已萌生。二十五岁,积学所得,成《膏兰室札记》四大册,遍涉《史》、《汉》及周秦诸子,而以小学奠其基,

章太炎

诠解古代史地、音律、典章制度，古雅奥立，不类常人[2]。盖太炎于学问辞章，形同宿契，非止于苦读深研所能达致，亦天分所授也。

早期之太炎，颇寄同情于康、梁的变法主张，因此曾一度在梁启超、汪康年等共襄其事的上海《时务报》担任撰述，所写文章受到维新派人士的推重。然而时间甚短暂，1897年1月入报馆，4月即离去，原因是他与康、梁的学术思想适相反对，而为康门弟子所"大哄"[3]。章早期思想也受到严复介绍的西学的影响，但其学术思想的基本理路则与严复迥异。他的学问的根基在乾嘉朴学，思想渊源则来自晚清诸子学。

儒学和诸子学的分殊与对立，是中国传统学术思想多元并立的一个方面。儒学固然长期处于正统地位，但诸子之学也没有消逝。老、庄作为道家思想的代表，自是中国文化中源远流长的一脉，荀、墨、管、晏、列、名诸家之作在学术思想史上的地位，也没有被人忘记。特别清中叶以后，确有一个子学复兴的运动。清儒治经最见功力，而为了求得经之本义，便不能不借助于诸子之学。因为诸子生活之时代与孔、孟相垺，诸子书中记载的有关孔子的言行虽未免取其一端，但也许更接近原貌。何况乾嘉诸老对典籍的分解有似匠人的解剖刀，理性的认知极大地消融了对象的神秘感，无须再把经、子人为地对立起来。

章学诚"六经皆史"说的提出，客观上已蕴涵有削弱儒家经典的权威地位的作用，策略是降"经"为"史"[4]。而另有学者把诸子等同于六经，则是又降"经"为"子"。江瑔《读子卮言》写道："子中有经，经中亦有子。班氏艺文志之论诸子也，亦云合其要归，亦六经之支与流裔。盖六经既出于诸子，诸子亦可出于六经。"[5]使用的就是经子合流的论证逻辑。章太炎的老师俞樾也说："圣人之道具在六经，而周秦两汉诸子之书亦各有所得。虽以申韩之刻薄，庄列之怪诞，要各本其心之所独得者而著之书。"[6]故近人罗庶丹所撰之《诸子学述》，得出一结论说："乾嘉以还学者，皆留意子书，以为治经之助。"[7] 其实何止是"之助",怀扬"子"抑"经"之深心者,亦大有人在。

清中叶以还如上所述一些学者试图提升诸子地位的学术思想,对青年时期即在杭州"诂经精舍"肄学八年之久的章太炎[8],不能没有影响。我们看太炎先生1906年撰写的《诸子学略说》一文,对"儒家之病"、"儒术之害",剖剥得淋漓尽致;而于道、墨、阴阳、纵横、法、名、杂、农、小说诸家,则多有恕词;其论诸子之学曰:"惟周秦诸子,推迹古初,承受师法,各为独立,无援引攀附之事,虽同在一家者,犹且矜己自贵,不相通融。故荀子非十二子,子思、孟轲亦在其列。"[9] 并引佛典《成唯识论》之义谛,极赞诸子"持论强盛,义证坚密,故不受外熏"[10]。而在1902年,已有《订孔》之作。至1909年《致国粹学报社书》发表,进而提出"唯诸子能起近人之废"[11] 的主张。实际上,复活先秦诸子之学,使孔学恢复先秦之孔,始终是章氏学术思想的一个重要特征。胡适看到了这一点,在《中国哲学史大纲》中写道:"到了最近世,如孙诒让、章炳麟诸君,竟都用全副精力,发明诸子学。于是从前作经学附属品的诸子学,到此时代,竟成专门学。"[12]

不过在致力于先秦诸子学之复活这点上还不能完全见出太炎先生的古文家的立场。章氏《太炎先生自定年谱》称:"二十四岁始分别古今文师说。"[13] 这一年实即1891年(光绪十七年），也就是康有为《新学伪经考》刊行那一年。随着起而向康之学说发起攻诘[14]，章太炎的古文家立场逐渐明晰起来。1891至1896年期间，太炎尝撰有《春秋左传读》[15]；1902年又撰有《春秋左传读叙录》、《驳箴膏肓评》两书，已把矛头指向清代今文学家的代表人物刘蓬禄，并主要就刘氏提出的《左传》的传经系统系刘歆所伪造的观点展开辩难。不过给予今文学打击最力的是写于1899年的《今古文辨义》一文。这篇文章针对廖平所代表的今文学的的基本观点逐一加以剖释，最后写道：

> 总之，廖氏之见，欲极崇孔子，而不能批却导窾以有此弊。寻其自造六经之说，在彼固以为宗仰素王，无出是语，而不知踵其说者，并可曰孔子事亦后人所造也。噫嘻！槁骨不复起矣，欲出与今人驳难，自言实有其人实有其事，固不可得矣。则就廖氏之说以推之，安知孔子言与事，非孟、荀、汉儒所造耶？孟、荀、汉儒书，非亦刘歆所造耶？邓析之杀求尸者，其谋如此；及教得尸者，其谋如彼。智计之士，一身而备输、墨攻守之具，若好奇爱博，则纵横错出，自为解驳可也。彼古文既为刘歆所造，安知今文非亦刘歆所造以自矜其多能如邓析之为耶？而《移让博士书》，安知非亦寓言耶？然则虽谓兰台历史，无一语可以征信，尽如蔚宗之传王乔者亦可矣。而刘歆之

有无，亦尚不可知也，乌虖！廖氏不言，后之人必有言之者，其机盖已兆矣。若是，则欲以尊崇孔子而适为绝灭儒术之渐，可不惧与？[16]

对康有为《新学伪经考》一书有重要影响的廖氏之古文经系刘歆所伪造的说法，是太炎先生驳难的重点，因为这是今文学派立论的历史根基。而且太炎先生预见到，如果依照今文学派造伪说的思路一直走下去，必然导致"兰台历史，无一语可以征信"的虚妄结果。

事实上，后来的疑古思潮就是这样产生的。我们不能不佩服章氏穷究学理的先见之明。但章氏信古书却不信晚清以来的地下发掘物，认为河南安阳出土的甲骨卜辞也是伪造，并且直到他逝世的前一年——1935年，中央研究院史语所的殷墟发掘已经进行到第十一次，获得极丰硕的成绩，而且有名金祖同者反复向其说明辩难，他还是不肯相信甲骨文字的真实性，甚至史语所的发掘所得，他也认为是村民的伪造[17]，则又将先见之明化作了自蔽的眼障。

注释

[1] 朱希祖：《本师章太炎先生口授少年事迹笔记》，载《制言》第25期"太炎先生纪念专号"。可参阅《章太炎年谱长编》（汤志钧编）上册，中华书局，1979年，第5—6页。
[2] 章氏《膏兰室札记》共四卷，生前未刊。1982年上海人民出版社

出版的《章太炎全集》第一册所收，为《札记》的前三卷（第四卷散佚），系沈延国校点，共得札记474条。参见该书第34—301页。

[3] 章太炎1897年4月20日《致谭献书》叙在《时务报》馆与康门弟子龃龉情形甚详，其中写道："麟自与梁、麦诸子相遇，论及学派，辄如冰炭。仲华亦假馆沪上，每有论议，常与康学抵牾，惜其才气太弱，学识未富，失据败绩，时亦有之。卓如门人梁作霖者，至斥以陋儒，诋以狗曲（面斥之云狗狗）。麟虽未遭诟询，亦不远于辕固之遇黄生。康党诸大贤，以长素为教皇，又目为南海圣人，谓不及十年，当有符命，其人目光炯炯如岩下电，此病狂语，不值一笑。而好之者乃如蛣蜣转丸，则不得不大声疾呼，直攻其妄。尝谓邓析、少正卯、卢杞、吕惠卿辈，咄此康瓠，皆未能为之奴隶。若钟伯敬、李卓吾，狂悖恣肆，造言不经，乃真似之。私议及此，属垣漏言，康党衔次骨矣。会谭笙来自江南，以卓如文比贾生，以麟文比相如，未称麦君，麦忮忌甚。三月十三日，康党麕至，攘臂大哄，梁作霖复欲往殴仲华，昌言于众曰：昔在粤中，有某孝廉诋諆康氏，于广坐殴之，今复殴彼二人者，足以自信其学矣。噫嘻！长素有是数子，其果如仲尼得由，恶言不入于耳邪？遂与仲华先后归杭州，避蛊毒也。"参见《章太炎政论选集》（汤志钧编）上册，中华书局，1977年，第14—15页。亦可参阅钱基博《现代中国文学史》，岳麓书社，1986年，第72页。

[4] "六经皆史"的思想虽并非章学诚所首创，但把这一思想系统化并在中国学术史的大背景和清代学术的具体背景下赋予全新的内涵，则是章学诚的学术创获。章的代表性著作《文史通义》的第一篇第一句话，就是"六经皆史也"（《内篇·易教上》）。他阐述的理由，是"六经"都是先王的政典，即礼仪典章制度之书；既是典章制度之书，则史的价值遂得以凸显。传统儒家亦并非不承认"六经"里面多有周之政典，主要强调"六经"的价值在所载之道。对此章学诚反驳说，"六经"其实是"器"，你不能离开"器"去讲那个"道"。他说："《易》曰：'形而上者谓之道，形而下者谓之器。'道不离器，犹影不离形。后世服夫子之教者自六经，以谓六经载道之书也，而不知六经皆器也。"又说："三代以前，《诗》、《书》六艺未尝不以教人，不如后世尊奉六经，别为儒学一门，而专称为载道之书者。"（《文史通

义·原道中》）那么后人可以从"六经"中学习什么呢？章氏认为，所学的内容不外官司典守、国家政教；而其致用的方面，也不过是人伦日用之常。所以你从"六经"中看到的，是那些不得不然的事情，并没有除此之外还看到另外的什么"道"。因为先圣先王的"道"看不见，所以孔子才述"六经"以训后世，叫你凭借"六经"这个"器"，来思考向往那看不见的"道"。盖章氏直视"六经"为"器"，不管主观意图为何，都有降低"六经"权威地位的作用。而又不止于此，章氏还认为，即使本诸"道器合一"的观点，也不能说只有即"六经"这个"器"，方可以"明道"；而是"大而经纬世宙，细而日用伦常"，只要去"求其所以然"，学者便可以"明道"。就是说，天下之道，并非由"六经"所专有（《文史通义·原道上》）。此又将"六经"之"明道"的作用，分而弱之矣。因此他顺理成章地提出，先秦之诸子各说各的"道"，在同为"言道"这点上，他们不存在高下之分。章氏写道："而诸子纷纷，则已言道矣。庄生譬之为耳目口鼻，司马谈别之为六家，刘向区之为九流。皆自以为至极，而思以其道易天下者也。由君子观之，皆仁智之见谓谓之，而非道之果若是易也。夫道因器而显，不因人而名也。自人有谓道者，而道始因人而异其名矣。仁见谓仁，智见谓智，是也。人自率道而行，道非人之所能据而有也。自人各谓其道，而各行其所谓，而道始得为人所有矣。墨者之道，许子之道，其类皆是也。夫道自形于三人居室，而大备于周公、孔子，历圣未尝别以道名者，盖犹一门之内，不自标其姓氏也。至百家杂出而言道，而儒者不得不自尊其所出矣，一则曰尧、舜之道，再则曰周公、仲尼之道。"（《文史通义·原道中》）这里章氏提出他的另一观点，即诸子言道在先，儒者反而言道在后。意谓同为言道，儒家亦未占先着。然而又不仅此。章氏还提出，"六经"之名实起于孔门的弟子们，孔子本人并不自封为经（"夫子之时，犹不名经"）；逮到孔子故去之后，"微言绝而大义将乖，于是弟子门人，各以所见、所闻、所传闻者，或取简毕，或授口耳，录其文而起义。"（《文史通义·经解上》）但"起义"的结果，也不叫"经"，而是叫"传"。例如左氏《春秋》、子夏《丧服》等篇，就都叫"传"。即前代的逸文，不出于六艺者，也都是叫"传"。所以章学诚说："则因传而有经之名，犹之因子而立父之号矣。"（《经解上》）则此处又明言"传"跟"经"的关系如同儿子与父亲的关系，只不过"传"这个儿子有点特别，他生得比父亲还要早些，有了儿子之后才有"经"这个父亲。听起来未免让人糊涂了。试问，章实斋（章学诚，字实斋）这样疏解经、传的关系，是抑经还是尊经？笔者认为他是抑之而又抑之矣。然而还不仅此。章氏显然对儒家连"经"和"传"都不区分清楚感到不满，所以他笔锋一转，表彰起诸子来了。他说："当时诸子著书，往往自分经传，如撰辑《管子》者之分别经言，《墨子》亦有《经》篇，《韩非》则有《储说》经传，盖亦因时立义，自以其说相经纬尔，非有所拟而僭其名也。"（《经解上》）那么假如笔者说章实斋这里是在想方设法地扬诸子而抑儒家，恐怕不算误解章氏的文义罢。

[5] 江瑔：《读子卮言》，第14页。

[6] 俞樾：《诸子平议序》，徐世昌编《清儒学案》第四册，中国书店，1990年影印，第385页。

[7] 罗焌：《诸子学述》，岳麓书社，1995年，第51页。

[8] 太炎先生于1890年开始入于朴学大师俞樾主持的"诂经精舍"研习，时年二十三岁，父亲章睿刚刚弃世。俞樾字荫甫，号曲园，浙江德清人。生于道光元年（1821年）、卒于光绪三十二年（1906年），道光三十年庚戌（1850年）进士及第，授翰林院编修。曾任河南学政，因科场弊案被参去职，遂肆力于学。所著《群经平议》、《诸子平议》、《古书疑义举例》诸书，为士林所重。然亦有称曲园为章句之儒而非通儒者。太炎《谢本师》云："稍长，事德清俞先生，言稽古之学，未尝问文辞诗赋，先生为人岂弟，不好声色，而余喜独行赴渊之士。出入八年，相得也。"又《自述治学》："二十岁，在余杭，谈论每过侪辈。忖路径近曲园先生，乃入诂经精舍，陈说者再，先生率未许。后先生问：'《礼记·明堂位》有"虞氏官五十、夏后氏官百、殷二百、周三百"、郑注"周三百六十官，此云三百者，记时《冬官》亡也"。《冬官》亡于汉初，周末尚存，何郑注谓《冬官》亡乎？'余谓：'《王制》三卿五大夫，据孔疏，诸侯不立冢宰、宗伯、司寇之官，有小司徒、小司寇、小司空、小司马、小卿而无小宗伯，故大夫之数为五而非六，依《周礼》，当减三百之数，与《冬官》存否无涉也。'先生

称善。又问：'《孝经》有先王有至德要道，先王谁耶？郑注谓先王为禹，何以孝道始禹耶？'余谓：'《经》云先王有至德要道以顺天下者，明政治上之孝道异寻常人也。夏后世袭，方有政治上之孝道，故孝道始禹。且《孝经》之制，本于夏后；五刑之属三千，语符《吕刑》。三千之刑，周承夏旧，知先王确为禹也。'先生亦以为然。余于同侪，知人所不知，颇自矜。"见章氏《自述治学之功夫及志向》，《章太炎演讲集》，上海人民出版社，2011年，第360页。

[9][10] 章太炎：《诸子学略说》（1906年），《章太炎政论选集》上册，第285—286页。

[11] 章太炎：《致国粹学报社书》，同上，第498页。

[12] 胡适：《中国哲学史大纲》上册，商务印书馆，1987年，第9页。

[13] 参见《太炎先生自定年谱》，上海书店，1986年。

[14] 章太炎1897年4月20日《致谭献书》："《新学伪经考》，前已有驳议数十条，近杜门谢客，将次第续成之。"参见《章太炎政论选集》上册，第285—286页。

[15] 《春秋左传读》一书太炎生前未正式刊行，盖作者认为不成熟故也。1907年章氏所作之《再与人论国学书》云："左氏故言，近欲次录，昔时为此亦几得五六岁。乃今仍有不惬意者，要当精心汰斯，始可以质君子。"此即指《春秋左传读》而言。参见《太炎文录初编·别录卷二》，《章太炎全集》第四册，上海人民出版社，1985年，第356页。现上海人民出版社版《章太炎全集》第二册所收之《春秋左传读》，系根据北京图书馆所藏钱玄同签署本及上海图书馆所藏手稿整理而成，是为首次造版印行。

[16] 章太炎：《今古文辨义》，《章太炎政论选集》上册，第114—115页。

[17] 章太炎《国故论衡》中的《理惑论》一文，是专门论述金文和甲骨文字的，其中写道："又近有掊得龟甲者，文如鸟虫，又与彝器小异。其人盖欺世豫贾之徒，国土可鬻，何有文字？而一二贤儒，信以为质，斯亦通人之蔽。按《周礼》有衅龟之典，未闻铭勒。其余见于《龟策列传》者，乃有白雉之灌、酒脯之礼、梁卵之祓、黄绢之裹，而刻画书契无传焉。假令灼龟以卜，理兆错迎，衅裂自见，则误以为文字，然非所

论于二千年之旧藏也。夫骸骨入土,未有千年不坏;积岁少久,故当化为灰尘。龟甲蜃珧,其质同耳。古者随侯之珠、照乘之宝,琅玭之削,余蚳之贝,今无有见世者矣。足明垩质白盛,其化非远。龟甲何灵,而能长久若是哉!鼎彝铜器,传者非一,犹疑其伪,况于速朽之质,易埋之器。作伪有须臾之便,得者非贞信之人,而群相信以为法物,不其慎欤?"太炎精通小学,主张研究古文字应以《说文》为依据,然而金文及甲骨学者竟以钟鼎甲骨订正《说文》,他感到无论如何不可理解。所谓"得者非贞信之人",显系指罗振玉;而"一二贤儒",则是指他素所尊敬的孙诒让。以上参见刘梦溪主编《中国现代学术经典·章太炎卷》(陈平原编校),河北教育出版社,1996年,第40页。另有《甲骨文辨证》的编纂者金祖同氏,在《辨证》上集的跋语中讲述了与太炎先生交往、讨论甲骨的有趣经过。第一次前去拜谒的情形,他做了如下的记述:"先生貌骞古,而健谈惊四座。同行者五人,各叩所学而就其渊源导发之。抉其利弊,启以先河,莫不叹服。及予,予以方治殷人礼制,乃告以甲骨文。先生蹙然者久之,曰:'乌乎可?研几文字之学,《说文》其总龟也。由此深入,可见苍圣制作之源。今舍此外求,而信真伪莫辨之物,是不揣其本而齐其末,得无诬乎?'"金嗣后多次写信向太炎先生讨教,并尽可能引证甲骨文中可以阐证经史的例子,太炎终不以为然,只复了四封信,再不理睬。太炎的第一次复信说:"文字源流,除《说文》外,不可妄求。甲骨文真伪且勿论,但问其文字之不可识者,谁实识之?非罗振玉乎?其字既与《说文》碑版经史字书无征,罗振玉何以能独识之乎?"另一信提到中研院的发掘,他认为其所获是"洹上之人因殷虚之说而伪造"。还有一信讲到刘铁云的收藏,太炎说:"以愚度之,殆北宋祥符天书之类耳。"关于金祖同与太炎先生的交往通信和章对甲骨文的态度以及相关背景,董作宾《甲骨学六十年》介绍甚详,可参阅《中国现代学术经典·董作宾卷》(裘锡圭、胡振宇编校),河北教育出版社1996年,第194—198页。

(节录自拙著《中国现代学术要略》第六章第18节,

生活·读书·新知三联书店,2008年版)

章太炎与国学

曾经有朋友问我,"国学"这个概念产生在什么时候。我说其实很晚,汉朝人、唐朝人、宋朝人、明朝人都不讲国学,清朝的早期、中期、中晚期也不闻有此说法。张之洞《劝学篇》标举"中学为体,西学为用",他所说的"中学"与"国学"多少有些相近之处,但他并没有使用"国学"的概念。当然"国学"这两个字,或者连起来作为一个语词,古代载籍中多有,但与我们现在探讨的国学这个概念全然不同。说到底还是由于晚清以还,欧风美雨狂袭而至,谈论西学、介绍西学成为时尚,相比较之下,才有了国学的说法。因此可以说国学是与"西学"相对应而产生的一个概念。这就如同"中国文化"一词,也是晚清知识分子面对域外文化的冲击,起而检讨自己的文化传统所使用的语词。

研究晚清国学发生的著作当下多有,桑兵的《晚清民国的国学研究》、罗志田的《国家与学术:清季民初关于国学的思想论争》、喻大华的《晚清文化保守思潮研究》、何晓明的《返本与开新》等,都是资料颇翔实的著述。我个人接触到的材料,黄遵宪在1902年9月写给梁启超的信中,曾提到任公先生有办《国学报》的设想,虽然他并不赞成此议。他在信里说:"《国学报》纲目,体大思精,诚非率尔遽能操觚。仆以为当以此作一《国学史》,公谓何如?"又说:"公谓养成国民,当以保存国粹为主义,当取旧学磨洗而光大之。至哉斯言,恃此足以立国矣。"只不过在黄遵宪看来,此事还不是当务之急,他认为"中国旧习,病在尊大,病在锢蔽,非病在不能保守",所以他说:"公之所志,略迟数年再为之,未为不可。"[1] 梁启超当时尚被清廷通缉之中,其对国家命运未来的关心,自不待言。尽管我不能断定,任公先生1902年关于《国学报》的构想,是否就是晚清之时"国学"一词的最早出处,但在时间上应该是非常早的。论者或谓晚清国粹派代表人物邓实在《政艺通报》上发表的《国学保存论》,应该是很早使用国学一词的人,但那已经是1904年,比梁任公1902年《国学报》的构想,晚了两年。

另外梁启超在《论中国学术思想变迁之大势》一文中,其结尾处也明确使用了国学的概念,他是这样说的:

> 虽然，吾更欲有一言：近顷悲观者流，见新学小生之吐弃国学，惧国学之从此而消灭。吾不此之惧也。但使外学之输入者果昌，则其间接之影响，必使吾国学别添活气，吾敢断言也。但今日欲使外学之真精神普及于祖国，则当转输之任者，必邃于国学，然后能收其效。以严氏与其他留学欧、美之学僮相比较，其明效大验矣。此吾所以汲汲欲以国学为我青年劝也。[2]

梁启超《论中国学术思想变迁之大势》的一至六章，撰写于1902年，第七章阙如，第八章写于1904年。以此该文结尾谈国学的一段文字，应是1904年所写。他在行文中明确把国学与"新学"、"外学"相对应来使用。"新学"一词，晚清颇流行，甚至有时还与康有为的《新学伪经考》的"新学"混同起来。但梁启超使用的"外学"一词，则不经常见到。"外学"就是域外之学、外国之学，因此中国的学问，自然可以叫"国学"了。

章太炎使用国学概念的时间也很早，且终生未尝或离。不过国学以至国粹在太炎先生那里，是作为革命的一种手段来使用的。晚清国粹派，章太炎、刘师培实为最主要的代表人物。国粹派长期被当作保守派的代名词，而究其实，太炎先生是学者兼革命家，虽在学术上坚执古文家的立场，但于文化于思想于政治却并不保守。只不过他是一个特异的天才，论人论文论学，迥异时流而已。他生于清同治七年，即1869年，浙江余杭人,是清季大学者俞樾的弟子。早期赞同变法,而不同于康有为和梁启超;1898年秋天慈禧政变之后,力主革命,与孙中山的旨趣亦不相合。也许是他的超乎侪辈的传统学问的根底和不可有二的语言文字方式,使得他的同志们既赞赏他又感到格格不入。没有人能够不为他的雄文硕学和凛然激昂的气节所折服。清廷惧怕他的影响力,1903年当他三十四岁的时候将他下狱,就是所谓的"《苏报》案"。案由是太炎先生发表在《苏报》上的《驳康有为论革命书》一文,里面有"载湉小丑,未辨菽麦"的语句。载湉是光绪皇帝的名讳,太炎先生直呼其名,而且指其为小丑,清廷便以大逆不道罪将太炎告上法庭。讼案发生在上海租界,法庭由外国人操持,太炎得以不被清廷引渡。但最后还是处以三年徒刑,关在上海西牢,罚做裁缝之事。和章太炎一起被关的有写《革命军》的邹容,罚做苦力,不及刑满,便瘐死狱中。以一国讼一人,近代以来,不知有第二人。太炎因此声名大噪。1906年章太炎刑满出狱,孙中山派人迎至日本,成为《民报》的主角。清廷迫压,日人限制,《民报》不久遭遇生存危机。

正是在这种特殊的情境之下,章太炎在日本东京开办了平生第一个国学讲习会(邀请函简上写"国学振起社"),1906年秋天开始,一直持续到1909年。鲁迅、周作人、钱玄同、沈兼士、马幼渔、朱希祖、许寿裳等后来的学界名流,都曾前往听讲。讲授内容包括诸子和音韵训诂,而以段玉裁《说文解字注》为主。讲习会开始设在《民报》社，后移至东京小日向台町二丁目二十六番地，门楣上直署"章氏国学讲习会"，这是中国历史上第一个挂牌的国学研究团体。太炎先生所以这样做，是缘于他的理念，就是他1906年到日本时发表的那篇有名的《东京留学生欢迎会演说辞》，提出唤起民众首在感情，而途径则有二事最为紧要：一是"用宗教发起信心"，二是"用国粹激动种性"。可知太炎先生倡扬国学，非关于保守不保守，而是要激发起国人的民族感情和精神。

因此之故，章太炎一生有过四次"兴师动众"的国学讲演。

第一次，就是上面所说的东京国学讲习会。第二次，是1913至1916年在北京，太炎先生被袁世凯软禁之时，他再次做起了国学讲习事业，自己说是"以讲学自娱"、"聊以解忧"（《家书》），实则所讲内容都是有所为而发。当时袁氏当国，谋立孔教为国教，康有为亦以孔教会为倡，乌烟瘴气不足以形容。所以他把批评孔教作为讲习的重要内容，《驳建立孔教议》就写于这个时候。讲堂的墙壁上张贴着《国学会告白》，写道："余主讲国学会，踵门来学之士亦云不少。本会本以开通智识，昌大国性为宗，与宗教绝对不能相混。其已入孔教会而复愿入本会者，须先脱离孔教会，庶免薰莸杂糅之病。章炳麟白。"[3] 听讲的人数比已往更多，大都是京城各大学的教师和学生，北大的傅斯年、顾颉刚也前来听讲。后由吴承仕记录成《菿汉微言》一书。

第三次，是1922年夏天章太炎先生居上海时，应江苏省教育会的邀请所做的国学演讲。与前两次不同的是，这次是系列演讲，前后共十讲，并有《申报》为之配合，规模影响超过已往。首次开讲在是年的4月1日，讲"国学大概"，听讲者有三四百人。第二次4月8日，续讲前题，听讲者也有约四百人。第三次4月15日，讲"治国学的方法"。第四次4月22日，讲"国学之派别"。第五次4月29日，讲"经学之派别"。第六次5月6日，讲"哲学之派别"。第七次5月13日，续讲"哲学之派别"。第八次5月27日，讲"文学之派别"。第九次6月10日，续讲"文学之派别"。第十次6月17日，讲"国学之进步"。持续一个半月，每次演讲上海《申报》都做报道，并刊载记者写的内容摘要。曹聚仁整理的章氏《国学概论》一书，就是此次系列演讲的记录。另还有张冥飞整理的《章太炎先生国学讲演集》，是另一个听讲版本。

太炎先生演讲之前，1922年3月29日的《申报》特地刊出《省教育会通告》，对国学讲演的缘由做了说明，原文不长，全录如下：

> 敬启者，自欧风东渐，竞尚西学，研究国学者日稀，而欧战以还，西国学问大家来华专事研究我国旧学者，反时有所闻，盖亦深知西方之新学说或已早见于我国古籍，借西方之新学，以证明我国之旧学，此即为中西文化沟通

之动机。同人深惧国学之衰微，又念国学之根柢最深者，无如章太炎先生，爰特敦请先生莅会，主讲国学，幸蒙允许。兹经先生订定讲题及讲演日期时间，附开如后，至希察阅，届期莅会听讲为盼。专颂台安。江苏省教育会启，三月二十八日。

邀请章太炎先生主讲国学的原因，是鉴于当时的风气"竞尚西学，研究国学者日稀"，因此"深惧国学之衰微"。太炎先生演讲的目的，也在于此。这是国学大师讲国学，有传媒配合，影响最大的一次。

第四次，是晚年的章太炎在苏州，成立了更为正式的国学会。成立时间为1933年1月，并以《国学商兑》作为会刊，太炎先生为之撰写宣言。后来太炎先生认为《国学商兑》在词义上雷同于方东树的《汉学商兑》，建议以"商榷"代替"商兑"，最后遂改作《国学论衡》。1933至1934年，章太炎的演讲都是在国学会的名义下所做的，地点在苏州公园的图书馆，先后有二十多次，有时也在无锡国学专修学校演讲，盛况空前。可能由于在旨趣上太炎先生与国学会诸发起人之间有不合之处，所以太炎先生于1935年，又以向所使用的"章氏国学讲习会"的名义，做国学演讲，虽重病在身，亦不废讲论。国民政府最高人物蒋公，且于1935年3月派员到苏州看望章氏，"致万金为疗疾之费"，太炎先生将此款项悉数移做讲习会之用，同时也使讲习会的刊物《制言》半月刊，有了短暂的经费支持。晚年的太炎先生在苏州的讲学活动,一直持续到1936年6月14日病逝。因此不妨说,章太炎作为学者兼革命家,是为学问的一生,也是为国学的一生。

我们在章太炎的著作和通信中,也经常看到他频繁使用国学的概念。1907年致刘师培函:"鄙意提倡国学,在朴说而不在华辞"[4];1908年有《与人论国学书》之作[5];1909年《与钟正懋》书:"仆国学以《说文》、《尔雅》为根极。"[6] 1911年《与吴承仕》:"仆辈生于今世,独欲任持国学,比于守府而已。"[7] 1912年与蔡元培同刊寻找刘师培启事,称:"今者,民国维新,所望国学深湛之士,提倡素风,任持绝学。而申叔消息杳然,死生难测。如身在地方,尚望先一通信于《国粹学报》馆,以慰同人眷念。"[8] 如此等等,例证多多,不能尽举。可以说,国学这一概念,章太炎不仅使用得早,而且使用得多,终其一生都为此而抛尽心力。章氏本人也以"独欲任持国学"自命。他的学问大厦的两根支柱,一是小学,就是文字学和音韵学,二是经学,两者都是太炎先生所钟情的国学的范围。当然太炎先生同时也喜欢并精研佛学,他主张为学要摒弃孔、佛的门户之见。而对儒学传统,早年倡诸子而诋孔学,晚年则有所变化。

所以回观整个二十世纪,如果有国学大师的话,章太炎先生独当之无愧。

注释

[1] 《黄遵宪全集》上册，中华书局，2005年，第433页。
[2] 刘梦溪主编：《中国现代学术经典·梁启超卷》（夏晓虹编校），河北教育出版社，1996年，第120页。
[3] 顾颉刚编著：《古史辨》第一册"自序"，上海古籍出版社，1982年，第24页。
[4][5][6][7][8] 《章太炎书信集》（马勇编），河北人民出版社，2003年，第77、217、251、294、82页。

（载《21世纪经济报道》2006年10月23日）

马一浮的佛禅境界和方外诸友

马一浮学术思想的特点,是儒佛兼治、儒佛并重、儒佛会通。

论者或云,马先生和梁漱溟、熊十力一样,也经历一个由佛返儒的学问历程。马先生固然是伟大的儒者,其对"六艺"之学和儒家经术义理所做的贡献,可以视他为宋明以后之第一人。但他同时又是不可有二的现代佛学学者。他长期浸润涵永释氏载籍,深谙佛理禅机。即使是1938年至1945年的民族危难时期,他在江西泰和、广西宜山和四川乐山,主要讲论"六艺"之学,也从未忘情于他所钟情的佛氏之义学和禅学。

一 读儒书须是从义学翻过身来

他讲论"六艺"的基本方法,是以佛释儒,"借他禅语来

马一浮

显义"。翻开《泰和宜山会语》和《复性书院讲录》，以及与友朋的通信，这方面的例证触处皆是。他甚至认为，如果不引入佛学义理，关于"六艺"的问题是否能说得清楚，也大可怀疑。他的可成为典要的名言是："读儒书，须是从义学翻过身来，庶不至笼统颟顸。"[1] 他的这种立场也曾引起过一些学者的不满，与他相交多年的友人叶左文（1885—1966），就曾提出疑义，说他的《泰和宜山会语》"庞杂"、"入于禅"、"入于鄙诈慢易而有邪心"，批评得相当严厉。

马先生面对责难毫不退却，写给叶的信平静、委婉而意态坚定。他说:"浮诚不自量,妄为后生称说。既蒙深斥,便当立时辍讲,以求寡过。然既贸然而来,忽又亟亟求去,亦无以自解于友朋。言之不臧,往者已不及救;动而有悔,来者犹或可追。今后益将辨之于微隐之中,致慎于独知之地。冀可以答忠告之盛怀,消坊民之远虑,不敢自文自遂以终为君子之弃也。世固未有言妄而心不邪者。据浮今日见处,吾子所斥为邪妄,浮实未足以知之。"针对叶左文的"入于鄙诈慢易"和"有邪心"的妄测诬评,马一浮反驳道:"盖浮所持以为正理者,自吾子视之则邪也;浮所见以为实理者,自吾子视之则妄也。夫人苟非甚不肖,必不肯自安于邪妄。平生所学在体认天理,消其妄心,乃不知其竟堕于邪妄也。若夫致乐以治心,致礼以治身,亦固尝用力焉而未能有进,不自知其不免于鄙诈慢易之入有如是也。"[2]指出叶的批评与自己的学理学心南辕北辙,不生干系,只不过彼此对于正邪、是非所持的标准不同耳。

至于"庞杂"、"入于禅"之讥,马先生则坦然写道:"谓吾今日所言有不期而入于禅者,浮自承之"、"其引用佛书旁及俗学,诚不免庞杂。然兼听并观,欲以见道体之大,非为夸也。罕譬曲喻,欲以解流俗之蔽,非为戏也"。又说:"兄不喜佛氏,乃并其所用中土名言而亦恶之,此似稍过矣。浮今以'六艺'判群籍,实受义学影响,同于彼之判教,先儒之所未言。"又说:"判教实是义学家长处,世儒治经实不及其缜密。"[3]直接肯定佛学思理之细密和逻辑之圆融,不用说此亦是后世知者所共见。而另一答叶氏函则自道："浮实从义学、禅学中转身来,归而求之六经,此不须掩讳。"[4]

叶左文是陈介石(1859—1917)的弟子,浙江开化人,生于1885年,比马一浮小两岁,清末尝为广东盐使,治考据之学,早年在杭州时曾与马一浮一起读《论语》,彼此相与甚得。后任职北京图书馆,以所校《宋史》名家。但两人的学术观点多有歧异,尤其对佛学的看法大相径庭。当1918年两人通信时,已涉及对佛氏的不同理解。马一浮当时在信中写道:

> 旧于释氏书不废涉览,以为此亦穷理之事。程子所谓大乱真者,庶由此可求而得之。及寻绎稍广,乃知先儒所辟,或有似乎一往之谈,盖实有考之未晰者。彼其论心性之要,微妙玄通,校之濂洛诸师,所持未始有异。所不同者,化仪之迹耳。庄、列之书,特其近似者,未可比而齐之。要其本原,则《易》与礼乐之流裔也。此义堙郁,欲粗为敷陈,非一时可尽。又虑非尊兄今日所乐闻,故不敢以进。尊兄壹志三《礼》,恪守程朱。虽终身不窥释氏书,何所欠缺。若浮者亦既读之而略闻其义,虽以尊兄好我之深,吾平日信尊兄之笃诚,恨未能仰徇来恉,一朝而屏之。且其可得而局闭者,卷帙而已。其义之流衍于性道、冥符于六艺者,日接于心,又恶得而置诸。不敢自欺以欺尊兄,避其名而居其实,自陷于不诚之域,故坦然直酬,以俟异日之得间而毕其说。[5]

此可见马一浮先生对佛学之执拗,已到了弃之不可、舍之不能的地步。宋儒对佛氏的态度,他也不敢苟同。二程所谓二氏可以"乱真"的说法,他认为不过是"一往之谈"。他说那不是"乱真",而是"所持未始有异",其本原与《易》和礼乐是相通的。他并且想在学理上对此做出系统阐释。他说的"俟异日之得间而毕其说",就是欲会通儒佛的意思。他的这一愿望,二十年后在《泰和宜山会语》和《复性书院讲录》中得到了实现。

对佛氏之义学和禅学,马一浮可谓终其一生,"痴心"不改。

二 李叔同出家所受马一浮的影响

不仅此也,日常生活中的马一浮,也是经常浸润、徜徉于佛禅义海之中。

他的友人中很多都与佛、禅有信仰或学术的因缘。谢无量是他从青年到晚年未曾间断的最好的朋友,谢是诗人、文学史家,对佛学亦有深湛的研究,曾著有《佛学大纲》一书。谢无量的胞弟谢希安,1889年生,复旦大学毕业,后任教于四川高等学堂。由于宿因,谢希安"志乐方外",遂于任教四川时出家,先在成都大慈寺剃发,后在贵州高峰山万华寺受戒,法名万慧。复又云游缅甸、印度等国,成为享誉南亚的高僧。马一浮写给谢无量的信中,总是对万慧眷念无已,几次写诗寄意感怀[6]。直到二十世纪五十年代以后,他还与万慧法师有书信联系。

1959年万慧在仰光示寂,马先生为之撰写塔铭和后记[7],赞扬其在异域游玄栖禅、传播佛法的功德,并以一首七律为悼:"林卧观空隘九垓,法云深护碧崔嵬。行藏语默无差别,幻翳星灯泯去来。梵业早知辞后有,劳民何日靖三灾。孤峰遥礼安禅处,百鸟衔花绕塔回。"诗题为:"万慧法师行印缅垂四十年,末后卓安于仰光之宝井峰,兹闻示灭,信众为就山建塔,远征题咏,寄此以志悲仰"[8]。同时给谢无量也寄去一诗,写道:"隐几冥然识气先,阅人成世悟无迁。雕龙炙毂方盈耳,枯木寒岩自送年。尚及黄冠迎野祭,可能雪夜忆湖船。迩来一事堪惆怅,度岭玄沙竟不还。"诗后注:"闻令弟法师已示寂,安住涅槃,脱离尘秽。虽世情所戚,而法性无迁,料哀乐不能入也。"[9] 虽为万慧的四十载不还乡感到惆怅,却对法师的示寂给以佛家的礼赞。

他的另外两位来往甚多的友人,一是彭逊之,一是李叔同,这两人继万慧之后,也都出家了。马一浮1918年农历正月初四在写给谢无量的信里说:"彭逊之忽思绍佛种,遂将剃染,李居士叔同亦同修净业,不谓慧师之后,复有斯人。各求其志,在彼法可谓无有增减。他日吾子若来,或视此二僧于大慈山中,亦一段因缘。"[10] 给李叔同的信里也说:"故人彭君逊之,耽玩羲《易》有年,今初发心修习禅观,已为请于法轮长老,蒙假闲寮,将以明日移入。他日得与仁者并成法侣,亦一段因缘耳。"[11]彭逊之出家修行的僧舍，还是马一浮为之向法轮长老请来的，此可见对李、彭二人的出家，马先生采取的是理解和同情的态度。但彭、李的情况宜有区别，马先生对李向无间言，对彭的做法则一直有所保留。

李的出家，与马先生的影响有直接关系。当然李是现代中国发轫时期的极不寻常的文化俊杰，他的诗、书、画、戏剧的成就已载入二十世纪的艺术史册，当时后世鲜有异词。他的出家是由于他的慧根，是自觉的理性选择。马与李1902年在上海南洋公学相识，后来李于民国初年执教杭州第一师范，同处一城一地，来往开始频繁起来。当1918年李叔同落发出家时，马先生异乎寻常的平静，盖因知其性分使然，不可阻挡，也不必阻挡。今存马致李的五封信函，大都涉及寄佛书给李之事，佛书包括《起信论笔削记》、《三藏法数》、《天亲菩萨发菩提心论》、《净土论》、《清凉疏钞》等[12]。马一浮对弘一法师（李叔同佛号）的影响熏习，此可作为证明。而李叔同1917年3月在写给赴日本留学的弟子刘质平的信里，更明白晓示："自去腊受马一浮大士之熏陶，渐有所悟。世味日淡，职务多荒。"[13]后来，当1924年弘一大师撰写《四分律比丘戒相表记自叙》时，再次提起马一浮对他确立释氏信仰的影响：

> 余于戊午七月，出家落发。其年九月受比丘戒。马一浮居士贻以灵峰《毗尼事仪集要》，并宝华《传戒正范》。披玩周环，悲欣交集，因发学戒之愿焉。[14]

《毗尼事仪集要》和《传戒正范》都是律学宝典，前者为明末高僧智旭（灵峰是其居所）所述，后者的作者是清初宝华山龙藏寺僧人见月。佛教初入中国，戒、定、慧三学，独戒学长期未获重视。公元二世纪中叶，印度僧人昙柯迦罗在洛阳看到的景象仍然是："虽有佛法，而道风讹替，亦有众僧未禀归戒，正以剪落殊俗耳。"[15] 于是出所译《僧祇戒心》，供僧众遵行。但直到唐朝以前，虽翻译之戒律著作和本土自订之僧制律议日多，仍不能表示律宗的最后建立；只有经过唐代高僧道宣的"集大成"之创举，特别是南山"三大部"的诞生，我国佛教的律宗即南山宗方正式形成[16]。但宋明以后，南山宗的地位逐渐式微，清初宝华山诸大德的重建努力，不过是微弱余光之再现而已。马一浮有鉴于此，特推荐灵峰、宝华的著作给李叔同，希望他出家后不随流俗，能够担负起明律振颓的崇高使命。弘一法师果然妙解神会，"披玩周环"，即有"悲欣交集"之感，终于走上发愤学戒、穷研律学的道路。可见不仅李的出家直接受到马一浮的影响，他的佛学信仰的建立，也是马先生宛转启悟的结果。

1942年弘一法师圆寂，马一浮写有哀诗两首，其诗曰：

> 高行头陀重，遗风艺苑思。
> 自知心是佛，常以戒为师。
> 三界犹星翳，全身总律仪。
> 只今无缝塔，可有不萌枝？

> 春到花枝满,天心月正圆。
>
> 一灵原不异,千圣更何传。
>
> 交淡心如水,身空火是莲。
>
> 要知末后句,应悟未生前。[17]

马一浮和弘一法师的交往是真正的君子之交,"交淡心如水"句概括无遗。李叔同出家后皈依律宗,故诗中以"常以戒为师"、"全身总律仪"重叠昭示之。李、马都是有佛性之异人,因此"自知心是佛"既指李,也是马先生自道。"一灵原不异"之"一灵",显然指人的心性、性体,"千圣"所传,无非在此,儒佛岂有二致?

弘一法师圆寂的次年,印西等浙江弟子欲为大师在山中建塔,请铭于马一浮先生。此时马先生正在四川乐山担任复性书院主讲,因请铭之书写纸张未及时寄到,迟迟未能下笔。但当他看到一本《弘一法师生西纪念册》,其中"乃无一佳文,深为弘一惋叹"[18],于是触发之下,奋笔疾书,文不加点,一挥而就。这就是写于1943年11月18日的《弘一律主衣钵塔记并铭》,其词曰:

> 弘一音公示灭于泉州之明年,其学人印西自北天目以书抵予,言浙中沙门仰师高行,将奉其衣钵,营塔于山中,属予为之记。予惟在昔如来灭度,敕诸弟子以戒为师,故三藏结集,律与经论同重,犹此土之有礼宗矣。自

唐以来，讲肆禅林，门庭并盛，独南山宣律师以弘律著。迨及灵芝，其传寝微。晚近诸方受具，虽粗存仪轨而莫窥律文，不究事相者有之。音公生当末法，中岁出家，不为利养，誓以明律，振此颓风。发愤手写《四分律戒相表记》，校正南山《三大部》，并为时所称。讲论尤力，诸方推之，号曰律主。至其秉心介洁，制行精严，俨然直追古德，可谓法界之干城、人天之师范者也。荼毗后，既分藏舍利于泉州承天、开元二寺，造塔之缘，盖犹有待。浙西固师行化之地，四众归敬，欲奉衣钵，同申供养，其孰曰非宜。夫佛种从缘，虽聚沙缚苇，苟以一念恭敬殷重之心出之，在实教中举因该果，即许已成佛道。斯塔所在，十方缁素有来瞻礼者，当念自性清净，是名为戒。能于日用四威仪中，守护根门，不犯轻垢，遮诸染法，具足一切戒波罗密，即不异与师相见，必为师所摄受，亦为诸佛之所护念。视诸造塔功德殊胜，不可称量，岂独纪念云乎哉。系以铭曰：佛三学，戒为首。净意根，及身口。作用是，迷乃否。去邪执，入正受。少持律，法衰久。唯音公，叹希有。敬其衣，念无垢。孰为铭，马蠲叟。[19]

短短四百余字的塔记，把弘一法师皈宗律学的学理渊源、信仰怀抱和功德建树概括无遗。试想"法界之干城、人天之师范"的十字考语，是何等分量。而记后之三言十六句的塔铭，如同顺口溜般朗朗上口，但所藏之无比渊深的义学内涵跃然纸上。

马一浮的佛禅境界和方外诸友

马先生毫不掩饰地说，他这篇塔铭并记"其言质实，可以示后"[20]。

马一浮另外还有一首《题弘一法师本行记》七律："僧宝空留窣堵砖，一时调御感人天。拈华故示悲欣集，入草难求肯诺全。竹苇摧风知土脆，芭蕉泫露识身坚。南山灵骨应犹在，只是金襕已化烟。"第四句下有注云："师出家不领众，临灭手书'悲欣交集'四字。"诗后亦有注："师持律为诸方所推，远绍宣律师，为中兴南山宗尊宿，人谓末法希有。"[21] 称弘一为"中兴南山宗"即律宗的尊宿，对其佛行给予的评价不谓不高，然弘一大师完全当得。

三 彭逊之的"观修"与"返其初服"

彭逊之的情况与弘一法师不同。彭治《易》，有《易注》书稿，得马先生赏识，曾出资请抄工为之誊写。后彭在马先生影响下，倾心向佛，自以为于禅定有所得，遂出家为僧。但马先生并不赞成他这样做，因为在交往中看出他心存间杂，强生知见，未免求证过速。彭出家后，痴迷"中夜起坐"一法，以为此法是"成佛秘要"。马告诫他，如果视此为不二法门，很容易堕入谤法之过。他在给彭的一封信中谆谆启导："经言文殊忽起佛见法见，便贬向二铁围山。今仁者我法二执如此坚固，纵饶智慧如文殊，犹恐不免遭谴，慎之慎之！一入魔宫，动经尘劫。不可背先佛之诚言,信时师之误说。此非小失也。奉劝仁者亟须读诵大乘,深明义解,虚心参学,亲近善友。务使二执俱尽,方可顿悟无生,速成佛道。若如来书之言,正《楞严》所谓譬如蒸沙终不成饭,甚为仁者惧之。"[22]

马一浮给彭的另一信涉及佛教的"修观行"问题。佛教的深邃义涵,说来自然浩博无涯。但对信徒的个体生命而言,主要是通过修行寻求解脱之道。这是一个相当曲折、艰难而痛苦的自我体验与反省的过程。首先要对自己的言行动念做每时每刻的省察观照,然后再对与自己有关联的周边世相做细致入微的省察观照,于是发现自己和别人都是很可怜的,悲悯之心油然而生。如此反复体验省察的结果,宜有可能获得"正念",也就是具备了能够认识自我同时也能认识自我所处世间的能力。这一持续修行实践的过程,佛教叫作"修观"。而"禅定"则是"修观"达至的一种境界。"禅定"本身还有诸多层阶,例如初禅、二禅、三禅、四禅等等。四禅之外还有更高一层的无色定禅。彭逊之给马一浮的信里,妄称自己通过"中夜起坐"一法,"已悟入空",但却担心"嗔习难断",所以想求速证,以使"外绝轻毁,内断余嗔"。说法本身已陷入矛盾,说明他连初禅的境界亦未能修得,所以马一浮写道:

> 窃恐此语正是生灭根本。菩萨修一切观行,皆以菩提心为本因,不求世间恭敬。伏断烦恼,全在自心,不依缘境。妄心若歇,岂复更有敬慢诸境?须知诸境界相,全由

> 自心妄现计我。我所执取而有当，体本空真。如性中本无人我等法，亦无凡圣之相，孰能为智愚，孰能施敬慢邪？取境即是取心，除心不待除境。妄心顿歇，真性自显。如是观行，决定相应。若带惑而修，恐招魔业，切更审谛，不可放过。从上古德修习观行者，莫不先资于教，深明义相，严净毗尼，勤行忏悔。凡此皆以助发观行，令速得相应。[23]

并且告诉他"观"和"教"是一致的："譬如仁者向时治易，观象、玩辞决不偏废。今欲习观，加持密咒而废教典，可乎？夫教、观一也。蕅益云：观非教不正，教非观不传；有教无观则罔，有观无教则殆。经、咒亦一也。经是显说之咒，咒是密印之经。拟之于《易》，咒是卦爻，经则象象文言也。"[24] 马先生对彭因"修观行"而陷入的妄执，给予循循善诱的理据说明，从中可见出他的佛学造诣之深湛，不仅精于义理，且对观修经验亦有深切的了解。

马一浮为了帮助他的这位友人步入修行的正途，并烦托李叔同（李当时尚未出家）带去佛书数种，包括《天亲菩萨发菩提心论》一册、《删定止观》一册、《教观纲宗》一册，及《楞严忏法》和《大悲心咒行法》各一册，希望他不以其繁为苦，尽量认真阅读"详味"[25]，把经、教和观行的修炼结合起来。但彭逊之到底不具备弘一法师那样的慧根，观修未果，又因其弟子和寺中长老发生龃龉而愤然不平。马先生又规劝他守持佛门静修之道，宁可"修慈忍辱"，万不可"斗诤瞋恚"，悉心阐发静修之人所以必须如此的佛理因由：

> 今贤徒之事，或是先业所招，故令魔得其便。正宜从缘省发，痛划人我，悬崖撒手，万事冰消，即转烦恼成解脱道；安可推波助澜，驱使坠坑落堑增其结业邪。是非不系人口而在自心，果其内省不疚，则诬罔之来，有如把火烧天无所施作，奚必皇皇求谅道路。况法道果隆，自有龙天拥护。今众缘未附，强之何益。[26]

读了这段文字，我们可以知道马一浮先生于释氏非止于学者的佛理研究，而是有信存焉。难怪像弘一法师这样的高才大德，也无法不屈服于他的影响之下。他不仅把佛家正修法道讲得如此通透无隔，使得释氏之内省哲学情理昭然，而且相信"法道果隆，自有龙天拥护"。但彭逊之似乎听之藐藐。尽管他不停于著述（不久又有《天命说》新著寄奉马先生），但他所言所修之道，马先生无论如何不能认可。

何况彭氏对于自己的所谓"道"，还有强人接受的意味。因此马先生在信中写道："公所谓道，虽非浮之所及知，然以朋友之爱言之，可谓至笃矣。浮不慎抱疾，一卧两月，始能出户，公惜其幻质之早衰，闵其朝闻之不逮，此诚是也。然以其不好公之道为罪，则不亦过乎。人之契理各有所会，续凫截鹤，未可强齐。公之谆谆屡以为言者，岂不以实见有生死可

马一浮的佛禅境界和方外诸友　　　　　　　　　133

出、佛道可成乎？乃若浮则无得无证，不见有生死可出、佛道可成，与公今日见处正别。若今执吝幻色而修如公所示法门，此皆风力所转，终成败坏。公即作佛，浮亦甘处大阐提。"[27] 对彭的执迷于"生死可出、佛道可成"为"实见"，马先生则表示，自己于此"无得无证"，不便按彭的"中夜起坐"法去修行。实际上马先生认为彭之所修是"外道"，不是佛禅的正宗。

后来彭逊之终因不适应空门而"返其初服"，马先生欣然支持，说："末法缁流，难与为伍，实非贤者栖泊之地。"又说："虽在昔持论未能符合，爱重之心不以是而改也。"[28] 彭于1946年无疾而终，享年七十一岁，马先生甚哀痛，有诗记之曰："零落先秋近月圆，炉香才尽赋游仙。身如聚沫终归海，国是栖苴莫记年。凡圣同居良不碍，形神俱往若为传。多君临化无余事，撒手从心返自然。"诗前小序追叙与彭的交往经过："故人溧阳彭逊之俞，才敏有奇气。壮岁治《易》，于象数独具解悟。四十后出家为僧，号'安仁大士'，不屑屑于教义，自谓有得于禅定，而颇取神仙家言，以是佛者或外之。晚岁反儒服，治《春秋》、《周礼》，著书不辍。年七十一无疾而终。先一日，预知时至，沐浴更衣，语人曰：'吾明日行矣！'次日果泊然坐化，莫测其所诣也。余与君交旧，虽持论不同，甚重其专且勤又笃。老居困，不易其所好。今验于君之逝，盖其平日之所存，非可苟而致者。因为诗以哀之，时丙戌八月几望也。"[29]

马一浮与彭逊之的交往,不仅见出他佛学修养之深,而且见出他宅心之厚。如果不是马先生,换一个另外的人,与彭的交谊早告终了。但马先生看重彭对学问"专且勤又笃",始终给予耐心的启导和帮助,包括对彭的家人也多有关切(常以润笔之资周济彭之妻儿)。尽管彭"不屑屑于教义",痴迷不一定可靠的"中夜起坐",出家多年后又还俗,犯了"出尔反尔"之忌,马一浮仍不弃之,且对其预知大行之期给予肯定,认为是平日精修累积的结果,不是随便可以达至的,因此事愈增加了他对这位老友的敬重。

四 马一浮的"方外三友"

佛教人物中与马一浮来往最多的,是慧明、楚泉、肇安三位法师,马先生称他们为"方外三友"。二十世纪初,浙江、福建的佛教,极"末法之盛",而杭州尤为高僧大德乐居之所。马一浮的"方外三友",都是杭州的高僧,慧明法师居灵隐寺,楚泉法师居高旻寺,肇安法师居香积寺。马先生和他们往来唱和,不拘形迹,1942年所作《忆方外三友》诗颇记其事。

《忆方外三友》是一首绝句,写道:"慧明叹我祖师相,楚泉哂我文字禅。独有肇安旁不肯,贺予佛祖一时捐。"诗后有记曰:"灵隐慧明禅师初见予曰:'好一个祖师相。'

予曰：'祖师岂有相邪？'高旻楚泉禅师谓予可学禅，从文字入，百滞能路。予答曰：'除却文字请师道。'皆相与大笑而罢。香积肇安禅师与予交最稔，一日见过，相揖曰：'昨见公诗，开口便道"贴颅言句比生冤"。且喜公己事已明，特来相贺。'予谢曰：'此间不容著他闲佛祖，敢劳相贺。公幸遇我，若是古人便呼苍天，苍天！'肇亦大笑。今三子者俱迁化已久，予尚游人间，求方外之隽如三子者，不复遇矣。壬午八月病中书。"[30] 马先生诗集中多有与此"三友"唱和之作，单是与肇安法师就有三十二题六十一首，其中关于落叶诗的赠答多至九首。如《落叶再和》之四：

> 大地本来无寸土，现前何法可当情？
> 寒岩古木忘缘住，万水千山任意行。
> 雁去雁来非有迹，花开花落总无生。
> 藤萝一觉安然足，谁见浮云点太清。[31]

马先生与方外友人赠答的诗大都类此，不仅诗味足，禅味亦足。"大地本来无寸土，现前何法可当情"和"雁去雁来非有迹，花开花落总无生"等诗句，确可验证楚泉禅师的预断，马先生可以从文字入于禅道。

马一浮和肇安法师的交往，有许多有趣的故事。早在1906年，马先生就曾与谢无量一起，在虎跑寺听肇安讲《法华经》，是为相识之始。十年后，"机语相契"，始相唱和。

于是马先生集了一副联语:"大唐国里都无舌,三十年来不少盐。"准备送给肇安,但置于箧中一年多,竟没得到面奉的机会。可巧一日两人相遇于西湖,便邀肇安至马先生家中,"共语终日",方以旧日所书楹帖相送。第二天肇安登门赠诗致谢,马先生又次韵作答,一口气写了四首五古,其第一首有句云:"幻化互相酬,不杂空与色。"[32] 两人纯是在佛禅境界中的交往与唱和。

马一浮先生还有一首《答肇师追和象山鹅湖韵》,亦属妙绝。是诗写于1910年,肇安的原唱为:"茫茫宇宙若为钦,亘古纲常只此心。涓滴终须成润泽,泰山何敢小微岑。应世已知无愧怍,斯人元不在升沉。幸有慈湖能继述,先生留得到而今。"已是诗思高致,难以酬对。可是马先生的答诗,无异流水行云,更上层楼,其诗云:"闲名除却始堪钦,宇宙拈来唤作心。直下虚空如粉碎,谁言大海异蹄涔。夜塘雨过人方斝,天际鸿飞影易沉。不是余殃元不了,儿孙争得到如今。"[33] 肇安诗的首联,以宇宙为"钦",以纲常为心;马先生答诗之首联,是为破肇安句意,认为必欲除去闲名,宇宙方"堪钦",而径以宇宙为心,寓"纲常"不可为心之义。颔联,肇安以大泽与涓滴、高山与小丘相齐,摄庄入佛,禅机尽显。而马先生视山丘为已被粉碎的微尘,直是虚空而已,因此也就不需要计较大海和蹄涔之水到底孰多孰少的问题了。而肇安颈联的"应世已知无愧怍,斯人元不在升沉"句,未免有计较之心流露,马诗则逐句予以破之。戽（hù）为汲水灌田的戽斗，"夜塘雨过"还要他戽斗何用？至于"升沉"云云，马答诗谓，只有飞鸿的影子可云"沉"，飞鸿本身翱翔天际，自与"升沉"无与。尾联兹不赘，读者意会可也。两人皆为诗中道长，体势玄言无不称妙，高下自然可泯。

有时为探讨佛理的某一义谛，他们禁不住要用禅宗的话头，互相启悟。一次肇安向马先生请教"一阴一阳之谓道"的意旨，马先生以"颂"的方式作答：

一阴一阳，明暗双双。冰河发焰，六月飞霜。

肇安也回一颂，写道：

一阴一阳，八字分张。天无二日，民无二王。

马先生又答以二颂，一为：

一阴一阳，无有乖张。天地合德，日月同光。

另一为：

天际一双孤雁，池边独立鸳鸯。打瓦钻龟莫管，搴旗夺鼓何妨。[34]

机锋相契，诗禅合一，妙不可言。还有一次肇安宴集诸友，座中所举话头无人能会，嗣后马先生戏呈四绝句给肇公，其一曰："刹那销尽见无生，相对空筵两眼明。莫向人前谈果色，云门只合许三平。"其二是："行茶度饼尽酬机，撒果签瓜亦应时。竟日街头看傀儡，何人索唤买油糍。"其三为："花开紫陌聚游人，换水添香个个亲。细柳黄莺输巧舌，空持王膳转饥轮。"其四是："乾坤吞却甚山河，谁道离乡食面多。争奈驴年难梦见，新罗国外有新罗。"[35]在禅机上两人能够做到彼此完全契合。马先生在致肇安的一封信里说："叠蒙惠诗，往复数四，极法喜游戏之致。师自忍俊不禁，仆亦如虫御木。"又说："虽复诗人习气，亦是和尚家风。"[36]

楚泉法师的佛慧修养也深为马先生所赞许。主讲复性书院期间，一次马先生讲述他与楚泉以及月霞法师交往的经过，感慨颇深。他说：

>民初识月霞法师。月霞初受哈同供养，办华严大学于哈同花园，僧徒从之者百数十人。既而逻迦陵生日，欲使僧众拜寿。月霞以沙门不礼王者，拂袖而去之杭州，生徒悉从焉。因假海潮寺为校址，聘教授，程演生、陈撄宁皆与焉。其后应袁氏召，入都弘法，不果而还，养疴于清涟寺，未几圆寂。封龛时，吾往吊，因识楚泉法师，听其说法脱口而出，自饶理致。诵偈有云："水流常在海，月落不离天。"自后颇与往还，时相谈论。是时吾看教而疑禅，尚未知棒喝下事。一日，楚泉为吾言：居士所言无不

是者,但说天台教是智者的,说华严教是贤首、清凉的,说慈恩教是玄奘、窥基的,说孔孟是孔孟的,说程、朱、陆、王是程、朱、陆、王的,都不是居士自己的。其言切中余当时病痛,闻而爽然,至今未尝忘之。因取《五灯会元》重看,始渐留意宗门。楚泉为吾言:居士看他书尽多,不妨权且搁置,姑看此书,须是向上一着转过身来,大事便了。又云:棒喝乃是无量慈悲。当时看《五灯会元》有不解处,问之不答。更问,则曰:此须自悟,方为亲切。他人口中讨来,终是见闻边事耳。吾尝致彼小简,略云:昨闻说法,第一义天萨般若海一时显现。楚泉答云:心生法生,心灭法灭。心既不起,何法可宣?既无言宣,耳从何闻?义天若海,何从显现?居士自答。其引而不发每如此。楚泉而后,又有肇安,见地端的。吾常觉儒门寥落,不及佛氏有人。以前所见,求如此二人者,殊不可得。[37]

马一浮与楚泉、肇安不是一般的交往,而是法理禅心互有默契,彼此启悟,受益良多。关于在楚泉法师面前承教一事,马先生曾有诗记之,曰:"面壁亲承教外传,离言有说在忘筌。草庵久契无生谛,内院初明不共禅。入海算沙因智碍,分河饮水只情偏。一从杜口毗耶后,五味俱同昨梦蠋。"[38] 此诗反映出,在佛禅境界的修养方面,马先生与诸高僧大德之间,已看不出有多少分别。如果强生分别,于马先生于方外诸大师,均可谓不遭边界也。

另外还有一次是报国寺重建之后,楚泉法师欲请马先生撰写碑文,没有得到马先生的允诺,而是写了一首七古《赠楚泉禅师》,饶有意味。诗中写道:"相逢一语平生快,天下老僧俱捉败。客来不辞鼠粪拈,开铺更要羊头卖。成都市上识君平,高祖殿前瞋樊哙。卸却项上千斤枷,斩断脚跟五色带。昔年平地摝鱼虾,此日毛端见尘界。早知水墨尽为龙,不假驴驼病已瘥。愧我久如虫御木,于师独许针投芥。即今酬对是谁某,诸有言辞皆分外。置标建刹事既周,本自无成安有坏。但凭鸟迹问行云,莫使他年上碑在。"[39] 非常潇洒诙谐的一首诗,如不是相交至深而在学理上又有默契的老友,是不会这样随意书写的。"相逢一语平生快,天下老僧俱捉败"两句,最能见出马先生对楚泉法师的揄扬,以及和这位高僧交往给马先生带来的喜悦。

五 禅诗和题影

马一浮一生不绝于吟咏,诗歌创作的成就之高和数量之多,置诸二十世纪中国现代学人的行列,他的名字应排列在最前面。而且他的诗作,很多都是佛禅义理之诗,这一点我们从他与诸方外友人的赠答诗中,已约略窥到。当然远不止笔者上面引录的这些诗作,这类诗篇在马先生整个诗歌创作中,实占有相当大的比重。下面以年次略举数例。

1920年
落花常念佛,念佛即花开。
莫向花边觅,俱从佛处来。
落开时不异,花佛理全该。
寄语看花客,门门有善才。[40]

1943年
见性不言见,闻道不言闻。
若可从人得,岂惜持赠君。
澄潭映秋月,青山生白云。
只为勤方便,转以滋泯棼。
不如吃茶去,休问麻三斤。[41]

1945年
舜若本无身,玄珠并是尘。
不逢穿耳客,每笑刻舟人。
弹指成千劫,经天尚两轮。
虚空消陨后,遍界若为春。[42]

1957年
一真法界,事事无碍。
金翅飞空,牯牛逐队。

> 蚊虻过前，日月相代。
> 当生不生，成即是坏。
> 何将何迎，非内非外。
> 优哉游哉，无乎不在。[43]

以上所引只不过是抽样举证，实不能尽其万一。但我们可以看出在马一浮先生的精神世界里，诗与禅结合得何等紧密，即使不涉及与方外友人的往还，也经常营造出美妙的佛禅境界。

然而又不仅此也。马先生在日常生活中，也经常以沙门自比自喻，称自己"穷年栖隐迹，壁观近沙门"[44]、"将此身心奉尘刹，是则名为报佛恩"[45]。他与佛门和禅道的关系，如庄生梦蝶，不分彼此，两存两忘。而所以能够如此的缘由，则根源于他的天性。当他四岁在家初发蒙的时候，跟随一位叫何虚舟的先生读唐诗，一次先生问他最爱诗中何句，他脱口而出："茅屋访孤僧。"这位先生非常惊异，于是向马一浮的父亲讲及此事，说："您的孩子莫非要当和尚不成？"四十年代马先生已届耳顺之龄，回忆起幼年的这段往事，仍不免感慨万千。他说："时甫四龄，岂知此诗意味，然竟以此对者，过去生中习气为之也。"[46]佛教唯识之学喜讲"种子"与"熏习"，认为一个人今生的习气，能够在前生中找到"种因"。马先生看来似不疑此说。他并以《大智度论》中佛弟子过河戏弄河神的故事为例，说明"习气廓落之难"[47]。此可见，马一浮先生的

马一浮的佛禅境界和方外诸友　　143

佛缘是宿因使之,与生俱来。所以他说:"今年已耆艾,虽不为僧,然实自同方外。"[48] 马先生的生命形态,确可以看作是一未出家的"僧人",一位未曾受戒的禅师。"虽不为僧,然实自同方外"这句话,足以概括马一浮的一生。

1960年马先生所作《自题旧稿》诗也写道:"秋虫春鸟不相知,触境逢缘在一时。方外区中俱昨梦,波流电谢有如斯。"诗后自注:"余八岁时,先妣教之学诗。一日,指厅前菊命咏,限麻字韵。应声曰:'本是仙人种,移来高士家。晨餐如可洁,岂必羡胡麻。'先妣喜曰:'儿出语似有宿根。然童幼已见山泽之志,必游于方外,非用世之资也。'今年垂八十,不违先妣记莂之言,庶可没齿无憾。"[49] 此又证明马一浮的方外之思,早在幼年即已深植于心田,他母亲当时就已明白点出,马先生自己也以终生不违为幸。

特别是他的许多影像题词,佛禅味道十足。二十余岁时自题像:"是我相,非我相。佛者心,狂者状。"又题:"烦恼相,怨贼身。究竟灭,何尝生。此是浮,若分明。无机体,有形神。人生观,宗教心。骨肉为石魂为星,挂之宝镜光英英。"[50] 使用的完全是佛教语言,而且明白坦承,自己的人生观是"佛者心"和"宗教心"。题六十四岁时摄影共有十一则,分别为:

> 影现有千身,目前无一法。
> 若问本来人,看取无缝塔。

其容寂然，其气熏然。
而犹为人，知我其天。

此亦非吾，吾亦非彼。
太极之先，於穆而已。

山泽之癯，尘劳之侣。
孰与周旋，载罹寒暑。

槁木当前，神巫却走。
与子相见，不出户牖。

无名可名，无相而相。
烂坏虚空，何处安放。

雁过长空，影沉寒水。
孰往孰来，何忧何喜。

无色无心，非生非灭。
常寂光中，本无一物。

无我无人，亦隐亦见。
何以名之，星翳灯幻。

无位真人，面门出入。
离相离名，追之弗及。

四大五阴，毕竟空相。

所谓伊人,白云青嶂。[51]

1952年自题影为:

忧来无方,老至不知。
空诸所有,乃见天机。[52]

题七十九岁时摄影共十一则,分别为:

动亦定,静亦定。尔为谁,形问影。辛丑人日摄,镯叟自题,时年七十有九。

非有非无,离名离相。
此是何人,眉毛眼上。

似有形神,本无名相。
遗我故人,见之纸上。

窅然者思,侗然者貌。
借日无知,亦幸既髦。

般若无知,涅槃无名。
实相无相,当生不生。

气聚则生,缘离则灭。
形溃返原,如水中月。

形固可使如槁木,朝彻而后能见独。

> 常寂光中时一现,非同色身迭相见。
>
> 假借四大以为身,吾犹昔人非昔人。
>
> 行若遗,坐若忘,宇泰定,发天光。
>
> 黜聪明,绝言思,守寂默,顺希夷。[53]

1959年梦中题影为:

> 非相无相,示有人我。示此相者,如飞鸟影,如水中月。毕竟空寂,无有实义。

并附记曰:"己亥大寒夕,梦自题影相如是,醒时不遗一字。平时梦中作文字,未有如此之晰者,未知是何祥也。且起映雪记之。蠲戏老人。"[54]

又1961年农历二月自题影像是:

> 土木尔形骸,尚澡雪尔精神猗。形与神其俱敝,殆将返其真猗。[55]

同年五月自题影为:

> 入于寥天一,见吾衡气几。
>
> 因我始有尔,无相谁名予。
>
> 渠今谓是我,我今乃非渠。

或有忘形者，无劳睎影疑。[56]

1961年夏五月另一自题影像作：

> 槁木今犹在，流波去弗还。百年容易过，万事莫如闲。宴坐唯观树，冥行不见山。金丹空有诀，无意驻衰颜。辛丑夏五月，蠲戏老人自题。[57]

另还有自题近影：

> 其神凝，其容寂。尔为谁，吾不识。[58]

等等。这些对自我影像的题词固然是哲人的睿智之思，但更是马先生佛禅思想的真情流露。

六 "花开正满枝"

这里需要特别提到1967年马一浮逝世前夕所写的《拟告别诸亲友》。实际上这是马先生的遗嘱。全文如下：

> 乘化吾安适？虚空任所之。
> 形神随聚散，视听总希夷。
> 沤灭全归海，花开正满枝。
> 临崖挥手罢，落日下崦嵫。[59]

如果把这首诗译解为语体文,意思应该是:我愿意顺化自然,因此无所谓归宿。反正宇宙只是个虚空,哪里都无不可。人的生死,不过是形神的聚散而已。但不论是聚是散,我都视而不见听而不闻了。如同浮在水面的圆泡破了一样,最后总要流归到大海里去。你看满枝盛开的鲜花,似乎都在为我送行。落日已经下山,正好是悬崖撒手的时候。

这篇辞世的告白,空灵顺化,穷神知化,无减无增,非始非终。但必须承认,这也是马先生佛禅境界的最后表达。"乘化"、"虚空"、"聚散"、"沤灭"、"花开"、"落日"、"临崖挥手"这些词语,无一不深涵佛氏义学禅学之理蕴。并非巧合的是,弘一法师的《辞世二偈》里,也有"华枝春满"的句子,此见于第二偈:"问余何适?廓尔亡言。华枝春满,天心月圆。"[60] 而马一浮悼弘一法师的哀诗里,如前所引,也有"春到花枝满"句,此可见马一浮与弘一律主,可谓心同理同,词同义同。

马一浮是1967年6月2日辞世的,卒年八十五岁。四十年前的同月同日这一天,恰好是中国现代学术的开山王国维昆明湖自沉的日子。而当1965年他八十三岁的时候,已经写过一首《预拟告别诸友》,全诗也是八句:"吾生非我有,正命止于斯。梦奠焉能拟,拈花或可师。优游真卒岁,谈笑亦平时。徧界如相见,无劳别后思。"[61] 同样禅味十足。

"花开正满枝"也好,"华枝春满"也好,"拈花微笑"

马一浮的佛禅境界和方外诸友　　　　　　　　　　149

也好，都是指佛教信仰者的生命摆脱诸执束缚之后，所获得的大自在，大欢喜，也即涅槃之境。涅槃之境的精神形态标志，是寂静和极乐。马一浮在《法数钩玄》一书"释常乐我净四德"时写道："安稳寂灭之谓乐。离生死逼迫之苦，证涅槃寂灭之乐，故名乐。"又说："经云：'诸行无常，是生灭法，生灭灭已，寂灭为乐。'"[62] 赵朴初居士《遗嘱》也有"花落花开，水流不断"句。易地移时，同此一理，即在佛家看来，人之生死，犹如"花落花开"，"死"的同时，也就是"生"。换言之，如果说是"无生，无死，无来，无去"（龙树菩萨语）亦无不可。小乘佛教把涅槃视作个体生命对烦恼的解脱，所谓"五蕴皆空"。大乘佛教主张"诸法无我"，通过涅槃看到了"实相"的大光明。

《维摩诘经》写道："譬如高原陆地，不生莲花，卑湿淤泥，乃生此花。"生命达至涅槃，犹如在淤泥中培植出莲花。马一浮是大乘佛教的推奉者，他面对死亡，体验到了生命的欢乐、光明与尊严。"沤"虽然"灭"了，但水还在向大海的方向奔流不息。再看看满池淤泥里的莲花，不是开得越来越灿烂吗？"花开正满枝"句，实亦涵有普度众生的义谛。

注释

[1] 《马一浮先生语录类编》（乌以风等编次）之"儒佛篇"，《马一浮集》第三册，浙江古籍出版社、浙江教育出版社，1996年，第1055页。

[2][3] 马一浮：《致叶左文》第十函（1938年），《马一浮集》第二册，第438—442页。

[4] 马一浮：《致叶左文》第十一函（1938年），同上，第445页。

[5] 马一浮：《致叶左文》第三函（1918年），同上，第429—430页。

[6] 1940年马一浮掌复性书院于四川乐山，曾有《寄怀万慧法师仰光》七律一首："不隔灵光莫系风，梦中流转尚飘蓬。寄书金色拈花侣，可忆西湖卖酱翁？无舌人来应解语，吹毛剑在任挥空。六牙白象何时见，欲问瞿昙那一通。"而当得到万慧法师的书信后，马一浮欣喜若狂，立成五律作答："片羽来鸡足，高轩忆桂林。干戈成间阻，衰病益愁吟。喜得支公讯，如闻海上琴。嘉君方外趣，识我故园心。"两诗分别见《马一浮集》第三册，第93、111页。

[7] 马一浮：《万慧法师塔铭并后记》，《马一浮集》第二册，第265—266页。

[8] 马一浮：《万慧法师行化印缅垂四十年，末后卓安于仰光之宝井峰，兹闻示灭，信众为就山建塔，远征题咏，寄此以志悲仰》，《马一浮集》第三册，第633—634页。

[9] 马一浮：《简嚣庵》，同上，第634页。

[10] 马一浮：《致谢无量》第九函，《马一浮集》第二册，第357页。

[11] 马一浮：《致李叔同》第二函，同上，第498页。

[12] 马一浮：《致李叔同》第二至第五函，同上，第497—499页。

[13] 李叔同：《致刘质平》第六函（1917年3月），《弘一大师全集》第八册，福建人民出版社，1992年，第94页。

[14] 李叔同：《四分律比丘戒相表记自叙》，《弘一大师全集》第七册，福建人民出版社，1992年，第419页。

[15] [梁] 释慧皎撰：《高僧传》（汤用彤校注）卷一，中华书局，1992年，第13页。

[16] 佛学研究界普遍认为道宣为中国律宗的真正创主，其所著"三大部"包括《四分律删繁补阙行事钞》、《四分律含注戒本疏》和《四分

律删补随机羯磨疏》等。道宣俗姓钱氏,生于隋开皇十六年（公元596年）,卒于唐高宗乾封二年（公元667年）,《宋高僧传》说他是丹徒（江苏镇江）人,也可能是长城（浙江长兴）人。十六岁出家,尝学律于智首律师,后居终南山白泉寺及崇义、丰德两寺。《四分律行事钞》、《四分律羯磨》等著作,就是在崇义寺写就。故道宣创建的律宗,又称南山宗。见《宋高僧传》卷第十四《唐京兆西明寺道宣传》,中华书局,1987年,第327—330页。又汤用彤著《隋唐佛教史稿》第四章第五节"戒律",介绍道宣事迹甚详,可参看。此见《汤用彤全集》第二卷,河北人民出版社,2000年,第182—187页。

[17] 马一浮：《哀弘一法师》,《马一浮集》第三册,第166页。又《马一浮集》只载前面一首,第二首兹据《弘一大师全集》之附录补齐,见是书第十册"附录卷",福建人民出版社,1992年,第233页。

[18][20] 马一浮：《弘一律主衣钵塔记并铭》之附"文成示学人",《马一浮集》第二册,第259页。

[19] 马一浮：《弘一律主衣钵塔记并铭》,同上,第258—259页。

[21] 马一浮：《题弘一法师本行记》,《马一浮集》第三册,第170页。

[22] 马一浮：《致彭俞》第十四函,《马一浮集》第二册,第484页。

[23][24] 马一浮：《致彭俞》第十五函,同上,第485页。

[25] 马一浮：《致彭俞》第十五函,同上,第486页。

[26] 马一浮：《致彭俞》第十七函,同上,第487页。

[27] 马一浮：《致彭俞》第十八函,同上,第487页。

[28] 马一浮：《致彭俞》第十九函,同上,第488页。

[29] 马一浮：《哀彭逊之》,《马一浮集》第三册,第419—420页。

[30] 马一浮：《忆方外三友》,同上,第832页。肇安引录的马一浮"贴颅言句比生冤"句,见于马诗《答肇安禅师》,载《马一浮集》第三册,第32页。

[31] 马一浮：《落叶再和》之四,同上,第44页。

[32] 马一浮：《次韵答肇安法师》四首之诗前小序,同上,第792—793页。

[33][34]《马一浮集》第三册,第799、801页。

[35] 马一浮：《肇公招预宴集,座中举话,无人领会,戏呈四绝,即以

为谢》,同上,第55页。
[36] 马一浮:《肇师将如余杭住茶亭庵,以此赠其行》所附之《与肇师书》,同上,第794页。
[37] 《马一浮先生语录类编》之"师友篇",同上,第1089页。
[38][39] 马一浮:《赠楚泉禅师》,同上,第32、15页。
[40] 马一浮:《吴建东持念佛法门,而好举"无可奈何花落去"之句为警策,乞予为书之,因成小偈,并以助喜》,同上,第791页。
[41] 马一浮:《非见闻》三首之三,同上,第238页。
[42] 马一浮:《正观》,同上,第391—392页。
[43] 马一浮:《法界颂》,同上,第598页。
[44] 马一浮:《江村遣病》第一首,同上,第109页。
[45] 《马一浮先生语录类编》之"儒佛篇",同上,第1056页。
[46][47][48] 《马一浮先生语录类编》之"诗学篇",同上,第1010页。关于《大智度论》所记佛弟子过河的故事,马先生引录道:"《大智度论》中有佛弟子毕稜伽婆磋为阿罗汉,尝欲渡河,呼河神为'小婢'。河神诉之佛前,佛嘱赔礼,即曰:'小婢,我今忏谢汝。'河神不悦,以为戏侮。佛云:'是心中,我慢确已净尽。但彼过去五百生为婆罗门,尚有余习未尽耳。'河神不服,因喻之曰:'如以香水储瓶中,倾泻出之,涓滴无余,不可谓非净尽。但以鼻嗅之,则香气犹在,此即余习之谓也。"亦见《马一浮集》第三册,第1010页。
[49] 马一浮:《自题旧稿》,同上,第639页。按此处马一浮所述之限韵菊花诗,与《示弥甥慰长、镜涵》(《马一浮集》第二册,第178—179页)信中所述,词句互有异同。信中结尾两句作"晨餐秋更洁,不必羡胡麻",此处为"晨餐如可洁,岂必羡胡麻",而且只取后四句诗。盖系口头叙说,故有所省略也。
[50] 马一浮:《二十余岁时自题像》,《马一浮集》第二册,第268页。
[51] 马一浮:《题六十四岁时摄影》,同上,第269—270页。
[52] 马一浮:《一九五二年自题影》,同上,第270页。
[53] 马一浮:《题七十九岁时摄影》,同上,第271—272页。
[54] 马一浮:《一九五九年梦中题影》,同上,第272页。
[55] 马一浮:《一九六一年自题影像》,同上,第272页。

[56] 《马一浮集》第二册,第272—273页。

[57] 同上,第273页。

[58] 马一浮:《自题近影》,同上,第273页。

[59] 马一浮:《拟告别诸亲友》,《马一浮集》第三册,第758页。

[60] 弘一大师:《辞世二偈》,《弘一大师全集》第八册,第31页。

[61] 马一浮:《预拟告别诸友》,《马一浮集》第三册,第745页。

[62] 马一浮:《法数钩玄》卷一,《马一浮集》第一册,第883页。

(载《文艺研究》2005年第7期)

熊十力与《新唯识论》

一 熊十力的《心书》

熊十力字子真，1885年生于湖北黄冈县，几乎没有上过学，只跟父亲及另一乡塾先生就读一极短时间。但他失学而未"废学"，即使为邻人放牧，也以苦读为乐，且童幼之年，已有民族思想。一次看戏，见汉唐装好看，问现在何以不穿这样的衣服，父亲告诉他缘故。他说："胡人与汉人孰多？"当得知汉人多后，他问："奈何以多制于少？"[1] 待到十六七岁时，因读陈白沙书而大悟："忽起无限兴奋，恍如身跃虚空，神游八极，其惊喜若狂，无可言拟。当时顿悟血气之躯非我也，只此心此理方是真我。"[2] 其于中国传统学问，如有宿契焉。

1901至1913年，他过了一段长时间的军旅生涯，曾追随辛亥

熊十力

首义的队伍,胜利后以"天上地下,唯我独尊"八字,表达自己的豪迈心境。但民元革命后的乱局,使得他陷于苦闷,于是"誓绝世缘,而为求己之学"。他比梁漱溟大八岁,当梁在北京大学讲授《东西文化及其哲学》的时候,他正在撰写《唯识学概论》。而在此前,已有《心书》印行,蔡元培为之序。蔡序写道:"余开缄读之,愈以知熊子之所得者至深且远,而非时流之逐于物欲者比也。"[3]又说:"自改革以还,纲维既决,而神奸之窃弄政柄者,又复挟其利禄威刑之具,投人类之劣根性以煽诱之,于是乎廉耻道丧,而人禽遂几于杂糅。昔者顾亭林先生推原五胡之乱,归狱于魏操之提奖污行,而今乃什佰千万其魏操焉,其流毒宁有穷期耶?呜呼!'履霜坚冰至',是真人心世道之殷忧矣。"[4]蔡的《心书序》对晚清以还之社会文化背景所作之说明,实际上也就是新儒家产生之具体历史背景。而序中极称熊十力为积学笃行之士,这反映蔡先生衡文品人的识见。

1922年经由梁漱溟的推荐,熊被聘为北大"特约讲师"。梁、熊的相识到相契,堪成佳话。《心书》系熊十力1916至1918年间所做的读书杂记,其中有的刊载于梁启超主编的《庸言》杂志,而涉及佛学的文字,曾受到梁漱溟的批评。后熊于1918年到天津南开中学教书,第二年写信给梁,说梁对他的批评有一定道理,希望去京面商。于是1919年暑假期间两人在北京的广济寺见了面,交谈极洽,从此订交。1920年,梁漱溟把熊十力介绍给南京内学院的欧阳竟无大师,使熊有了近三年的专门研习佛学的机会。所以在北大他讲的是"唯识学概论"。论者或谓,熊之学,始则"由儒入佛",即指此一层而言。不过他的学佛,主要是学术兴趣,而非宗教信仰。他的佛学造诣成了他哲学的筋脉。1932年,熊十力的文言本《新唯识论》出版,对正统的佛教唯识学持严厉地检讨与批评的态度,这标志着他又"从佛返归于儒"。

二 熊十力与《新唯识论》

当年佛祖释迦牟尼感叹生死无常而创言佛法,后因地域背景和社会状况及述者纷纭而部派林立。上座部、大众部、小乘、大乘、有部、新有部、经部、正量部等,不一而足,大乘之外据说就有"十八部"之称;造论则或"有"或"空",多所取义。大乘学说的创始人龙树(活动的年代约为公元三世纪)的著作中已出现往唯识方面变化的迹象,但真正建立起唯识学说的,是公元五世纪的无著和世亲兄弟二人。弥勒的包括《瑜伽师地论》在内的五部书[5],就是他们所传。无著和世亲的著作很多,其中的八部后来成为瑜伽行学派的经典[6]。他们同时或其后,传承此一学派的有十家,即护法、德慧、安慧、亲胜、难陀、净月、火辨、胜友、胜子、智月,就中尤以护法和安慧声闻最著。也有记载称安慧和陈那、德光、解脱军为世亲后的四大家[7]。他们虽然彼此的观点互有异同,而且有唯识"古学"和唯识"今学"以及"无相唯识说"和"有相唯识说"的分别,但他们都宗奉唯识之学说,应无疑义。所谓唯识的识,其实就是人的主体对对象的认识,它的基本命题是"唯识无境",也就是"一切法不离识故"。史载护法是陈那的弟子,属唯识今学一派。护法的弟子为戒贤,而戒贤者,乃玄奘的老师。玄奘编译的《成唯识论》,就是以护法的《三十唯识论释》为基底,又吸收其他九家的注释编纂而成。

但玄奘之后,大乘唯识之学虽经窥基等张大其说,终因没有参与到佛教本土化的过程中来,实际上未能连贯传衍。诚如陈寅恪所说:"佛教学说,能于吾国思想史上,发生重大久远之影响者，皆经国人吸收改造之过程。其忠实输入不改本来面目者，若玄奘唯识之学，虽震动一时之人心，而卒归于消沉歇绝。"[8] 这种情况直到清朝末造始有所改变，主要由于石埭杨仁山经由日本僧人南条文雄的帮助，从日本得到各种佛书三百余种，其中包括玄奘翻译的全本《瑜伽师地论》以及窥基的《成唯识论述记》，并在南京设立金陵刻经处，为重建唯识之学奠定了根基。特别是杨的弟子欧阳竟无大师是法相唯识学的宗奉者，其影响熊十力等人也最大。

盖晚清西潮汹涌，影响学术界之方法论者莫过于实证论。而我中华学术，向乏思辨之传统，唯有佛学之唯识一派，思辨程度甚高，可作为与西哲对话的逻辑基础。这应该是晚清唯识之学力谋重振的一个原因。熊十力于此最具理性的自觉，他的《新唯识论》就是为此一目的而写。他不满意唯识旧师的理论，欲平章华梵、融会儒释，归本于大《易》流行，建立一体用不二的哲学体系。为此继文言本之后，又于1940年出版了语体文本《新唯识论》，从而完成了他的儒佛杂糅的哲学体系。而到1954年撰写《原儒》，他的从中国传统出发的哲学体系臻于完善。

那么熊十力的《新唯识论》与无著、世亲、陈那、护法、玄奘、窥基等唯识旧师的区别在哪里呢？

论者对此有各种各样的说法，也有称其所建之体系破绽百出、佛儒两失者[9]。我们且看他自己如何评论。他说："《新唯识论》一书，站在本体论的领域内，直探大乘空宗骨髓，而以方便立论者也。盖空宗善巧,虽复无量义门,而以要言之,则'诸行无常'一语,是其秘密意趣。诸行者,所谓色行心行是。俗所谓宇宙者,即此色心两方面的现象,亦即所谓现象界也。世间或执有实心,或执有实物,或计有非心非物的实法,要亦是变相的心或物。总之不外计着有个宇宙,又进而推穷一个客观独存的实法,说为宇宙本体(或云实体)。大乘空宗诸师,根本不见有所谓宇宙,不见有所谓现象界,却又不妨随顺世俗,而说色说心。但因凡夫执有实色实心,即执有实宇宙,执有实现象界,成大迷妄,颠倒愚痴。故乃呵破其执,而说色无常,说心无常。色法刹那才生即灭,无有暂住时故,是无常相;心法刹那才起即灭,无有暂住时故,是无常相。"[10] 这是说按照《新唯识论》的观点,"色法"和"心法"均为"无常相",也就是"诸行无常",而对宇宙之本体性质则给予认定。在这点上熊之体系与大乘的空宗完全区别开来。

而在另一处熊十力说得更加明白,直接标出他的体系与唯识旧师的两点重大不同。他写道:

> 佛家哲学思想无论若何深广,要之,始终不稍变其宗教的根本观念,即为生死发心,而归趣出世的观念。此是佛家宗旨,万不可不认明者。新论则为纯粹的人生主义,而姑置宗教的出世观念于不议不论之列,此其根本不同者一。佛家本师释迦,其思想最精者,莫如十二缘生之说,此在阿含可见。是其为说,固属人生论之范围……旧著

《破破论》(《破破新唯识论》之省称，他仿此。)述此变迁概略，颇为扼要。至于大乘空宗直下明空，妙显本体。有宗至唯识之论出，虽主即用显体，然其谈用，则八识种现，是谓能变。(现行八识各各种子，皆为能变。现行八识各各自体分，亦皆为能变。)是谓生灭。其谈本体，即所谓真如，则是不变，是不生不灭，颇有体用截成二片之嫌。即其为说，似于变动与生灭的宇宙之背后，别有不变不动不生不灭的实法，叫做本体。吾夙致疑乎此，潜思十余年，而后悟即体即用，即流行即主宰，即现象即真实，即变即不变，即动即不动，即生灭即不生灭。是故即体而言，用在体；即用而言，体在用。此其根本不同者二。[11]

其实说到底，《新唯识论》和唯识旧师的区别，主要是熊所建立的哲学体系具有新儒学的种种特征，而不是一个佛学的体系。所以熊自己先在信仰上给以分别，指出他的体系为"纯粹的人生主义"，而不涉及宗教的出世观念。再就是对本体的看法大相径庭。他的哲学本体是心本体，亦即宇宙本体。这点上颇与陆、王心学相像。因此王阳明游南镇的故事，深得熊的激赏。阳明《语录》载："先生游南镇。一友指岩中花树问曰：'天下无心外之物，如此花树，在深山中自开自落，于我心亦何相关？'先生曰：'你未看此花时，此花与汝心同归于寂。你来看此花时，则此花颜色一时明白起来。便知此花不在你的心外。'"[12]《新唯识论》在引录这一典故之后，盛赞阳明持说精到，而置疑于唯识旧师，认为世亲的《二十颂论》"颇近诡辩"[13]。

熊十力对唯识旧师的批评是严厉的，包括批评窥基"以妄识认为真心"是"认贼做子"的大胆措辞，自必引起南京内学院师门的不满。故《新唯识论》发表之当年，南京内学院的刘定权（衡如）就在《内学》杂志上发表长篇驳难文章，题目为《破新唯识论》，痛陈熊的"挟私逞妄"之过[14]，而欧阳大师为之序，加入到讨伐熊的行列中来，写道：

> 三年之丧，不肖者仰而及，贤者俯而就，此圣言量之所以须要也，方便之所以为究竟也。心精飚举，驰骋风云，岂不逞快一时。而堤决垣逾，滔天靡极，遂使乳臭膈窥，惟非尧舜薄汤武是事，大道绝径，谁之咎欤。六十年来阅人多矣，愈聪明者愈逞才智，愈弃道远，过犹不及贤者昧之。而过之至于灭弃圣言量者，惟子真为尤。衡如驳之甚是，应降心猛省以相从。割舌之诚证明得定，执见之舍皆大涅槃。呜呼子真，其犹在古人后哉。欧阳渐民国二十一年十二月。[15]

欧阳大师对熊十力的批评，毋庸说也是严厉的，至有"乳臭膈窥"的轻蔑字样。太虚大师也在1933年1月的《海潮音》上刊出《略评新唯识论》的文章，肯定刘（衡如）"破之固当"，但对其文中称《起信论》为"伪书"表示不满，责怪欧阳之序"有知人之智而无自知之明"[16]，则又反映出现代佛学内部传统唯识论与法相唯识论之间的矛盾。

熊十力针对刘的批评,写了《破破新唯识论》一书,于1933年2月出版。

后来欧阳的另一弟子吕澂也对《新唯识论》持批评态度,与熊做了长时间的往来书信的讨论[17]。吕对熊的批评也是毫不留情面,如复函第一说熊"完全从性觉(与性寂相反)立说,与中土一切伪经、伪论同一鼻孔出气,安得据以衡量佛法?"复函二则竟称熊论为"时文滥调"。综观两方之驳难,熊似处于守势。盖吕秋逸先生精通梵文经典,就对原始资料的掌握而言,熊子真先生自不是对手。但熊之为文一本真诚,亦有感人处,如认为此次论争带有佛学与哲学之争的色彩亦不无道理。

三 熊十力和马一浮的文字缘

1927年熊十力到杭州养病,他当然极想一会马一浮这位南北知名的大儒,恰好熊的学生乌以风此时亦常在马先生跟前承教,于是熊十力便请乌以风把《新唯识论》的稿本送给马先生,并附一信。但信中"略无寒暄之语,直说就正之意",另外则说自己"有疾不能亲来"云云。

不料马先生欣赏的就是熊的这种坦白豁达的风格,很快就读完了熊的《新唯识论》,然后亲自到熊的住所(熊住广化寺),"对坐谈义","各尽底蕴"。虽是第一次见面,彼此无任何应酬,只讲学问,不及其他。遇有异同,熊亦能服马之善。马一浮后来回忆与熊先生的这次晤谈,他称赞熊"虽古人不可多得"[18]。熊十力请马先生为是书作序,马欣然应允。1932年《新唯识论》正式出版时,马序赫然卷首。因这是一篇极有价值的文献,特录马序之全文如下:

夫玄悟莫盛于知化,微言莫难于语变。穷变化之道者,其唯尽性之功乎。圣证所齐,极于一性。尽己则尽物,己外无物也。知性则知天,性外无天也。斯万物之本命,变化之大原。运乎无始,故不可息;周乎无方,故不可离。《易》曰:"乾道变化,各正性命。"性与天道,岂有二哉?若乃理得于象先,固迥绝而无待,言穷于真际,实希夷而难名。然反身而诚,其道至近,物与无妄,日用即真。睽而知其类,异而知其通,非天下之至精,其孰能与于此!惑者缠彼妄习,昧其秉彝,迷悟既乖,圣狂乃隔,是以诚伪殊感,而真俗异致。见天下之赜,而不知其不可恶也;见天下之动,而不知其不可乱也。遂使趣真者颠沛于观空,徇物者沦胥于有取。情计之葘不祛,智照之明不作,哲人之忧也。唯有以见夫至赜而皆如,至动而贞夫一,故能资万物之始而不遗,冒天下之道而不过。浩浩焉与大化同流,而泊然为万象之主。斯谓尽物知天,如示诸掌矣。此吾友熊子十力之书所为作也。十力精察识,善名理,澄鉴冥会,语皆造微。早宗护法,搜玄唯识,已而悟其乖真。精思十年,始出境论。将以昭宣本迹,统贯天人,囊括古今,平章华梵。其为书也,证智体之非外,故示之以明宗;辨识幻之从缘,故析之以唯识;抉大法之本始,故摄之以转变;显神用之不测,故寄之以功能;征器界之无实,故彰之以成色;审有情之能反,故约之以明心。其称名则杂而不越,其属辞则曲而能达,盖确然有见于本体之流行,故一皆出自胸襟,沛然莫之能御。尔乃尽廓枝辞,独标悬解,破集聚名心之说,立翕辟成变之义,足使生、肇敛手而咨嗟,奘、基拤舌而不下。拟诸往哲,其犹辅嗣之幽赞《易》道,龙树之弘阐中观。自吾所遇世人谈者,未能或之先也。可谓深于知化,长于语变者矣!且见晛则雨雪自消,朝彻则生死可外,诚谛之言既敷,则依似之解旋折。其有志涉玄津,犹萦疑网,自名哲学而未了诸法实相者,睹斯文之昭旷,亦可以悟索隐之徒勤,亟回机以就己。庶几戏论可释,自性可明矣。彼其充实不可以已,岂曰以善辩为名者哉?既谬许予为知言,因略发其义趣如此,以俟玄览之君子择焉。马浮。[19]

还没有第二个人像马一浮这样真正成为《新唯识论》一书的知音,可以想见熊十力对这篇序言有多么重视。他看到序言后立即写信给马一浮,说:"序文妙在写得不诬,能实指我现在的行位,我还是察识胜也。所以于流行处见得恰好,而流即凝,行即止,尚未实到此阶位也。'乾道变化,各正性命',吾全部只是发明此旨。兄拈此作骨子以序此书,再无第二人能序得。漱溟真能契否,尚是问题也。"[20]

马序的第一部分用极简要、极典雅的语言概括《新唯识论》的内容,第二部分阐述《新唯识论》的特点及学术价值。其中说:"十力精察识,善名理,澄鉴冥会,语皆造微。早宗护法,搜玄唯识,已而悟其乖真。精思十年,始出境论。将以昭宣本迹,统贯天人,囊括古今,平章华梵。其为书也,证智体之非外,故示之以明宗;辨识幻之从缘,故析之以唯识;抉大法之本始,故摄之以转变;显神用之不测,故寄之以功能;征器界之无实,故彰之以成色;审有情之能反,故约之以明心。其称名则杂而不越,其属辞则曲而能达,盖确然有见于本体之流行,故一皆出自胸襟,沛然莫之能御。"

对熊著《新唯识论》一书的评骘,可以说确然了当,一字不易。熊说的"能实指我现在的行位",即指马序此段文字而言。熊说"我还是察识胜也",是呼应马序"十力精察识,善名理"的确评。正因为"察识胜",故能归本《周易》,得阐大化流行;但对万事万物"流即凝,行即止"的认识境界,熊承认"尚未实到此阶位"。我们第二次看到熊的自谦,前一次是对梁漱溟,这次是在马一浮面前。

熊十力还请马一浮代撰过两篇文稿,一是《熊氏丛书弁言》,一是《黄冈某君妻熊氏墓志》。《熊氏丛书》是熊的友人彭凌霄为之策划,准备在南昌印行,其中包括《新唯识论》、

《破破新唯识论》、《十力语要》诸书。但该《丛书》之印行计划后来未付诸实施，1947年湖北印行的《十力丛书》，应是此一计划的另版。马代撰之序，末署"某年月日，黄冈熊十力记"，内有一对句极工："会万法而显真源，乃吾本愿；尝一滴而知海味，是在当人。"[21]熊先生写不出这样的句子。《黄冈某君妻熊氏墓志》，所志者为熊十力族兄弟熊持中之女言珍的事迹。马先生在文后有"附告"，是对熊先生的一个说明，主要关乎《墓志》的体例、称谓等事项。如说"女子适人者当从其夫之称，未嫁者乃可称熊氏女"，"附记之铭可不作，盖志以纪事，铭以叹德。今以长老为卑幼作志，不必有铭"等等[22]。马先生自是稔熟碑、志、铭、诔等文体，而熊先生也是请而得人。可以想象，两人如不是相契之好友，熊先生是不会做如是请的。

但熊、马的学术思想亦存在分歧。1938年，国民政府的最高领导人物希望由马先生创办一带有传统书院特点的讲席场所，经马的弟子和友人的劝促，马一浮不得已而后应，并主张以"复性书院"为名。书院筹备之初，马先生就将熊十力列为创议人。马先生没有料到的是，在学问上与他堪称默契的熊十力，对他的办学旨趣提出了激烈的反对意见，两人为此多次通信辩难，结果越辩越远。熊先生后来虽去了四川乐山，但为时甚暂，没过多久就离开了书院，这给马先生带来了情感的伤痛。自此之后，这两位新儒学的领军人物便少有往来的信函了。

但他们彼此仍有关切。1950年马一浮致云颂天信曾问起：

熊十力与《新唯识论》　　167

"梁先生是否返蜀？熊先生闻已赴京，想时通问。"[23] 1952年致云的信里又问："熊、梁二先生颇常通书否？动定亦希以时见告。"[24] 1959年又问云："熊先生著书不辍，想时通问。"[25] 1963年，马先生已经八十有一，还告诉云颂天："熊先生亦尚健。梁先生去年曾过杭一面。"[26] 虽是片言只语，却有拳拳之殷。1949年国共两党政权交替之际，马一浮曾写过两首寄怀熊十力的诗，一首作于1949年，一首作于1951年。

寄怀熊十力广州（1949）

自废玄言久不庭，每因多难惜人灵。

西湖别后花光减，南国春来海气腥。

半夜雷惊三日雨，微波风漾一池萍。

眼前云物须臾变，唯有孤山晚更青。[27]

寄怀熊十力（1951）

眚眼观空息众缘，悲心涉境定无偏。

离怀可忆西湖水，时论犹窥一线天。

入俗知君能利物，捐书似我欲忘年。

别峰他日如相见，头白归来守太玄。[28]

两首诗都流露出因世事变迁而生发的感慨，马先生在向熊先生告示自己的心境的同时，对往日的老友充满深沉的怀念，并相期不改为学之初志。1951年马先生又有为熊十力题写的《红梅馆》诗："硕果从缘有，因华绕坐生。芙蓉初日丽，松柏四时贞。淖约颜如醉，芳菲袖已盈。不忧霜雪盛，长得意分明。"[29] 1950年10月，马一浮接得熊十力发自广州的一封信，系熊女池生代写，信中有"仁未必是，暴未必非。义未必是，利未必非"等语，马先生评为"可怪之至"[30]。嗣后，1954年熊十力七十寿辰，马先生亦有诗寄怀，写道：

孤山萧寺忆谈玄，云卧林栖各暮年。
悬解终期千岁后，生朝常占一春先。
天机自发高文在，权教还依世谛传。
刹海风光应似旧，可能重泛圣湖船。[31]

"生朝"句后有注："君以正月五日生。"可知马先生对熊先生关切之微。1955年马先生还有一诗，题作《代简寄熊逸翁》，是为答熊先生当年的来书而作。熊信中说正在撰写《原儒》书稿，故马先生诗中有句："《原儒》定有膏肓药，争奈时人未肯看。"[32]

五十年代以后，熊终老不停著述，马晚年只写诗而不著文。两人同为政协委员，熊对国政文事颇多建言，但无一被采纳；马则默而无言。1955年之后，就不见两人具体的文字联系了。

注释

[1] 熊十力：《十力语要·王汉传》，《熊十力全集》第四卷，湖北教育出版社，2001年，第154页。

[2] 熊十力：《十力语要初续·陈白沙先生纪念》，《熊十力全集》第五卷，第279—280页。

[3][4] 蔡元培《熊子真〈心书〉序》，《蔡元培全集》第三卷，浙江教育出版社，1998年，第462页。

[5] 弥勒的五部书为：（一）《瑜伽师地论》、（二）《分别瑜伽论》、（三）《分别中边论》、（四）《大乘庄严经论》、（五）《金刚般若论》。五部书均为弥勒说、无著和世亲为之注释，其中以《瑜伽师地论》最为重要。关于弥勒其人，佛学界有不同的解说，有的说弥勒不是一个实在的人，而是住在兜率天内即将成佛的菩萨；另则是日本学者的说法，即认为弥勒应该有两个，一个是传说中的神，另还有一个同名的实际人物。参见吕澂《印度佛学源流略讲》，《吕澂佛学论著选集》第四册，齐鲁书社，1991年，第2200—2201页。

[6] 无著、世亲的著作，与瑜伽学派有直接关系的共有八部，后来称为"无著八支"，包括《二十唯识论》、《三十唯识论》、《摄大乘论》、《大乘阿毗达磨集论》、《辨中边论》、《缘起论》、《大庄严经论》、《成业论》。参见吕澂《印度佛学源流略讲》，第2202—2203页。亦可参阅王世安译英人渥德尔《印度佛教史》第十一章，商务印书馆，1987年。

[7] 参见吕澂《印度佛学源流略讲》，第2218—2220页。

[8] 陈寅恪：《冯友兰中国哲学史下册审查报告》，《金明馆丛稿二编》，上海古籍出版社，1980年，第251页。

[9] 此可参见朱世龙的《评熊十力哲学》一文，载《熊十力全集》"附卷"上，第283—333页。文中有"他意志坚，自信强，力求标新立异，有所自显；对于缘生性空，运用过于泛滥，对于生生不息，层次安排有误，乃导致其哲学上根本的失败。他本欲融会儒佛，结果两俱失之"云云（第284页）。

[10][11] 熊十力：《十力论学语辑略》，《熊十力全集》第二卷，第

252、274页。

[12] 《王阳明全集》上册（卷三"语录三"），上海古籍出版社，1992年，第107—108页。

[13] 熊十力：《新唯识论》（文言文本），《熊十力全集》第二卷，第24页。

[14] 刘定权的《破新唯识论》刊于1932年12月出版的第六期《内学》杂志，其中写道："今熊君挟私逞妄，于净位中不许有四，是其自待已贤于释迦矣。"又批评说："熊君书中又杂引《易》、《老》、《庄》、宋明诸儒之语，虽未显标为宗，迹其义趣，于彼尤近。若诚如是，则熊君之过矣。彼盖杂取中土儒道两家之义，又旁采印度外道之谈，悬揣佛法，臆当亦尔。遂摭拾唯识师义，用庄严其说，自如凿枘之不相入。于是顺者取之，违者弃之。匪唯弃之，又复诋之，遂使无著、世亲、护法于千载之后，遭意外之谤，不亦过乎？且淆乱是非，任意雌黄，今世之有志斯学者，莫别真似，靡有依归，是尤不可不辨。"参见《熊十力全集》"附卷"上，第4—5页。

[15] 欧阳渐：《破新唯识论》"序言"，《熊十力全集》"附卷"上，第3页。

[16] 太虚在《略评新唯识论》的附识中写道："作《略评新唯识论》旬有余日，获阅刘君定权之《破新唯识论》，破之固当矣。欧阳居士序之，深致慨熊君十力之毁弃圣言量。然履霜坚冰至，其由来者渐！夫《起信》与《楞严》等，殆为中国佛教唐以来相承之最高圣言，居士虽未获融贯会通，而判为'引小入大之不了义'说，犹未失为方便；乃其门人王君等，拨而外之，居士阴许而不呵止。殊不知即此便开毁弃圣言之渐！迫令千百年来相承《起信》、《楞严》学者，亦敢为遮拨法相《唯识》，仿佛《中论》，依傍禅录，奚有瞽僧狂士，攻讦窥基、护法而侵及世亲、无著。今刘君犹曰'除《起信论》伪书外'，居士亦未拣除，徒责熊君之弃圣言，所谓'有知人之智而无自知之明'欤！二十二年一月九日太虚附识。"参见《熊十力全集》"附卷"上，第47页。按欧阳、太虚同出金陵刻经处杨仁山门下，因对法相唯识之学看法不同，遂有不同之佛学取径，彼此关系形同冰炭。此处太虚一方面辟熊十力，肯定刘定权之《破新唯识论》，一方面亦连及刘氏之师欧阳竟无，愈见

围绕《新唯识论》的论辩葛藤勾连而富有滋味者也。

[17] 吕澂与熊十力讨论唯识学问题，是在1943年，来往共16封函稿，熊来函为9封，时间分别为1943年3月10日、16日、4月7日、17日、18日、5月21日、6月3日、21日、7月19日；吕复函7封，时间分别为1943年4月2日、12日、13日、22日、5月25日、6月12日、7月2日。人民出版社1984年出版的《中国哲学》第十一辑刊载了这些信函，并附熊十力《与梁漱溟论宜黄大师》一文，总共17篇文字。请参见《中国哲学》第十一辑，人民出版社，1984年，第169—199页。

[18]《马一浮先生语录类编》（乌以风等编次）之"师友篇"，《马一浮集》第三册，浙江古籍出版社、浙江教育出版社，1996年，第1088页。

[19] 马一浮：《新唯识论序》，《马一浮集》第二册，第27—29页。

[20][21][22] 马一浮：《新唯识论序》附录，同上，第29、61、267页。

[23] 马一浮：《致云颂天》第十一函（1950年），同上，第815页。

[24] 马一浮：《致云颂天》第十二函（1952年），同上，第816页。

[25] 马一浮：《致云颂天》第十三函（1959年），同上，第817页。

[26] 马一浮：《致云颂天》第十四函（1963年），同上，第817页。

[27] 马一浮：《寄怀熊十力广州》，《马一浮集》第三册，第500页。

[28] 马一浮：《寄怀熊十力》，《蠲戏斋诗辑佚》第18页，台北印行。

[29]《马一浮集》第三册，第531页。

[30]《马一浮集》第二册，第342页。

[31] 马一浮：《寄怀熊逸翁即以寿其七十》，《马一浮集》第三册，第561页。

[32] 马一浮：《代简寄熊逸翁》，同上，第577页。

（2003年5月竣稿于京城寓所，载《浙江学刊》2004年第3期）

冯友兰和"贞元六书"

中国现代哲学学者,能够自觉地建立自己的哲学思想体系的是冯友兰。冯氏1895年12月生于河南,1918年毕业于北京大学文科中国哲学门,次年赴美,1924年获哥伦比亚大学哲学博士学位。回国后河南中州大学聘他为文科主任,广州中山大学请他做教授兼哲学系主任,但都非他内心所情愿。随后又有两年在燕京大学讲授中国哲学史。1928年应罗家伦的邀请,开始成为清华大学哲学系教授并兼任文学院长和哲学系主任,他终于找到了自己的归宿。

1930年和1934年,他先后写出并出版《中国哲学史》上下卷。这是第一部有系统地研究中国传统哲学的专书。胡适的《中国哲学史大纲》开了一条路、写了一个头;冯之《中国哲学史》把头、腰身和尾部都写全了。因此这也是第一部大篇幅的完整的

冯友兰

哲学史著作。全书共三十二章，以"子学"和"经学"为纲，从先秦一直写到晚清的今文学，以廖平为收结，体例和观点均不乏创意，陈寅恪、金岳霖给予高度评价[1]。当然书中亦有不足，例如对道教和禅宗未予足够重视；另外"子学"和"经学"的二分能否概括整个中国哲学史的演进尚存疑问。冯著上下卷均附有张荫麟写的书评，其对冯著长短得失的分析，今天看来亦多有允当者[2]。

冯之哲学思想的跨越，至抗日战争时期有一大的变化。

他1937至1946年通过"贞元六书"的写作，完成了他的新理学的哲学体系。"贞元六书"顺序为《新理学》、《新事论》、

《新世训》、《新原人》、《新原道》、《新知言》。所谓"贞元六书",是指在"贞元之际"所写之著作。《周易》"乾卦"的卦辞为"元亨利贞",说《易》者有的解释此句为春夏秋冬的循环。如是则"贞元之际"就是冬春之际的意思。冯友兰用以说明抗战时期固面临压城之黑云,但也是民族复兴与民族觉醒的前夜。他在《新原人》之"自序"中写道:"'为天地立心,为生民立命,为往圣继绝学,为万世开太平。'此哲学家所应自期许者也。况我国家民族,值贞元之会,当绝续之交,通天人之际,达古今之变,明内圣外王之道者,岂可不尽所欲言,以为我国家致太平,我亿兆安心立命之用乎?虽不能至,心向往之。非曰能之,愿学焉。此《新理学》、《新事论》、《新世训》及此书所由作也。"[3]

值得注意的是,作者在《新理学》的"绪论"中特别提出,他是"'接着'宋明以来底理学讲底,而不是'照着'宋明以来底理学讲底"[4]。所谓"接着"者,是说他的"新理学"的哲学体系是承接宋明道学之理学一脉而来;而所谓"不是照着"者,则力图标示他的哲学体系不同于宋明理学,故在理学前面加一"新"字。这点很重要,正好与我们前面讲的宋以后哲学的独立性有所减弱,可以相印证。

冯友兰用"新"字的三字经概括、标示自己的哲学体系,并不是标新立异,而是确有哲学上的系统创新,不妨认为他真的建立了理学的"新统"。换言之,他的《中国哲学史》是讲中国的哲学的"史","贞元六书"则是讲中国的哲学的"史"的哲学。金岳霖为冯著《中国哲学史》写审读报告,提到论理的方式有"空架子的论理"和"实架子的论理"的分别,并说先秦诸子的思想如果是"实架子的论理",那么"把实质除开外,表现于这种思想之中的是否能代表一种空架子的论理"?[5] 他说得太哲学了。但冯友兰是深明他的哲学意涵的,并通过"贞元六书"的写作做了回答。冯在《新理学》中使用"实际"和"真际"两个概念,就为的解决论理的"空"、"实"的问题。他说:"哲学对于真际,只形式地有所肯定,而不事实地有所肯定。换言之,哲学只对于真际有所肯定,而不特别对于实际有所肯定。真际与实际不同,真际是指凡可称为有者,亦可名为本然;实际是指有事实的存在者,亦可名为自然。"[6] 依此则"真际"便成为哲学需要处理的问题,尽管它已经脱离了"实际",变成"不切实际"的"真际"。

"贞元六书"所处理的问题就是"真际"的问题,例如理、气、道体、大全等,冯称它们为"形式的观念"和"空的观念"[7]。哲学喜欢和玄虚打交道,哲学不怕空。中国传统哲学在"空"、"实"问题上未免不够彻底。冯先生对此有极精彩的检讨,他说:"宋明道学,没有直接受过名家的洗礼,所以他们所讲底,不免著于迹象。"又说:"张横渠的关于气底说法,似亦是起源于道教。他的《西铭》说:'乾称父,坤称母',免不了有一点图画式底思想。他所说底气,更是在形象之内底。他对于他所谓气的说法，都是对于实际底肯定。"[8] 下面还有更多的论述，请看：

> 程朱所说底气，虽比横渠所说底气，比较不著形象，然仍是在形象之内底。他们所谓理，应该是抽象底，但他们对于抽象，似乎尚没有完全底了解。例如朱子说："阴阳五行之不失其序，便是理。"这是以秩序为理，秩序虽亦可称为理，但抽象底理并不是具体事物间底秩序，而是秩序之所以为秩序者，或某种秩序之所以为某种秩序者。
>
> 有人说："朱子道，陆子禅。"这话是有根据底。道学中底理学一派，受道教的影响多。心学一派，受禅宗的影响多。心学虽受禅宗的影响，但他们亦只讲到禅宗的"是心是佛"，没有讲到禅宗的"非心非佛"。这就是说，他们所讲底，还有一点著于形象。阳明尤其是如此。
>
> 由此我们可以说，宋明道学家的哲学，尚有禅宗所谓"拖泥带水"的毛病。因此，由他们的哲学所得到底人生，尚不能完全地"经虚涉旷"。他们已统一了高明与中庸的对立。但他们所统一底高明，尚不是极高明。
>
> 清朝人很似汉朝人，他们也不喜作抽象底思想，也只想而不思。他们喜欢"汉学"，并不是偶然底。中国哲学的精神的进展，在汉朝受了一次逆转，在清朝又受了一次逆转。清朝人的思想，限于对道学作批评，或修正。他们的修正，都是使道学更不近于高明。他们的批评，是说道

学过于玄虚。我们对于道学底批评，则是说它还不够玄虚。[9]

我们当然知道清代的"汉宋之争"有多么激烈，而且清儒所反对所指斥的，主要是宋学的空疏和玄虚。现在冯友兰说清儒批评错了，恰恰相反，宋学的问题不是玄虚，而是玄虚得还不够。冯的这一说法，对于我们研究和梳理中国学术思想的演变，可是太重要了。因为这是哲学家站在哲学的立场上所做的哲学的批评。如果忽略了冯的这一说法，只知道批评宋儒仅仅有"实际"对"真际"的批评，而不知道还有"真际"对"真际"得不彻底的批评，我们对中国学术思想的把握就有了不可宽宥的过失。金岳霖评论冯的《中国哲学史》的《审查报告》其实隐含一思想，就是他似乎担心冯讲中国的哲学史，可能那"空架子"还"空"得不够，因而不能像欧洲的论理那样具有广泛的普遍性。"贞元六书"新理学体系的问世，金的这个担心我看可以解除了。

冯似乎是为了回应金的隐含的疑虑，所以在讲了宋明道学难免"著于形象"，因而道学家的哲学难免有禅宗所谓"拖泥带水"的毛病之后，特地讲到西洋近五十年由于逻辑学的进步，于是便有人想用新逻辑学推翻形上学。他说这是不可能的，推翻的只能是旧形上学，而不是形上学本身。将来的新的形上学必将更"不著实际"、更"不著形象"。他说：

新底形上学，须是对于实际无所肯定底，须是对于实际，虽说了些话，而实是没有积极地说什么底。不过在西洋哲学史里，没有这一种底形上学的传统。西洋哲学家，不容易了解，虽说而没有积极地说什么底"废话"，怎样能构成形上学。在中国哲学中，先秦的道家，魏晋的玄学，唐代的禅宗，恰好造成了这一种传统。新理学就是受这种传统的启示，利用现代新逻辑学对于形上学底批评，以成立一个完全"不著实际"底形上学。[10]

看来这是冯的新理学哲学体系的哲学目标。张荫麟不是批评冯的两卷本《中国哲学史》于道教和禅宗，未予足够重视吗？现在不仅重视了，而且成为新理学哲学体系的启导资源。

然则冯友兰的"以成立一个完全'不著实际'底形上学"的新理学的哲学体系，都有一些什么内容呢？主要是"四个空的观念"和"四组主要的命题"。四个空的观念是理、气、道体、大全。四组主要命题他分别做如下表述：

> 第一组主要命题是：凡事物必都是什么事物，是什么事物，必都是某种事物。有某种事物，必有某种事物之所以为某种事物者。借用旧日中国哲学家的话说："有物必有则。"
>
> 第二组主要命题是：事物必都存在。存在底事物必都能存在。能存在底事物必都有其所以能存在者。借用中国旧日哲学家话说，有理必有气。

冯友兰和"贞元六书"

第三组主要命题是：存在是一流行。凡存在都是事物的存在。事物的存在，是其气实现某理或某某理的流行。实际的存在是无极实现太极的流行。总所有底流行，谓之道体。一切流行涵蕴动。一切流行所涵蕴底动，谓之乾元。借用中国旧日哲学家的话说："无极而太极。"又曰："乾道变化，各正性命。"

第四组主要命题是：总一切底有，谓之大全。大全就是一切底有。借用中国旧日哲学家的话说："一即一切，一切即一。"[11]

这四组命题，第一组命题推出了"理"的概念，第二组命题推出"气"的概念，第三组命题推出"道体"的概念，第四组命题推出"大全"的概念。理、气、道体、大全，既是概念又是观念又是范畴。冯的新理学作为一个形上学的哲学体系，它的任务就在于提出并说明这几个观念。重点需要说明的是，"有某种事物，必有某种事物之所以为某种事物者"、"能存在底事物必都有其所以能存在者"。而这"所以为某种事物者"、"所以能存在者"，就是事物的"理"。"理"是超越时空、先于事物的"有"，也就是"真际"的有，而不是无。这点上他明显受了新实在论哲学的影响，而不全同于程朱理学。晚年他又说理存在于事物之中，对"贞元六书"之所讲有所是正[12]。

冯的"贞元六书"的哲学贡献，在于对一系列中国哲学的旧概念做了新分疏。新分疏的结果，旧概念也就变成新概念了。令人佩服的是他的可以"不著实际"的哲学抽象与思辨的能力。有这种能力的人才能成为哲学家，而不光是哲学史家。但冯似乎更是哲学史家，所以一旦通过"史"来施展他的哲学思辨，显得尤其得心应手。因此"六书"中他最得意之作看来是《新原道》，因为这是用经过他分疏过的新理念来回照中国哲学传统。

他高悬"极高明而道中庸"的利剑，豁然有当地剖解孔孟、杨墨、名家、老庄、易庸、玄禅、汉宋诸儒，检视哪家哪派"中庸"而不够"高明"以及虽"高明"而尚未"极"等。检视完前贤之后，《新原道》最后一章打点自己，概括自己的"新理学"形上体系的架构及终极关怀。他坦称"新理学"的主要观念不能给人以积极的知识，也无法使人具有驾驭实际的能力。"但理及气的观念，可使人游心于'物之初'。道体及大全的观念，可使人游心于'有之全'。这些观念，可以使人知天，事天，乐天，以至于同天。这些观念，可以使人的境界不同于自然，功利，及道德诸境界"[13]。达至这种境界的人，既"经虚涉旷"，又可以处于日用常行之中。不是"担水砍柴"无碍"经虚涉旷"（宋儒这样主张），而是"担水砍柴"就是"经虚涉旷"。在这点上，宋儒做到了"极高明"，但和"道中庸"却是两行，我们（著者）则做到了"极高明"与"道中庸"一行。这也就成为圣人了。哲学居然能使人成为圣人，这是"哲学的无用之用，也可以称为大用"。而圣人最适宜做王，也就是做社会的最高首领。所以"新理学"所讲的，归根结底还是"内圣外王之道"[14]。他名这一章为"新统"。

《新原道》"新统"一章写完,著者似有飘飘欲仙的感觉,此是学问之乐,也是孔颜之乐(最后以圣人之境结)。他复为"自序"总结全书:"此书之作,盖欲述中国哲学主流之进展,批评其得失,以见新理学在中国哲学中之地位。所以先论旧学,后标新统。异同之故明,斯继开之迹显。庶几世人可知新理学之称为新,非徒然也。"[15] 其自是如此。又说:"近年以来,对于旧学,时有新解,亦借此书,传之当世。故此书非惟为《新理学》之羽翼,亦旧作《中国哲学史》之补编也。"其自是又如此。不过更惊人的话还在后面,他说:

> 书凡十章,新统居一,敝帚自珍,或贻讥焉。然孔子曰:"文王既殁,文不在兹乎!"孟子曰:"圣人复起,必从吾言。"其自信若是,即老氏之徒,濡弱谦下,亦曰:"知我者希,则我者贵。"亦何其高自期许耶?盖学问之道,各崇所见,当仁不让,理固然也。[16]

孔、孟、老聃都那样自信,高自期许,我们还能够责怪《新原道》的作者自是、"高自期许"吗?不过这得有一个条件,即作者不认为与孔、孟、老聃并列为不然。我敢说,写完《新原道》、写完《新原道》"新统"章的作者,并非无此意无此想,至少他的体验学问的感觉是如此。所以他说:"学问之道,各崇所见,当仁不让,理固然也。"可惜《新原道》出版时,天才而挑剔的张荫麟已不在人世了,否则再由他写一篇书评,不知他会作何感想。另外在金岳霖的眼里,冯的"新理学"的哲学体系是不是仍不够彻底或者也不能完全避免宋儒的"拖泥带水"呢?

注释

[1] 陈寅恪:《冯友兰中国哲学史上册审查报告》及《冯友兰中国哲学史下册审查报告》,均见《金明馆丛稿二编》,上海古籍出版社,1980年,第247—252页。金岳霖之"审查报告"则见冯著《中国哲学史》上册之附录,《三松堂全集》第二卷,河南人民出版社,1988年,第370—380页。
[2] 张荫麟:《评〈中国哲学史〉上卷》和《评〈中国哲学史〉下卷》,均见冯著《中国哲学史》附录,《三松堂全集》第二卷,第494—508页,第三卷第462—468页,河南人民出版社,1988、1989年。
[3] 冯友兰:《新原人》"自序",《中国现代学术经典·冯友兰卷》下册,河北教育出版社,1996年,第491页。
[4][6] 冯友兰:《新理学》,《中国现代学术经典·冯友兰卷》上册,第4、10页。
[5] 金岳霖:《审查报告二》,参见冯友兰《中国哲学史》上册附录,《三松堂全集》第二卷,第376—380页。
[7][8][9][10] 冯友兰:《新原道》,《中国现代学术经典·冯友兰卷》下册,第806—808页。
[11] 冯友兰:《新原道》,同上,第808—814页。
[12] 冯友兰:《三松堂自序》,《三松堂全集》第一卷,第235页。
[13][14] 冯友兰:《新原道》第十章"新统",《中国现代学术经典·冯友兰卷》下册,第819页。
[15][16] 冯友兰:《新原道》"自序",同上,第673页。

(载《人民政协报》2004年3月22日"学术家园"专刊)

金岳霖的逻辑

> 逻辑并不发明思想,它不会从水中救出我们喜欢的小姐,也不会向我们说明我们关于世界应该形成什么样的思想。如果逻辑对我们所在的世界做出某种反应,那么它仅仅表明那种能够使我们关于世界的思想联系起来形成一个可理解的整体的方式。
>
> ——金岳霖

中国传统学术里最缺乏的是逻辑学。这涉及中国人的文化性格和思维特性问题。因此传统哲学并不以追求完整的理论体系为目标。朱熹是个特例,他的哲学思想确实是有一个相当完整的体系的。文学思想方面,魏晋南北朝时期刘勰的《文心雕龙》也有完整的体系,这是由于作者受了佛学思想的影响。尽管如此,我们还是觉得中国古代的论理思想不是那样发达。影

金岳霖

响所及，现代学术中的哲学一门，数理哲学始终不能给人留下深刻印象。中国传统哲学中所缺少的另一个东西是知识论。当然这涉及中西学术思想的异同问题，中国的学问家的目标是即器以明道，而不愿在著作中建构什么知识系统。

唯其如此，金岳霖的哲学值得我们格外注意。

金1895年生于湖南长沙，十七岁考入清华学堂，二十岁清华毕业后赴美留学，1920年获美国哥伦比亚大学哲学博士学位。1922年又赴英国伦敦大学学习。1925年回国，次年在清华创办哲学系并任教授兼系主任。直接给他以影响的是罗素哲学和穆尔哲学，这两位在二十世纪初，都是国际上最具影响力的分析哲学泰斗。金本人是个十足的哲学天才，很少有另外的人像他那样既有逻辑的头脑又有建构知识系统的能力。徐志摩说："金先生的嗜好是拣起一根名词的头发，耐心地拿在手里给分，他可以暂时不吃饭，但这头发丝粗得怪可厌的，非给它劈开了不得舒服。"[1]

1935年，他的《逻辑》一书作为大学丛书之一种出版。1940年《论道》出版。同年，《知识论》竣稿。终于建立起以本体论和知识论为骨架的哲学体系。他对逻辑的敏感令人感到震惊。他说他对逻辑的兴趣起因于在巴黎街头看法国人吵架[2]。1962年，他发表文章论述思维认识的可能的不确定性问题，举了一个有趣的不确定思维认识的例子。

例子是："本来中苏边界相隔太近，脚踏一步，即已出国。"

他说："这样的句子曾经被想出来了，写出来了，而且印出来了。显然，它不只是在思维认识过程中昙花一现而已。在汉语语法上，我看不出它有什么毛病。就我个人的感觉说，文字还很简洁。有些同志可能认为这里有语言上的约定俗成问题。有些字汇不合理，可是，约定俗成，用起来并不犯错误。'在未解放之前'，'超出讨论范围之外'，都是不合理的。解放有'之前'，未解放没有'之前'，范围可以'超出'，范围之外无法'超出'。但是，我们用这些字汇，不是按不合理的方面去用的，了解也不是。上面的例子不是这样的东西。中苏边界能相隔吗？如果能相隔的话，两国中任何一国的边界是中苏边界吗？这里是能相隔不能相隔的问题。能相隔才有远近问题。不能相隔就没有远近问题。如果根本不能相隔，也就无所谓太近了。至于'脚踏一步，即已出国'，要看从那里踏起。如果从广州或昆明踏起，踏上几百万步也不行。如果正站在边界上去踏，可能一步不动，半个身子已经出国了。'本来'两字最难体会。是不是说中苏边界有特点，它相隔太近，而法意，意瑞，加美……等边界就不同呢？后者都相隔很远呢？是不是在这些边界上脚踏一步就不能出国了呢？显然这句句子所表达的思维认识是不确定的。它虽然是句子，虽然包含了十几个字，虽然想出来了，写出来了，印出来了，然而它没有说什么，它所表达的思维认识是不确定的，是不可能反映客观现实的。"[3]

类似"边界相隔太近"的话，即使我们自己没说过，一定也看到或听到过，而且绝没有去想逻辑上是否有什么毛病。逻辑学家不同，他可以随时发现常人思维的毛病。而且金岳霖是现代中国为数很少的可以不借助人只借助符号讲话的哲学家。这是他与冯友兰不同的地方。但他的思想又很矛盾。他具有现代哲学所要求的全部素养、训练和逻辑方式，可他又不以此为满足。因此他宁可先写《论道》，而把《知识论》放在后面。《论道》的"绪论"里有关于他的这种矛盾心情的描述：

金岳霖的逻辑

> 研究知识论我可以站在知识论底对象范围之外，我可以暂时忘记我是人，凡问题之直接牵扯到人者我可以用冷静的态度去研究它，片面地忘记我是人适所以冷静我底态度。研究元学则不然，我虽可以忘记我是人，而我不能忘记"天地与我并生，万物与我为一"，我不仅在研究底对象上求理智的了解，而且在研究底结果上求情感的满足。虽然从理智方面说我这里所谓道，我可以另立名目，而另立名目之后，……此新名目之所谓也许就不能动我底心，怡我底情，养我底性。知识论底裁判者是理智，而元学底裁判者是整个的人。[4]

金岳霖这里对中西哲学、中西哲学家做了一个区分。稍后，在用英文撰写的《中国哲学》一文中，对此一问题做了更明确的阐述，写道："现代人的求知不仅有分工，还有一种训练有素的超脱法或外化法。现代研究工作的基本信条之一，就是要研究者超脱他的研究对象。要做到这一点，只有培养他对于客观真理的感情。人虽然不能超脱自己的感情，连科学家也很难办到，但是他如果经过训练，学会让自己对于客观真理的感情盖过研究中的其他感情，那就已经获得科学研究所需要的那种超脱法了。这样做，哲学家就或多或少地超脱了自己的哲学。他推理、论证，但并不传道。"[5]

而中国传统哲学则有不同的要求。金岳霖继续写道："中国哲学家都是不同程度的苏格拉底式的人物。其所以如此，是因为伦理、政治、反思和认识集于哲学家一身,在他那里知识和美德是不可分的一体。他的哲学要求他身体力行,他本人是实行他的哲学的工具。按照自己的哲学信念生活,是他的哲学的一部分。他的事业就是继续不断地把自己修养到近于无我的纯净境界,从而与宇宙合而为一。这个修养过程显然是不能中断的,因为一中断就意味着自我抬头,失掉宇宙。因此,在认识上,他永远在探索;在意愿上,则永远在行动或者试图行动。这两方面是不能分开的,所以在他身上你可以综合起来看到那个本来意义的哲学家。他同苏格拉底一样,跟他的哲学不讲办公时间。他也不是一个深居简出、端坐在生活以外的哲学家。在他那里,哲学从来不单是一个提供人们理解的观念模式,他同时是哲学家内心中的一个信仰体系,在极端情况下,甚至可以说就是他的自传。"[6]

就人类的精神需要来说,不论过去、现在、未来,哲学家作为哲学家的这两种品质,都是需要的。现代哲学的使哲学与哲学家分离的特点,改变了哲学的价值。金岳霖悲伤地说:"这种改变使世界失去了绚丽的色彩。"[7]

那么中国现代哲学应该走什么样的路?金岳霖似乎感到两难。这有点像王国维在哲学面前的矛盾心情。王曾说过:"哲学上之说,大都可爱者不可信,可信者不可爱。余知真理,而余又爱其谬误伟大之形而上学,高严之伦理学与纯粹之美学。此吾人所苦嗜者也。然求其可信者,则宁在知识论上之实证

金岳霖的逻辑

论，伦理学上之快乐论，与美学上之经验论。知其可信而不能爱，觉其可爱而不能信，此近二三年中最大之烦闷。"[8] 毋宁说，王国维的烦闷也是一切哲人的烦闷。特别是站在中国传统哲学的立场上，面对科学主义思潮的冲击，更容易发生这样的问题。

注释

[1] 刘培育：《金岳霖年表》，《金岳霖的回忆与回忆金岳霖》附录，四川教育出版社，1995年，第385页。
[2] 金岳霖先生1924年在法国，一次和张奚若还有一位美国人在巴黎街头散步，看到一群人在辩论，双方争得很激烈，互不肯相让。此事引起金岳霖的极大兴趣，他想有没有可能找到一个可靠的解决争论的方法。后来金先生常说，他的逻辑兴趣产生于巴黎街头。参见倪鼎夫《当代著名哲学家逻辑学家金岳霖》，载《金岳霖的回忆与回忆金岳霖》，第290页。
[3] 金岳霖：《客观事物的确实性和形式逻辑的头三条基本思维规律》，《金岳霖学术论文选》，中国社会科学出版社，1990年，第641页。
[4] 金岳霖：《论道》，商务印书馆，1987年，第17页。
[5][6][7] 金岳霖：《中国哲学》，《金岳霖学术论文选》，第360、361、362页。
[8] 王国维：《自序二》，《王国维遗书》之《静安文集续编》，第21页。

（此文原为拙著《中国现代学术要略》第七章的一部分，后经增补）

傅斯年的胆识

疑古、释古、考古，足以代表中国现代史学的三个学术派别了。钱穆分近世史学为传统派、革新派和科学派[1]，似不够准确。还有的区别为史观派、史建派、考证派、方法派等等[2]，也未见科学。疑古、释古、考古三派，都有自己的史学观念和史学方法，也都离不开史料和考证，其目标也是为了建设。唯一例外的是以傅斯年为代表的史料学派，虽也可以范围在释古一派之内，但在史学观念上确有自己的特色。况且讲中国现代史学如果不讲到傅斯年，不仅不公正，而且是严重的缺失。因为二十世纪的历史学，他是一位有力量的带领者和推动者。

傅斯年字孟真，山东聊城人，1896年出生，十七岁考入北京大学预科，后转为国文门。他是"五四"新思潮的学生领袖，他当时办的刊物就叫《新潮》。陈独秀、胡适之都很赏识

傅斯年

他的才干，李大钊的思想对他也很有影响。1919年5月4日那天的爱国大游行，他担任总指挥，扛着大旗走在队伍的最前面。但火烧赵家楼的意外行为发生后，他退而回到学校。当年年底考取官费留学，赴英国伦敦大学研究院学习。1923年转赴德国柏林大学文学院，比较语言学和历史学成为他倾心钻研的新的学科领域。赵元任、陈寅恪、俞大维、罗家伦、毛子水、金岳霖、徐志摩等青年才俊，是他在德国期间经常往还的朋友。1926年回国，应中山大学之聘，担任文学院长兼文史两系之系主任。1928年就任国家最高学术机构中央研究院历史语言研究所所长。陈寅恪、赵元任、李济,分别是史语所第一、二、三组的组长。他的"拔尖"政策使他有办法聚集全国最优秀的学人。他的最有影响力的文章是就任史语所所长后撰写的《历史语言研究所工作之旨趣》。他的经常被引用的名言是:"上穷碧落下黄泉,动手动脚找东西。"[3] 他说:"凡一种学问能扩张他研究的材料便进步,不能的便退步。"[4] 他说:"我们反对疏通,我们只是要把材料整理好,则事实自然显明了。一分材料出一分货,十分材料出十分货,没有材料便不出货。"[5] 他说:"史学便是史料学。"[6] 他说了这么多容易断章取义、容易被误解的话,但真正的学术大家、史学重镇,都知道他的苦心孤诣,很少发生误解。不仅不误解,反而承认他的权威地位,感激他对现代史学的建设所做的贡献。其实他是受德国朗克史学的影响,有感于西方汉学家的独特建树,目睹中国历史语言学的衰歇,提出了振兴救弊的主张。他说:

> 西洋人作学问不是去读书,是动手动脚到处寻找新材料,随时扩大旧范围,所以这学问才有四方的发展,向上的增高。中国文字学之进步,正因为《说文》之研究消灭了汉简,阮吴诸人金文之研究识破了《说文》,近年孙诒让、王国维等之殷文研究更能继续金文之研究。材料愈扩充,学问愈进步,利用了档案,然后可以订史,利用了别国的记载,然后可以考四裔史事。在中国史学的盛时,材料用得还是广的,地方上求材料,刻文上抄材料,档库中

出材料，传说中辨材料。到了现在，不特不能去扩张材料，去学曹操设"发冢校尉"，求出一部古史于地下遗物，就是"自然"送给我们的出土的物事，以及敦煌石藏、内阁档案，还由他毁坏了好多，剩下的流传海外，京师图书馆所存摩尼经典等等良籍，还复任其搁置，一面则谈整理国故者人多如鲫，这样焉能进步？[7]

可知他是痛乎言之、有感而发。他还说："在中国的语言学和历史学当年之有光荣的历史，正因为能开拓有用材料，后来之衰歇，正因为题目固定了，材料不大扩充了，工具不能添新的了。不过在中国境内语言学和历史学的材料是最多的，欧洲人求之尚难得，我们却坐看他毁坏亡失。我们着实不满这个状态，着实不服气就是物质的原料以外，即便学问的原料，也被欧洲人搬了去乃至偷了去。我们很想借几个不陈的工具，处治些新获见的材料，所以才有这历史语言研究所之设置。"[8] 何以要把史料的作用强调到如此的地步，他讲得再清楚不过，不需要我们再添加什么了。

傅斯年一生的壮举，办《新潮》、火烧赵家楼、创建史语所，固也。但他还有炮轰宋子文、攻倒孔祥熙两项壮举。1938年抗战开始后，傅斯年对国民党高层的腐败非常愤慨，他直接上书给蒋，历数当时任行政院长职务的孔祥熙的诸种贪赃劣迹。蒋不理睬，他便再次上书，态度更坚决。国民参政会也成了他抨击孔的舞台，使得社会同愤，舆论哗然。蒋不得已设宴请傅，问傅对他是否信任，回答信任。蒋说："你既然信任我，那么就应该信任我所任用的人。"傅说："委员长我是信任的，至于说因为信任你也就应该信任你所任用的人，那么，砍掉我的脑袋我也不能这样说。"[9] 这成了傅斯年"史学便是史料学"之外的又一名言。孔祥熙后来终于被罢去了一切职务。傅与蒋在维护特定的政治利益上自无不同，所以1945年"一二·一"昆明惨案发生后，傅直接受蒋之命处理学潮而未负所托。蒋对傅的能力胆识是欣赏的。但傅本质上是一名书生。抗战胜利后蒋邀请他出任国府委员，他坚辞不就。北大校长一职，他也不愿担任，为等胡适返国，只同意暂代。对胡适面临国府委员兼考试院长的要职犹豫不决，他大动肝火，写信给胡适说："借重先生，全为大粪堆上插一朵花。"劝胡一定不要动摇。并说蒋"只了解压力，不懂任何其他"[10]。

另一方面，毛泽东对傅也很欣赏，1945年7月傅等文化界参政员到延安考察，毛泽东如对故人，整整和傅畅谈一个晚上。临别毛应傅之所请写一条幅相赠，附书："遵嘱写了数字，不像样子，聊作纪念。今日闻陈胜吴广之说，未免过谦，故述唐人语以广之。"条幅写的是章碣的一首咏史诗："竹帛烟销帝业虚，关河空锁祖龙居。坑灰未烬山东乱，刘项原来不读书。"两人谈话时，毛称赞傅在"五四"时期的功绩，傅说我们不过是陈胜、吴广，你们才是刘邦、项羽。刘、项显指国共两党的领导人。毛所书诗句"古典"、"今典"均极对景，回答了傅的谦逊，也称赞了傅的以学问自立。

傅斯年1950年12月20日因突发脑溢血死于演讲台上，终年五十四岁，当时他担任台湾大学校长的职务。他以耿直狷介著称，他以脾气暴躁著称，他以疾恶如仇著称，他以雄才独断著称。史语所的人私下里称他为"傅老虎"，但都服他尊敬他。他对学问充满了眷爱，对有真才实学的学者充满了温情。他与陈寅恪的特殊关系就是一显例。对曾经帮助过影响过自己的人，他不忘旧。1932年陈独秀被捕，他为之辩诬，说陈是"中国革命史上光焰万丈的大彗星"[11]。1927年李大钊就义，报纸上发表消息有谓李在北平"就刑"。傅斯年反驳说，不是"就刑"，是"被害"。难怪陈寅恪对他那样服膺感佩，写诗称："天下英雄独使君。"[12]

我们了解了傅斯年，可以深层地了解陈寅恪的史学，可以了解那特殊的史语所，可以了解中国现代史学所谓"史料学派"的怀抱与旨归。

注释

[1] 钱穆：《国史大纲》（修订本）上册"引论"，香港商务印书馆，1989年，第3页。
[2] 许冠三：《新史学九十年》（上下册），香港中文大学出版社，1986。按许著爬梳勾勒百年史学，提纲挈领，每有特见，乃研究近世史学史的先发之著。即对史学各派别的归纳，亦自可成说。唯"考证学派"、"方法学派"、"史观学派"、"史建学派"的提法，窃以为稍

有未安。

[3][4][5] 傅斯年：《历史语言研究所工作之旨趣》，《中国现代学术经典·傅斯年卷》，河北教育出版社，1996年，第340—350页。

[6] 傅斯年：《史学方法导论》，同上，第243页。

[7][8] 傅斯年：《历史语言研究所工作之旨趣》，同上，第344、346页。

[9] 屈万里：《傅孟真先生轶事琐记》，转引自李泉著《傅斯年学术思想评传》，北京图书馆出版社，2000年，第259页。

[10]《傅斯年致胡适》，《胡适来往书信选》下册，中华书局，1980年，第190页。

[11] 傅斯年：《陈独秀案》，《独立评论》第24号，1932年第10期，第2—7页。

[12] 陈寅恪《寄傅斯年》诗为两首，第一首为："不伤春去不论文，北海南溟对夕曛。正始遗音真绝响，元和新脚未成军。"第二首为："今生事业余田舍，天下英雄独使君。解识玉珰缄札意，梅花亭畔吊朝云。"参见《陈寅恪集·诗集》，生活·读书·新知三联书店，2001年，第18页。又1950年12月傅斯年逝世，陈寅恪当即亦有诗为之追念，只不过写得委曲折，通过说傅青主（傅山）之诗句从而悼念之。陈诗题为《霜红龛集望海诗云："一灯续日月，不寐照烦恼，不生不死间，如何为怀抱"，感题其后》，诗为："不生不死最堪伤，犹说扶余海外王。同入兴亡烦恼梦，霜红一枕已沧桑。"见《陈寅恪集·诗集》，第74页。

（载《文汇报》2003年7月27日）

蔡元培与中国哲学的现代化

中国传统哲学的高峰，一表现为先秦子学，再表现为宋明理学。此外佛教哲学在魏晋至隋唐有较大的发展，此不具论。总之宋明以后，独立之哲学日趋衰微，哲学思想往往消融到实际人生态度和社会伦理中去，真个是"道混成而难分"了。而清儒重考据、倡言"由宋返汉"的结果，尤使形上之风趋于淡薄。

影响之下，清中叶直至晚清以还，包括龚自珍、魏源、严复、康有为、梁启超、章太炎诸人，虽然不无自己的哲学思想，却不是以哲学的专精而名家的。正如蔡元培所说："最近五十年，虽然渐渐输入欧洲的哲学，但是还没有独创的哲学。"[1] 蔡元培还说："凡一时期的哲学，常是前一时期的反动，或是再前一时期的复活，或是前几个时期的综合，所以哲

蔡元培

学史是哲学界重要的工具。这五十年中，没有人翻译过一部西洋哲学史，也没有人用新的眼光来著一部中国哲学史，这就是这时期中哲学还没有发展的征候。"[2] 因此胡适的《中国哲学史大纲》他给予相当的肯定，称其为"第一部新的哲学史"[3]。但胡适的《大纲》是对中国传统哲学思想的叙论，还不是作者自己哲学思想的系统化。

蔡元培本人是重视哲学的，早在1901年，他就写了《哲学总论》，提出哲学是"原理之学"、"心性之学"和"统合之学"，且将宇宙区分为"物界与心界"，并以理学、哲学、神学之三分括尽世间之学问[4]。这是中国学人第一次用可以与世界对话的语言来陈述现代哲学观,时间比王国维最初的哲学美学论文还要早些,其对现代学术的奠基而言,实非常重要。1910年他出版的《中国伦理学史》,是伦理学著作,也是哲学著作。1915年他编写的《哲学大纲》,虽系根据德国哲学家历希脱尔的《哲学导言》译述而成,其中亦不无他自创的思想[5]。另外他还翻译了德人科培尔的《哲学要领》和日人井上圆了所著之《妖怪学讲义录》以及《柏格森玄学导言》等西方和日本的哲学著作。1923年他撰写了总结性的《五十年来中国之哲学》一文,1924年又写《简易哲学纲要》。至于作为哲学的分支的美学,更是他的终生所好,《康德美学述》、《美学的进化》、《美学讲稿》、《美学的趋向》、《美育》等,都是他有名的论著。

　　如果说胡适的《中国哲学史大纲》是"第一部新的哲学史",那么蔡元培早期的哲学论著,应该称得上中国现代哲学的先导。这得力于他1907至1911年在德国的留学生涯。除刚到德国的第一年先在柏林学习德文,第二年开始,便正式到莱比锡大学哲学系就读。他选修的课程包括:冯德的"新哲学史——从康德至当代"、"新哲学之历史及早期之心理学概论",以及Brahn的"叔本华的哲学"、Bichter的"哲学基本原理"等[6]。特别是哲学家冯德的课,蔡先生每学期必选。他说:

　　　　冯德是一位最博学的学者,德国大学本只有神学、医

> 学、法学、哲学四科（近年始有增设经济学等科的）；而冯德先得医学博士学位，又修哲学及法学，均得博士；所余为神学，是彼所不屑要的了。他出身医学，所以对于生理的心理学有极大的贡献。所著《生理的心理学》一书，为实验心理学名著。世界第一个心理学实验室，即彼在来比锡大学所创设的。又著《民族心理学》、《论理学》、《伦理学》、《民族文化迁流史》、《哲学入门》（此书叙哲学史较详），没有一本不是元元本本，分析到最简单的分子，而后循进化的轨道，叙述到最复杂的境界，真所谓博而且精，开后人无数法门的了。[7]

此可见蔡先生对冯德的敬仰之情以及冯德哲学对他产生的影响。冯德在讲哲学史时颇涉及康德美学思想，而且"最注重美的超越性与普遍性"，这给蔡先生以极大的启示，促使他"就康德原书详细研读，益见美学关系的重要"。他说："德国学者所著美学的书甚多，而我所最喜读的，为栗丕斯（T. Lipps）的《造型美术的根本义》（Grnndlage der Bildende Kunst），因为他所说明的感入主义，是我所认为美学上较合于我意之一说，而他的文笔简明流利，引起我屡读不厌的兴趣。"[8] 莱比锡大学的学术氛围和德国哲学的思辨精神，对蔡先生的影响是终生的；甚至他的教育思想，也受到冯德一派的哲学家和教育学家摩曼的影响，因为摩氏把心理实验的方法应用于教育学和美学，"所著《实验教育学讲义》，是瑞士大学的讲稿"，另还有《实验美学》和《现代美学》两书。蔡先生受其影响,已开始一项美学的实验,后因回国未能全部完成[9]。

蔡元培是伟大的。中国只有一个蔡元培,叫你永远不能忘。

他1868年生于浙江绍兴府山阴县,十七岁进学,成为秀才,二十岁中举人,二十六岁考中进士,授翰林院庶吉士。受旧式教育,却有新的思想。对康、梁变法,他是同情的,但亦不满于康的妄动。他的思想其实更倾向于革命。他是仕途、学问、人格均成功的人。新旧人物对他只有敬仰,而无异词。民国以后,教育总长、北京大学校长、中央研究院院长次第担任。他对中国现代教育体制和教育思想的建立所作之贡献,前无先路,后无来者。他对教育的贡献,首先在于学术。他对中国现代学术所作之贡献,不亚于教育。北京大学聚集了多少第一流的人才,不都是蔡先生之力吗?没有这些人才,何来学术?他说:"大学者,研究高深学问者也。"[10]针对社会上有人指责北京大学腐败,说入北大求学者都是为了做官发财,蔡先生说:"弭谤莫如自修,人讥我腐败,而我不腐败,问心无愧,于我何损?果欲达其做官发财之目的,则北京不少专门学校,又何必来北京大学?所以诸君须抱定宗旨,为求学而入来。"[11]这是1917年他任北大校长就职演说中的话。这样的话,现在没有人再说得出来。

然而事修而谤至,蔡先生把北京大学办得那样生动活泼、学思汹汹，办得那样好，能不遭到攻讦吗？攻讦得最见学问的是林琴南发表在《公言报》上的《致蔡鹤卿太史书》。蔡的答书除对林所攻讦的"铲伦常"、"废古书"两点予以辩明之外，并庄严申明他办大学的两项主张：

一、对于学说，仿世界各大学通例，循"思想自由"原则，取兼容并包主义，与公所提出之"圆通广大"四字，颇不相背也。无论为何种学派，苟其言之成理，持之有故，尚不达自然淘汰之运命者，虽彼此相反，而悉听其自由发展。此义已于《月刊》之发刊词言之，抄奉一览。

二、对于教员，以学诣为主。在校讲授，以无背于第一种之主张为界限。其在校外之言动，悉听自由，本校从不过问，亦不能代负责任。例如复辟主义，民国所排斥也，本校教员中，有拖长辫而持复辟论者，以其所授为英国文学，与政治无涉，则听之。筹安会之发起人，清议所指为罪人者也，本校教员中有其人，以其所授为古代文学，与政治无涉，则听之。嫖、赌、娶妾等事，本校进德会所戒也，教员中间有喜作侧艳之诗词，以纳妾、狎妓为韵事，以赌为消遣者，苟其功课不荒，并不诱学生而与之堕落，则姑听之。夫人才至为难得，若求全责备，则学校殆难成立。且公私之间，自有天然界限。譬如公曾译有《茶花女》、《迦茵小传》、《红礁画桨录》等小说，而亦曾在各学校讲授古文及伦理学，使有人诋公为此等小说

> 体裁讲文学,以狎妓、奸通、争有妇之夫讲伦理者,宁值一笑欤?然则革新一派,即偶有过激之论,苟于校课无涉,亦何必强以其责任归之于学校耶?[12]

这样的话,现在更没有人讲得出而且大半也不敢讲了。

1919年5月4日,以傅斯年为领袖的北大学生(也有他校学生)京城大游行,又烧了赵家楼,作为北大校长的蔡元培被视为"失职"而必须辞职。但他迟至5月8日才提出辞呈,原因无他,盖作为北大校长的他,深知当局逮捕学生是错误举动,如果他不能把被捕学生营救出来,同样是失职。故5月8日学生获保释后,他立即提出辞呈。而当大总统不接受他的辞呈,指令他"认真擘理,挽济艰难"时,他来个自我放逐,登一则启事,自行离职去天津了。

他说:"我倦矣!'杀君马者路旁儿。''民亦劳止,汔可小休。'我欲小休矣。北京大学校长之职,已正式辞去;其他向有关系之各学校、各集会,自五月九日起,一切脱离关系。"[13]辞得痛快,走得潇洒。此种出言行事,百年以来可有第二人?因探讨蔡对中国哲学的现代化所作之贡献,而连类其人其学其言其事其行,文不能尽意,到此停住罢。

注释

[1][2][3] 蔡元培：《五十年来中国之哲学》，《蔡元培全集》（高平叔编），中华书局，1984年，第351、381页。

[4] 蔡元培：《哲学总论》，《蔡元培全集》第一卷，浙江教育出版社，1997年，第354—363页。

[5] 蔡元培在1919年8月所写之《传略》中写道："其时编《哲学大纲》一册，多采取德国哲学家之言，惟于宗教思想一节，谓真正之宗教，不过信仰心。所信仰之对象，随哲学之进化而改变，亦即因各人哲学观念之程度而不同。是谓信仰自由。凡现在有仪式有信条之宗教，将来必被淘汰。"见《蔡元培全集》第三卷，浙江教育出版社，1997年，第669—670页。

[6] 高平叔：《蔡元培年谱长编》上册，人民教育出版社，1996年，第343—353页。

[7][8][9] 蔡元培《自写年谱》，《蔡元培全集》第十七卷，第453、457至458页。

[10][11] 蔡元培：《就任北京大学校长之演说》，《蔡元培全集》第三卷，第8页。

[12] 蔡元培：《致公言报函并答林琴南函》，同上，第576页。

[13] 蔡元培：《辞北大校长职出京启事》，同上，第625页。

（载《中华读书报》2003年7月2日）

中国现代史学人物一瞥

史学在中国自有不间断的传统，由传统史学转变为现代史学，应是顺理成章之事，然而向传统史学置疑容易，提出史学的新概念、真正建立新史学，殊非易事。

已故经学史家周予同先生，在1941年写的《五十年来中国之新史学》一文中，有如下的论述："学术思想的转变，仍有待于凭借，亦即凭借于固有的文化遗产。当时，国内的文化仍未脱经学的羁绊，而国外输入的科学又仅限于物质文明；所以学术思想虽有心转变，而凭借不丰，转变的路线仍无法脱离二千年来经典中心的宗派。"[1] 事实确是如此。单是新史学与经今文学的关系有所厘清，已是困难重重。按周予同的说法，晚清治史诸家中，崔适、夏曾佑都是经今文学兼及史学。只有梁启超是逐渐摆脱了今文学的羁绊，走上了新史学的道路。

梁启超

一

就此点而言,任公先生对现代史学的贡献可谓大矣。而现代史学中的学术史一目,也是任公先生开其端的,《论中国学术思想变迁之大势》、《清代学术概论》、《中国近三百年学术史》三书,就是他研究学术史的代表作,至今还经常被学者所引用。诚如梁之好友林志均所说:"知任公者,则知其为学虽数变,而固有其坚密自守者在,即百变不离于史。"[2] 但梁之史学,前期和后期的旨趣不尽相同。1901至1902年写作《中国史叙论》和《新史学》的梁启超,对传统史学的态度甚为决绝,他总结出旧史学的"四蔽"、"二病"、"三端"[3],摧毁力极大。后来写《清代学术概论》、《历史研究法》和《历史研究法补编》,则表现出对传统史学不无会意冥心之处。但不论前期还是后期,梁之史学都有气象宏阔、重视历史整体、重视史学研究的量化、重视科际整合的特点。他把中国历史分为三个阶段:从黄帝到秦统一,为上世史,称作"中国之中国";秦统一至乾隆末年,为中世史,称作"亚洲之中国";乾隆末年至晚清,为近世史,称作"世界之中国"。[4]这是一种着眼于大历史的分期方法,颇能反映中国历史演化的过程。

胡适的史学在梁的基础上又有所跨越,《白话文学史》、《中国哲学史大纲》,在专史方面已是开新建设的史学了。但胡适实验的多,完成的少,他的作用主要在得风气之先和对史学研究的"科学方法"的提倡。二十世纪二十年代兴起的古史辨学派,除了受康有为所代表的晚清今文学的影响,与胡适的《中国哲学史大纲》直接"从周宣王以后讲起"[5]有很大关系。所以当1923年顾颉刚在《读书杂志》上发表《与钱玄同先生论古史书》,提出著名的"层累造成说"时,胡适给予支持;而钱玄同和傅斯年也做有力的回应,疑古思潮遂掀起波澜。顾的"层累造成说"包括三方面的意思:

第一,可以说明"时代愈后,传说的古史期愈长"。如这封信里说的,周代人心目中最古的人是禹,到孔子时

顾颉刚

有尧舜,到战国时有黄帝神农,到秦有三皇,到汉以后有盘古等。第二,可以说明"时代愈后,传说中的中心人物愈放愈大"。如舜,在孔子时只是一个"无为而治"的圣君,到尧典就成了一个"家齐而后国治"的圣人,到孟子时就成了一个孝子的模范了。第三,我们在这上,即不能知道某一件事的真确的状况,但可以知道某一件事在传说中的最早的状况。我们即不能知道东周时的东周史,也至少能知道战国时的东周史;我们即不能知道夏商时的夏商史,也至少能知道东周时的夏商史。[6]

这些观点他想在一篇叫作《层累地造成的中国古史》的文章中论述,文章未及写,先在致钱玄同的信里讲了出来。备受争议的禹大约是"蜥蜴之类"的一条"有足蹼地"的虫,就是此信中的名句。

顾的这封信在学术界引起巨大的震撼。他后来回忆起这段往事时说:"信一发表,竟成了轰炸中国古史的一个原子弹。连我自己也想不到竟收着了这样巨大的战果,各方面读些古书的人都受到了这个问题的刺激。因为在中国人的头脑里向来受着'自从盘古开天地,三皇、五帝到于今'的定型的教育,忽然听到没有盘古,也没有三皇、五帝,于是大家不禁哗然起来。"[7]《读书杂志》系胡适主办,因为顾的这封信展开了一场历时八九个月的大讨论,直到1924年年初方告一段落。而1926年出版的《古史辨》第一册,则是对这场讨论的总结,顾颉刚写了一篇六万余言的长序,"古史辨"作为学派因之而诞生。

二

当时与"古史辨派"相对立的是释古派和考古派。也有的概括为"泥古派"或"信古派",指起而与顾颉刚、钱玄同论争的柳诒徵等文化史家,影响不是很大,且用"泥古"或"信古"字样概括他们的观点似不够准确,可暂置不论。考古派首功当然是罗、王、郭、董"四堂"(罗振玉号雪堂、王国维号观堂、郭沫若号鼎堂、董作宾号彦堂），还有李济、夏鼐等。当然考古者大都也释古。董的《殷历谱》和《甲骨文断代研究例》、郭的《中国古代社会研究》和《两周金文辞大系图录考释》、李济的《中国民族的形成》和《安阳》等，均堪称古文字与古史研究的典范之作。释古派可以王国维和陈寅恪为代表。如果认为梁启超提出的多，系统建设少；王、陈的特点，是承继的多，开辟的也多。

特别是陈寅恪的史学，是最具现代性和最有发明意义的中国现代史学的重镇。他治史的特点，一是"在史中求史识"，并追求通识通解；二是在史观上格外重视种族与文化的关系，强调文化高于种族；三是在史料的运用上，穷搜旁通，极大地扩展了史料的使用范围；四是在史法上，以诗文证史、借传修史，使中国传统的文史之学达致贯通而无有涯际的境界；五是考证古史而能做到古典和今典双重证发，古典之中注入今情，给枯繁的考证学以活的生命；六是对包括异域文字在内的治史工具的掌握，并世鲜有与其比肩者；七是融会贯彻全篇的深沉强烈的历史兴亡感；八是史著之文体熔史才、诗笔、议论于一炉。他治史的范围和大略途径，主要表现在对"中国境内之古外族遗文"的释证、对佛教经典不同文本的比勘对照、对各种宗教影响于华夏人士生平艺事的考证、对隋唐政治制度文化渊源的研究、对晋唐诗人创作所做的历史与文化的笺证、对明清易代所激发的民族精神的传写等等。而所有这些方面，他都有创辟胜解。他治史的精神，则是"独立之精神，自由之思想"[8]，这是他学术思想的力量源泉，也可以称作陈氏之"史魂"。

陈垣与陈寅恪并称"史学二陈"。陈垣的专精在目录、校勘、史讳、年表的研究，并兼擅辞章之学。史源学一目，是他的创造，治史的显绩则集中在宗教研究和元史研究。从继承的史学传统来说，清代史家赵壹、钱晓徵对他的影响最大。所以陈寅恪评赞其史学之贡献时说："近二十年来，国人内感民族文化之衰颓，外受世界思潮之激荡，其论史之作，渐能脱除清代经师之旧染，有以合于今日史学之真谛，而新会陈援庵先生之书，尤为中外学人所推服。盖先生之精思博识，吾国学者，自钱晓徵以来，未之有也。"[9] 但陈垣二十世纪五十年代以后世潮润及己身，没有再写出重要的著述。陈寅恪则挺拔不动，愈到晚年愈见其著述风骨，尤其1953年至1963年积十载之功撰写的八十万言的《柳如是别传》，是他一生之中最重要的著述，是我国现代文史考证的典范，是"借传修史"的明清文化痛史的杰构，置诸二十世纪的史林文苑，其博雅通识和学思之密，鲜有出其右者。

现代史学家中包括"二陈"在内的一批大师巨子，所涉猎和所建树的史学实际上也可以视作文化史学。所谓文化史学，是指著者不仅试图复原历史的结构，而且苦心追寻我华夏民族文化传承的血脉，负一种文化托命的职责。

钱 穆

文化史学的集大成者是钱宾四先生。

宾四是钱穆的字,无锡人,自学名家。始任教于无锡、厦门、苏州等地的中学,1930年起北上京华,执教鞭于燕大、北大、清华、师大等高等学府。钱之著述,早期以《先秦诸子系年》、《中国近三百年学术史》、《国史大纲》为代表。治国史而以学术流变为基底,直承儒统,独立开辟,不倚傍前贤时俊,是钱氏史学的特点。其抗战时期在西南联大撰写的《国史大纲》,特地提出应把"我国家民族、已往文化演进之真相,明白示人,为一般有志认识中国已往政治社会文化思想种种演变者所必要之智识"[10]，作为修撰新通史的必备条件；并昭示国人树立一种信念，即对"本国已往历史有一种温情与敬意"[11]。他强调："历史与文化就是一个民族精神的表现。所以没有历史，没有文化，也不可能有民族之成立与存在。如是我们可以说，研究历史，就是研究此历史背后的民族精神和文化精神的。"[12]

钱穆晚期的代表著作是《朱子新学案》，其价值在重新整合理学和儒学的关系，把援释入儒的宋学，收纳回归到儒、释、道合流统贯的传统学术思想的长河中去。国学大师之名，章太炎之后，唯钱穆当之无愧。

三

中国现代学术之史学一门最见实绩，真可以说是人才济济，硕果丰盈。梁、王、胡、顾和二陈、钱穆之外，张荫麟、郭沫若、范文澜、翦伯赞、吕振羽，都是具通史之才的史学大师。郭的恣肆、范的淹博、翦的明通、吕的简要，为学界所共道。就中张荫麟的史学天才尤值得注意。虽然他只活了三十七岁，留下的史学著作，最重要的竟是一部没有最后完成的《中国史纲》（只有上古部分）。

张荫麟，自号素痴，1905年生于广东的东莞，十六岁考入清华学堂，十八岁发表《老子生后孔子百余年之说质疑》于

《学衡》杂志，批评梁启超而得到梁启超的激赏。1929年赴美国斯坦福大学研习哲学和社会学，四年后回国，任教于清华，兼授哲学、历史两系的课程。他试图把哲学和艺术与史学融合在一起，提出要用感情、生命、神采来从事历史写作。他说：

> 史学应为科学欤？抑艺术欤？曰，兼之。斯言也，多数积学之专门史家闻之，必且嗤笑。然专门家之嗤笑，不尽足慑也。世人恒以文笔优雅，为述史之要技。专门家则否之。然历史之为艺术，固有超乎文笔优雅之上者矣。今以历史与小说较，所异者何在？夫人皆知在其所表现之境界一为虚一为实也。然此异点，遂足摈历史于艺术范围之外矣乎？写神仙之图画，艺术也。写生写真，毫发毕肖之图画，亦艺术也。小说与历史之同者，表现有感情，有生命，有神采之境界，此则艺术之事也。惟以历史所表现者为真境，故其资料必有待于科学的搜集与整理。然仅有资料，虽极精确，亦不成史。即更经科学的综合，亦不成史，何也？以感情生命神采，有待于直观的认取，与艺术的表现也。[13]

他认为正确充备的资料和忠实的艺术表现，是理想的历史写作的两个必要条件。他自己的史著和论文，把他的这一史学写作理想变成了现实。谓予不信，请试读《中国史纲》以及《明清之际西学输入中国考略》和《北宋四子之生活与思想》等专书和论文，你无法不被他的"忠实的艺术表现"所感染。你甚至可能忘记了是在读史，而以为是在阅读文学家撰写的饶有兴味的历史故事。但他那不掺杂繁引详注的历史叙述，又可以做到无一字无来历，无一事无出处。

包括梁任公、贺麟、吴晗在内的熟悉他的学界人物，无一例外地称赏他为不可多得的史学天才。熊十力说："张荫麟先生，史学家也，亦哲学家也。其宏博之思，蕴诸中而尚未及阐发者，吾固无从深悉。然其为学，规模宏远，不守一家言，则时贤之所夙推而共誉也。"又说："昔明季诸子，无不兼精哲史两方面者。吾因荫麟先生之殁，而深有慨乎其规模或遂莫有继之者也。"[14] 以熊之性格特点，如此评骘一位先逝的比自己小整整二十岁的当代学人，可谓绝无仅有。

另外在专史和断代史领域，汤用彤、柳诒徵、萧公权、岑仲勉、朱谦之、雷海宗、陈梦家、侯外庐、孟森、萧一山、向达、杨联陞、罗尔纲等，都有足可传世的代表性著作。而陈梦家的学术成就和遭遇，尤令人感到震撼。他是浙江上虞人，1911年出生，十六岁考取中央大学法律系，二十岁就是闻名遐迩的新月派诗人了。1932年上海"一·二八事变"，他投笔从戎，参加著名的淞沪抗战。后来师从容庚，成为研究古文字学、古史的专家，先后执教于燕京大学、西南联大、清华大学等学府，二十世纪五十年代以后转到科学院考古所。《殷虚卜辞综述》、《尚书通论》、《六国纪年》、《西周铜器断代》等重要著作，都写于1957年以前。

他的诗人气质和学者的风骨，使他未能逃过1957年"不平常的春天"那一劫。他被下放到甘肃，但他那双神奇的眼睛和神奇的手，似乎接触什么就可以研究什么，而且都能结出果实。他在甘肃接触到了汉简，他撰写了《武威汉简》和《汉简缀述》两部涉猎新的学科领域的专著。他的文笔是优美的，优美到可以和张荫麟相颉颃。谁都知道通解甲骨文的发现和研究过程是一件多么繁难的事情，但如果阅读他的七十余万言的《殷虚卜辞综述》，不仅可以轻松地实现你的学术目标，而且得到史学与艺术的美的享受。

但陈梦家的悲剧人生并没有到此结束，还有更惨烈的一幕等待着他。1966年，当迎面而来的掀天巨浪不仅残害知识精英，而且残害文化的时候，他自己结束了自己的生命，年只五十五岁，正值学术的盛年。当然还有翦伯赞，一位一向被称作马克思主义史学家的通史之才，也在那股掀天巨浪面前选择了最简便的结局。只是，也许他并不孤单，因为陪伴他同行的还有他的夫人。这些史学天才，是太知道历史还是太不知道历史？

注释

[1] 周予同：《五十年来中国之新史学》，见《周予同经学史论著选集》（朱维铮编），上海人民出版社，1983年，第517页。

[2] 林志钧：《饮冰室合集序》，《饮冰室合集》第一册，中华书局，1989年，第3页。

[3] 梁启超揭橥之传统史学的"四蔽"是：知有朝廷而不知有国家；知有个人而不知有群体；知有陈迹而不知有今务；知有事实而不知有理想。"二病"是：能铺叙而不能别裁；能因袭而不能创作。"三端"是：难读，难别择，无感触。（见《饮冰室文集》之九，《饮冰室合集》第一册，第3—6页）

[4] 梁启超：《中国史叙论》，《饮冰室文集》之六，《饮冰室合集》第一册，第11—12页。

[5] 顾颉刚在《古史辨》第一册的"自序"里写道："第二年，改请胡适之先生来教。'他是一个美国新回来的留学生，如何能到北京大学里来讲中国的东西？'许多同学都这样怀疑，我也未能免俗。他来了，他不管以前的课业，重编讲义，开头一章是'中国哲学结胎的时代'，用《诗经》作时代的说明，丢开唐禹夏商，径从周宣王以后讲起。这一改把我们一班人充满着三皇五帝的脑筋骤然作一个重大的打击，骇得一堂中舌挢而不能下。"（《古史辨》第一册，上海古籍出版社，1982年，第36页）

[6] 顾颉刚：《与钱玄同先生论古史书》，《古史辨》第一册，第60页。

[7] 顾颉刚：《我是怎样编写〈古史辨〉的？》，同上，第17—18页。

[8] 1929年陈寅恪所作《清华大学王观堂先生纪念碑铭》写道："先生之著述，或有时而不章；先生之学说，或有时而可商。唯此独立之精神，自由之思想，历千万祀，与天壤而同久，共三光而永光。"（陈寅恪：《金明馆丛稿二编》，上海古籍出版社，1980年，第218页）《柳如是别传》之缘起部分也有如下的话："虽然，披寻钱柳之篇什于残缺毁禁之余，往往窥见其孤怀遗恨，有可以令人感泣不能自已者焉。夫三户亡秦之志，九章哀郢之辞，即发自当日之士大夫，犹应珍惜引申，以表彰我民族独立之精神，自由之思想。"（陈寅恪：

《柳如是别传》上册,上海古籍出版社,1980年,第4页)又陆键东著《陈寅恪的最后20年》披露的1953年12月1日陈寅恪"对科学院的答复",尤集中阐述了寅恪先生的这一学术精神。"答复"中写道:"我的思想,我的主张完全见于我所写的王国维纪念碑中。王国维死后,学生刘节等请我撰文纪念。当时正值国民党统一时,立碑时间有年月可查。在当时,清华校长是罗家伦,是二陈(CC)派去的,众所周知。我当时是清华研究院导师,认为王国维是近世学术界最主要的人物,故撰文来昭示天下后世研究学问的人,特别是研究史学的人。我认为研究学术,最主要的是要具有自由的意志和独立的精神。所以我说'士子读书治学,盖将以脱心志于俗谛之桎梏'。'俗谛'在当时即指三民主义而言。必须脱掉'俗谛之桎梏',真理才能发挥,受'俗谛之桎梏',没有自由思想,没有独立精神,即不能发扬真理,即不能研究学术。学说有无错误,这是可以商量的,我对于王国维即是如此。王国维的学说中,也有错的,如关于蒙古史上的一些问题,我认为就可以商量。我的学说也有错误,也可以商量,个人之间的争吵,不必芥蒂。我、你都应该如此。我写王国维诗,中间骂了梁任公,给梁任公看,梁任公只笑了笑,不以为芥蒂。我对胡适也骂过。但对于独立精神,自由思想,我认为是最重要的,所以我说'唯此独立之精神,自由之思想,历千万祀,与天壤而同久,共三光而永光'。我认为王国维之死,不关与罗振玉之恩怨,不关满清之灭亡,其一死乃以见其独立自由之意志。独立精神和自由意志是必须争的,且须以生死力争。正如词文所示,'思想而不自由,毋宁死耳。斯古今仁贤所同殉之精义,其岂庸鄙之敢望'。一切都是小事,唯此是大事。碑文中所持之宗旨,至今并未改易。"(见该书之第111—112页,生活·读书·新知三联书店,1995年)

[9] 陈寅恪:《陈垣元西域人华化考序》,《金明馆丛稿二编》,第219页。

[10][11] 钱穆:《国史大纲》(修订本)上册"引论",及卷前"凡读本书请先具下列诸信念",香港商务印书馆,1989年,第7、1页。

[12] 钱穆:《中国历史精神》,台北东大图书公司,1976年,第7页。

[13]　张荫麟：《论历史学之过去与未来》，《张荫麟先生文集》下册，台湾大学出版委员会，1984年，第1059页。
[14]　熊十力：《哲学与史学——悼张荫麟先生》，《张荫麟先生文集》上册，第3页。

（载《文汇报》2003年7月27日"学林"专版）

悲剧天才张荫麟

张荫麟是个悲剧天才，他死的时候只有三十七岁。如果说陈梦家的古文字研究与古史写作，浸透着诗人的激情与诗笔，张荫麟则是视感情、生命、神采和直观的认知，为历史写作的必要条件。他太喜欢完美了。他要把每一篇、每一行、每一个词语都写得安稳。他的代表作《中国史纲》，虽是一部未完成的通史，却可以让他在名家辈出的二十世纪史学领域独树一帜。他用艺术家的眼光来审视历史，不假注释，却做到了无一字无来历，无一事无出处。史学和艺术的结合是张荫麟史学的特点。

贺麟是比他高三个年级的清华同学，贺在高等科，张荫麟在中等科。但青年时期贺麟就对这位同学钦服有加。古文、古诗、白话，贺认为张都比自己写得好。而张的"忘形迹无拘

张荫麟

束",指斥人非,毫不客气,贺麟体会尤深。一次讨论问题,由于意见不合,张荫麟怒拍桌子,恰好拍在一个钉子上,造成手破流血。贺麟曾担心他们的友谊因此会受到损害。但1926年贺麟准备留美,张荫麟写了一首极诚恳深永的五古为之送行:

> 人生散与聚,有若风前絮。
> 三载共晨昧,此乐胡能再。
> 世途各奔迈,远别何足悔。
> 志合神相依,岂必聆謦欬。
> 折柳歌阳关,古人徒吁慨。

而我犹随俗，赠言不厌剀。
毋为姁姁态，坚毅恒其德。
君质是沉潜，立身期刚克。
温良益威重，可与履圣域。
为学贵自辟，莫依门户侧。
审问思辨行，四者虑缺一。
愧缀陈腐语，不足壮行色。

诗写得渊雅高古，仿佛出自古人手笔。当时张荫麟才二十岁。他十七岁考入清华，1929年去斯坦福大学深造，研究哲学，虽然他的志业始终在史学。1933年回国，任教清华，教授哲学和历史两系的课程。直到抗战开始后高校南迁，又在西南联大任教。

梁任公曾因受到他的批评而称赞他的天才。熊十力也因他史、哲"兼治而赅备"而赞誉之。他的学问文章还得到了国民政府高层的注意，委员长蒋也想一睹风采，曾在重庆约见过他。据说他对国民党的宣传工作提了一些意见。大约是两不相契的缘故，不久他又回到大学的教学岗位。他的早逝，执着学问、沥血著述（写文章经常连续几个晚上不睡觉）固是因由，更主要是爱情的悲剧吞没了他。

他是广东东莞人，很早就恋着做家庭教师时教过的一位伦小姐（名慧珠），苦苦追求而无结果。单恋的痛苦，已经对身体有一定摧残。他留美回来，事情始有所好转。但伦小姐体弱多病，直到1935年才结婚。婚后两人不经常在一起，清华南迁时女方回住广东母亲家里。不料这时，独居昆明的张荫麟，与一位十年来一直倾慕他的年轻女学生，发生了刻骨铭心的爱情。他情不能禁地把恋爱经过向好友贺麟做了倾诉。贺麟说："我知道他是一个富于感情的人，我也知道他们两人间已有十年以上的友谊，他们之发生爱情是毫不足怪，异常自然的事。同时，凡是了解近代浪漫精神的人，都知道求爱与求真，殉情与殉道有同等的价值。"[1] 因此他从心里给予"了解之同情"。

可是这个当口儿，张荫麟却写信叫暂住广州的妻子携儿女来到了昆明，同来的还有伦女的母亲和姨侄女。突然膨胀的家庭于是变成了一个待燃的火药桶，夫妻间开始了有声和无声的家庭战争。冯友兰的太太住在楼上，常下来劝解。不久伦女怒而携家人重返广东。令张荫麟迷狂的恋爱对象随后也飘然离去，并事实上从此断绝往来。遭受双重打击的荫麟，觉得无颜见江东父老，乃毅然决然地放弃西南联大的教职，应聘到了地点在遵义的浙江大学。这是1940年农历七月底发生的事情。第二年十月二十四日，他就在偏远的遵义遽然而逝了，人间岁月只存留三十七个春秋。

听到噩耗的人无不为之惋惜。熊十力、陈寅恪、钱锺书、朱自清、吴晗等学界名宿，都写了诗文悼念。陈寅恪的诗，题作《挽张荫麟二首》，最后一句是："怀古伤今并一吁"。钱锺书的诗，题目直标《伤张荫麟》，首句云："清晨起读报，失声惊子死。"诗中又有句："夙昔矜气隆，齐名心勿喜"，"忽焉今闻耗，增我哀时涕。气类惜惺惺，量才抑末矣。子学综以博，出入玄与史。"[2] 盖张、钱在清华，以才高齐名，惺惺相惜，传为佳话。

钱锺书的挽诗，对张荫麟的才学充满了惋叹和赞许。诗的最后结句为："乍死名乃讹，荫蔓订鱼豕。"原来1942年10月26日的上海《沪报》，在报道张荫麟逝世的消息时，把张荫麟写成了"张蔓麟"，故钱诗因以及之。明年，2011年，就是这位天才的史学家、百不一遇的悲剧天才逝世七十周年了，谨以此稿聊表对我所倾慕的前贤的怀思。我给历届研究生开书目，张荫麟的《中国史纲》，永远是第一位的必读书。

注释

[1] 贺麟：《我所认识的荫麟》，《张荫麟先生文集》，台湾大学出版社，1984年，第43页。
[2] 陈寅恪、钱锺书之诗作均见《张荫麟先生纪念文集》，汉语大词典出版社，2002年，第285—287页。

（载《中华读书报》2003年12月31日，2010年修改）

学问天才陈梦家

有谁能像陈梦家那样,不论以什么样的机缘触及任何领域,都能结出第一流的学术果实。他是新月派诗人,二十岁就出版《梦家诗集》;大学本科学的是法律,但更喜欢古文字和古史研究,闻一多、容庚是他的老师。1944年赴美,在芝加哥大学教授古文字学,但经过三年的穷搜苦索,最后编成一巨册英文稿《美国收藏中国青铜器全集》。回国后还拟增补欧洲和加拿大的部分,以出版规模更大的《中国铜器综录》。

他先后任教于燕京大学、西南联大和清华大学,1952年院系调整调到科学院考古研究所。《尚书通论》、《西周铜器断代》、《殷虚卜辞综述》是他的代表作。七十万字的《殷虚卜辞综述》,如同一气呵成,写得清通而优美,即使对甲骨文少有所知的门外汉也会读得津津有味。考古所平素与陈梦家先生

陈梦家

稔熟的徐苹芳先生告诉我，陈是个绝顶的学问天才，他主张几个课题轮流做，不赞成死抠住一个课题不放。

但1957年那个"不平常的春天"，他和许多最有才华的知识分子一样，被强行施以"加冕礼"。可是当他以戴罪之身下放到甘肃协助地方博物馆工作的时候，接触到大量出土汉简，于是又开始了简牍学的研究。《武威汉简》一书，就是经他一手整理而成。后来自己又撰写了三十多万字的《汉简缀述》。但十年浩劫的灾难过程，他没有全部走完。1966年9月3日，他用自己的手结束了自己宝贵的生命，年仅五十五岁。此前的几天，他的出身名门的妻子（燕京大学神学院院长赵紫宸的女儿）——翻译过艾略特的《荒原》、研究英美文学的专家、北京大学英语系赵萝蕤教授，被"剃发易服"关在家中。而他自己，自裁的当天，受批判时有人用秽物浇淋到了他的头上身上。他留下的遗言是："士可杀，不可辱。"

徐苹芳先生说，陈梦家走后，赵萝蕤先生长时间精神不稳定。他们没有子女。待到这位美国文学教授事隔多少年之后，再次重游旧地、访问芝加哥美术博物馆时，她竟看到了她的已故亲人与凯莱合编的《白金汉所藏中国铜器图录》，她禁不住泪如雨下。我看过一篇赵写陈的回忆文章，其中说："他身体好，不知疲倦，每天能工作差不多10小时到12小时。他肩上曾长过一个脂肪瘤，有几个拔掉了龋齿留下的空隙没有填补上。但是他终于把瘤子割除了，牙也修配好。在这两件事办完后，我笑对他说，现在你是个完人了。"文章还说："我睡觉去了，他才开始工作。有时醒过来，午夜已过，还能从门缝里看到一条蛋黄色的灯光，还能听到滴答——滴答——他搁笔的声音。不知什么时候房间才完全黑了。"

可是写文章的人再也无法看到"蛋黄色的灯光"后面的那个"完人"的身影了。连写文章的人也在1998年离开了我们。而且他们的居所，北京美术馆后身儿弓弦胡同2号，那是不折不扣的名人故居，也被推土机铲平了。

好在《陈梦家著作集》，中华书局已经出版。除了《殷虚卜辞综述》等专学大著，《梦家诗集》、《梦甲室存文》是很好读的。《梦家诗集》的第一首诗是《一朵野花》，《梦甲室存文》第一篇文章的题目叫《不开花的春天》。《诗集》前有他二十岁的一张照片，1932年赠给赵萝蕤的，英俊、潇洒、蕴藉得像一个害羞的王子。他的英姿像他的诗一样美，他的风度像他的学问一样好。

（载《中华读书报》2003年12月31日，2010年修订）

张申府一篇文章的代价

很多人都知道北京大学的张岱年先生，声名赫赫的哲学家，2004年作古，活了九十五岁。他写于二十世纪三十年代的《中国哲学大纲》，至今仍是哲学系科学子的必读书。但对于他的兄长张申府，不用说普通民众，就是年轻一些的学人，对其人其事有较多了解的也屈指寥寥。

二十多年前山东齐鲁书社出版过一本《张申府学术论文集》，收文二十篇，第一篇就是与胡适辩难文化与文明问题，思想明快，行文简括，风格洒脱，引起了我的阅读兴趣。2004年河北出版社出版的四卷本《张申府文集》，也经友人帮助很快得到一套。

还是在九十年代初，北大中国文化书院一次召开纪念三位中国现代学人一百周年诞辰的国际学术研讨会，一位是梁漱

张申府

溟,一位是汤用彤,另一位就是张申府。在那次会上,由于听了张岱年先生不无感慨地介绍乃兄的鲜为人知的生平业绩,我从此对这位有大阅历而为人为学迥异时流的传奇式人物的历史命运,有一种特殊的关注。

早期的张申府,是一位共产主义思想的积极拥护者,曾参与组建中国共产党的活动。北京的共产主义小组,是他与李大钊一起创建的。周恩来和朱德都是经他介绍入的党。后来又参与筹建黄埔军校,担任蒋介石的英、德文翻译。周恩来出任黄埔军校政治部主任,张申府是鼎力相荐者。但后来他与蒋介石闹翻。1925年中共在上海召开"四大",在讨论党纲时,因意见不同与人发生争执，一气之下宣布退党。虽经李大钊、赵世炎百般挽留，仍不回转，决定采取"在党外来帮助党工作"的立场。从此张申府退居学府，任教清华大学，以著述、翻译、教学为务。

"九一八"事变，国难当头，他奋起疾呼，呼吁抗日，并发起北平救国联合会，随后又成为"一二·九"运动的主要领导人之一，他因此被捕入狱。"中国民主同盟"的组建工作也有他参加。但到了1948年10月，国共两党的军事大决战已见分晓，这时他在《观察》杂志上以《呼吁和平》为题撰写文章，要求双方停战。这一立场，遭到公开批判，并被民盟组织开除盟籍。

所以1949年新政权成立以后，他销声匿迹，成了没有任何发言权的人。供职单位在北京图书馆。谁知1957年旧账重提，给他戴上了一顶"右派"的帽子，处境沦落到更加不堪。据说五十年代周总理曾派人看望过他，但没有人能说得确实。

张申府生命的青春期一直热心政治，激情所自，出于对自己祖国和种族的纯真爱恋。但他智慧之优长所在是哲学。很早就毕业于北京大学数学系，但真正感兴趣的却是数理逻辑和西方哲学，尤其罗素哲学令他狂喜无状。他在《新青年》上著文称赞罗素是"现代世界至极伟大的数理哲学家"，"于近世在科学思想的发展上开一新时期的一种最高妙的新学"。

1927年，他把奥地利哲学家维特根斯坦的《逻辑哲学论》翻译成中文，书名取《名理论》，一个过了多少年之后他还很欣赏的书名。这是一本在三四十年代有影响的书。维氏哲学后世比当世走红，张申府不失为有孤明先发之见。他所致力的学术目标，是冀图把解析哲学与辩证唯物论结合起来，使之成为最理想的世界哲学。他还用一个极富哲学意味的概念涵盖自己哲学的中心点，称之为"具体相对论"。

他给自己书斋起名为"名女人许罗斋"。"名"指名学，即逻辑一门。"女"指《列女传》，他个人对此书有偏好。"人"是三国时期刘劭写的《人物志》，一本他平生最推崇的书。"许"是《说文解字》的作者许慎。"罗"自然是罗素，他最喜欢的西方哲学家。

他还说他一生有"三大爱好"：书、女人、名声。

然而这样一副极具想象力的坚强的思维头脑，当五十五岁之盛年却停止了思维活动，不是自然规律使然，是环境不容许他思维，这未免太令他痛苦也过分残酷了。

《张申府学术论文集》以年代为序，只收到1947年，以后无文。《张申府文集》，基本上也都是五十年代以前的著作，五十年代之后，加上检讨，只有十六篇短文，其中十三篇还写于八十年代以后。他自己叙录《解放以来发表的文字》，除1953年的一篇公开检讨文字《自白》，其余只有两篇极短的短文。

无怪后来他说,这篇《呼吁和平》是"毁灭了一生政治生命的东西"。

但他的自然生命到1986年才结束,享年九十有三。晚年的张申府,生活是凄惨的,他女儿写的《先父晚年生活琐记》,有些段落令人不忍卒读。

张申府晚年的一件幸事,是一位来自异域的女作家在半年时间里对他采访十八次,使他有了用自己的方式回顾自己丰富阅历的机会。

经历是痛苦的,回忆却可以得到心理的补偿,特别在自以为是非经久而论定之后。

这位女作家是美国威斯里安大学的舒衡哲教授。她根据访谈写了一本书,耶鲁大学1992年出版,书名是《说真话的时候已经到来——与张申府对话》。

张申府早年在《新青年》杂志发表的一篇文章里,有一段今天读来犹感警醒的话:"想从根本上打破以虚伪为一种特性的现世界,吾以为很有组织一个'实话党'的必要。这种党要从心理上,从形成这种心理的人间关系上,毁掉不说实话的因缘。"

舒衡哲女士在采访中发现,处于生命晚期的张申府在倾谈中经常回到他早年的这一充满激情的思想。

我生也晚,张申府先生被迫停止思维活动的时候,我还是贪玩的少年。到了渴求知识的年龄,他的言论已不复流行。仅仅由于近年涉猎中国现代学术史，才注意到张申府其人其事。

言论需要言论者付出的代价应该如此沉重么？

（写于1993年，载香港《明报月刊》）

学兼四部的国学大师张舜徽

今年，2011年，是张舜徽先生诞生一百周年。他1911年8月5日生于湖南省沅江县，没有进过学校，完全靠刻苦自学，成为淹贯博通、著作等身的一代通儒。我曾说章太炎先生是天字第一号的国学大师。章的弟子黄侃，也是当时后世向无异词的国学大师。章黄之后，如果还有国学大师的话，钱宾四先生和张舜徽先生最当之无愧。

一代通儒

钱和张为学的特点，都是学兼四部，而根基则在史学。但同为史学，钱张亦有不同，钱为文化史学，张则是文献史学。古人论学，标举才学识三目，又以义理、考据、辞章分解之。

张舜徽

义理可知识见深浅，考据可明积学厚薄，辞章可观才性高下。学者为学，三者能得其二，士林即可称雅，兼具则难矣。盖天生烝民，鲜得其全，偏一者多，博通者寡。三者之中，识最难，亦更可贵。无识则学不能成其大，才亦无所指归。张先生的识见是第一流的，每为一学，均有创辟胜解，这有他的《周秦道论发微》可证。

道为先秦各家泛用之名词，但取义各有界说。儒门论道，一以贯之，忠恕而已，性与天道，孔子罕言。韩非论道，则云明法制，去私恩，而以儒家之圣言为"劝饭之说"（《韩非子·八说》）。管夷吾论道，无外无内，无根无茎，万物之要。老聃论道,强名曰大,道法自然。庄生论道,无为无形,可生天地。先秦诸家之道说,异同异是,释解缤纷。而《荀子·解蔽》"人心之危,道心之微"一语,尤为历来研究心性之学者所乐道。《尚书·大禹谟》"人心惟危,道心惟微,惟精惟一,允执厥中"十六字,虽出自"伪古文",亦堪称中国思想的语词精要,至有被称作"十六字真传"者。

然张舜徽先生别出机杼,曰:"余尝博考群书,穷日夜之力以思之,恍然始悟先秦诸子之所谓'道',皆所以阐明'主术';而'危微精一'之义,实为临民驭下之方,初无涉乎心性。"[1] 经过博考群书、日夜思之,而认为先秦诸家之道论,乃帝王驭民之术,亦即统治术,这是张先生对于先秦思想文化史的一项极大判断。此判可否为的论?思想史学者必不然。但在张先生,足可成一家之言。因为它的立说,是建立在精密比勘抽绎诸家文本基础之上的,以诸子解诸子,旁征博引,巨细靡遗。即如道和一的关系,老云"抱一",庄云"通一",韩非云"用一",管子云"执一",《吕览》云"得一"。此何为言说?张先生写道:"皆指君道而言,犹云执道、抱道、通道、用道、得道也。'道'之所以别名曰'一'者,《韩非子·扬权》曰:'道不同于万物,德不同于阴阳,衡不同于轻重,绳不同于出入,和不同于燥湿,君不同于群臣,凡此六者,道之出也,道无双,故曰一。'韩非此解,盖为周秦时尽人而知之常识,故诸子立言,率好以'一'代'道'之名,无嫌也。"[2] 不能不承认纂解有据,而绝非腹笥空空之贸论也。

张舜徽先生的独断之识，见于他所有著述，凡所涉猎的领域与问题，均有融会贯通之解。以本人阅读张著之印象，他似乎没有留下材料之义理空白。他的学主要表现为对中国固有典籍烂熟于胸，随手牵引，无不贯通。如果以考索之功例之，则张氏之学，重在典籍之文本的考据比勘。义宁之学的诗文证史，古典今情，宜非其所长。但二百万言的《说文解字约注》，又纯是清儒《说文段注》一系的详博考据功夫。《约注》一书，可见舜徽先生积学之厚。至于文法辞章，置诸二十世纪人文大师之列，他也是可圈可点的佼佼者。他文气丰沛，引古释古，顺流而下，自成气象。为文笔力之厚，语词得位适节，断判出乎自然，五十年代后之文史学人，鲜有出其右者。这既得力于他的学养深厚，也和年轻时熟读汉唐大家之文有关。他尝着意诵读贾谊《过秦论》、《陈政事疏》等长篇有力之文，以培养文气。虽然，张先生长于为文，却不善诗词韵语，或未得文体之全，但亦因此使张学无纤毫文人之气，实现了《史通》作者刘知几说的"耻以文士得名，期以述者自命"的"宏愿"。

学兼四部

古人为学所谓通，或明天人，或通古今，或淹通文史，或学兼四部。诸科域博会全通，则未有也。张先生于通人和专家之分别，规判甚严。他说以汉事为例，则司马迁、班固、刘向、扬雄、许慎、郑玄之俦，为通人之学；而那些专精一经一家之说的"博士"们，固是专家之学也。对清代乾嘉学者，他也有明确分野，指戴震、钱大昕、汪中、章学诚、阮元诸家为通人之学；而惠栋、张惠言、陈奂之、胡培翚、陈立、刘文淇，以治《易》、《毛诗》、《仪礼》、《公羊》、《左氏传》等专学名家，则为专家之学。即以张先生界定之标准，我也敢于说，他是真正的通儒，所为学直是通人之学。

张先生为学之通，首在四部兼通。他受清儒影响，从小学入手，即从文字、声韵、训诂开始，此即清儒所谓"读书必先识字"。再经由小学而进入经学。先生所治经，以郑学为圭臬，可知其起点之高。汉代经学发达，有五经博士之设。然家法成习，碎义逃难，终至经学为经说所蔽。逮汉末大儒郑康成出，打破今古文之壁垒，遍注群经，遂为"六艺之学"立一新范。故张先生之《郑学丛著》一书，未可轻看。此书正是他由小学而经学的显例。书中《郑学叙录》、《郑氏校雠学发微》、《郑氏经注释例》三章，尤为后学启发门径。但张先生虽治经，却不宗经，以经为史、经子并提，是他为学的习惯。要之许（慎）郑（玄）二学，实为先生为学之宗基，故能得其大，积其厚，博洽而涯岸可寻。张之洞《书目答问》谓"由小学入经学者，其经学可信；由经学入史学者，其史学可信"，已由张先生为学次第得到证明。至于子学，《周秦道论发微》为其代表，前已略及。明清思想学术，亦为先生所爱重，则

《顾亭林学记》、《清代扬州学记》两书,是总其成者。集部则《清人文集别录》(上下册)、《清人笔记条辨》,识趣高远,宜为典要。

当然张先生学问大厦的纹理结构还是乙部之学,也可以说以文献史学为其显色。斯部之学,其所著《汉书艺文志通释》、《史学三书评议》、《广校雠略》、《中国文献学》、《中国古代史籍举要》、《中国古代史籍校读法》等,均堪称导夫先路之作。所以然者,因先生一直自悬一独修通史之计划,终因年事,未克如愿。晚年则有创体变例之《中华人民通史》的撰写。一人之力,字逾百万,艰苦卓绝,自不待言。仅第六部分"人物编",政治人物21人、军事11人、英杰12人、哲学19人、教育15人、医学15人、科学18人、工艺技术10人、文字学7人、文学16人、史学12人、文献学8人、地理学8人、宗教4人、书法12人、绘画12人。各领域人物共得200人,逐一介绍,直是大史家功力,其嘉惠读者也大矣。而史标"人民",复以"广大人民"为阅读对象,用心不谓不良苦。但以舜徽先生之史识史才,倘不如此预设界域,也许是书之修撰,其学术价值更未可限量。

沾溉后学

张舜徽先生一生为学,无论环境顺逆,条件优劣,从未中辍。每天都早起用功，又读又抄。抄是为了加深记忆。小学的根底，得其家传，是自幼打下的。十五六岁，已读完《说文段注》。中岁以后益增自觉，竟以十年之功，将三千二百五十九卷的二十四史通读一过。晚年，学益勤。至二十世纪八十年代，先生已年逾七旬，仍勤奋为学，孜孜不倦——

> 天热，就在桌旁放一盆冷水，把湿毛巾垫在胳膊下；汗流入眼睛，就用毛巾擦一下再写。天冷，手冻僵了，就在暖水袋上焐一下，继续写下去。雨天房子漏水，就用面盆接住；水从室外灌进屋里，就整天穿上胶鞋写作。每晨四点起床，晚上睡得很晚。就是这样，经过十年苦干，整理出了一大批研究成果。[3]

意志、勇气和毅力，是张先生为学成功的秘诀。他认为"才赋于天，学成于己"。识则一半在天，一半在己。勤奋努力与否，至为关键。为将己身之经验传递给后学，1992年初冬，当其八十一岁之时，还撰写《自学成才论》上下篇，交拙编《中国文化》刊载，此距他不幸逝世，仅两周时间。

《自学成才论》之上篇写道："自隋唐以至清末，行科举之制达一千三百余年之久，而事实昭示于世：科举可以选拔人才，而人才不一定出于科举。以高才异能，不屑就范，而所遗者犹多也。清末废科举，兴学校，迄于今将百年矣。而事实昭示于世：学校可以培育人才，而人才不一定出于学校。以出类拔萃之士,不必皆肄业于学校,而奋起自学以成其才者济济也。"又说:"自来豪杰之士,固未有为当时制度所困者,此其所以可贵也。"更标举孟子"待文王而后兴者,凡民也;若夫豪杰之士,虽无文王犹兴"之义,提出"虽无学校犹兴"才是廓然开朗、有志有为的"伟丈夫"。

张舜徽先生本人,就是"虽无文王犹兴"的豪杰之士,也是廓然开朗、有志有为的"伟丈夫"。《自学成才论》下篇,叙列王艮、汪绂、汪中等孤贫志坚的学术大家,开篇即云:"自来魁奇之士,鲜不为造物所厄。值其尚未得志之时,身处逆境,不为之动,且能顺应而忍受之。志不挫则气不馁,志与气足以御困而致亨,此大人之事也。盖天之于人,凡所以屈抑而挫折之者,将有所成,非有所忌也。其或感奋以兴,或忧伤以死,则视所禀之坚脆,能受此屈抑挫折与否耳。"所陈义固是先生一生为学经历之总结,深切著明,气势磅礴,字有万钧。"自来豪杰之士,固未有为当时制度所困"、"自来魁奇之士,鲜不为造物所厄",屈抑和挫折预示着"将有所成"。试想,这些论断,是何等气魄,何等气象!真非经过者不知也。

张舜徽先生为学的这种大气象和真精神,垂范示典,最能沾溉后学。所谓学问之大,无非公心公器也。学者有公心,方能蓄大德;视学术为公器,才能生出大智慧。我与先生南北揆隔,未获就学于门墙之内。然我生何幸,当先生晚年董理平生著述之际,得与书信往还,受教请益,非复一端。八十年代末，《中国文化》杂志筹办之始，即经由先生弟子傅道彬先生联系，函请担任学术顾问一职，蒙俯允并惠赐大稿《中华人民通史》序，刊于《中国文化》创刊之第一期。九十年代初，拙编《中国现代学术经典》启动，尝以初选诸家之列目呈请教正，先生很快作复，其中一节写道：

  细览来示所拟六十余人名单，搜罗已广，极见精思。鄙意近世对中国文化贡献较大者，尚有二人不可遗。一为张元济，一为罗振玉。张之学行俱高，早为儒林所推重，实清末民初，大开风气之重要人物，解放前一直为中央研究院院士。其著述多种，商务印书馆陆续整理出版。罗于古文字、古器物之学，探究广博，其传布、搜集、刊印文献资料之功特伟，而著述亦伟博精深，为王国维所钦服。王之成就，实赖罗之启迪、资助以玉成之，故名单中有王则必有罗，名次宜在王前。罗虽晚节为人所嗤，要不可以人废言也（六十余人中，节行可议者尚多）。聊贡愚忱，以供参考。闻月底即可与出版社签下合同，则选目必须早定。此时合同未立，暂不向外宣扬。如已订好合同，则望以细则见示。愚夫千虑，或可效一得之微也。京中多士如云，不无高识卓见之学者，先生就近咨访，收获必丰，亦有异闻益我乎？盼详以见告为祷。

张先生对罗振玉和张元济的推重，自是有见。我接受他的意见，罗后来列入了，但张未能复先生命。张先生此信写于1991年5月23日。至次年1月16日，仍有手教询问丛书之进展情形。而当我告知近况之后，张先生喜慰非常，又重申宜包括张元济的理据。现将张先生这封写于1992年4月13日的来示抄录如下，以资纪念，并飨读者。

梦溪先生大鉴：

得三月二十五日惠书，藉悉《中国现代学术经典丛书》之编纂，布置就绪，安排得体，以贤者雄心毅力为之，必可早望出书，甚幸事也！承嘱补苴遗漏，经熟思之后，则张菊生先生（元济）为百年内中国文化界之重要人物，而其一生学问博大，识见通达，贡献于文化事业之功绩，尤为中外所推崇。其遗书近由商务整理出版甚多，可否收入，请加斟酌。往年胡适亟尊重之，故中央研究院开会，必特请其莅临也。承示《中国文化》第五期即可出书，此刊得贤者主持，为中外所瞩目，影响于学术界者至深且远，我虽年迈，犹愿竭绵薄以贡余热也。兹录呈近作二篇，请收入第六期，同时发表。好在文字不多，占篇幅不多，并请指正！专复，即叩

近安

张舜徽上
四月十三日

此可见张舜徽先生对《中国现代学术经典》丛书的悉心关切。可惜他未及看到丛书出版，就于1992年11月27日邃归道山，终年八十一岁。他其实还在学术的盛期。他走得太早了。张先生写给我的最后一封信，落款时间为1992年11月9日，距离他逝世仅十八天。

注释

[1][2]　张舜徽：《道光通说》，《周秦道论发微》，中华书局，1982年，第31、35页。
[3]　《张舜徽学术论著选》（张君和编），华中师范大学出版社，1997年，第635页。

（载《光明日报》2011年6月20日国学版）

茅盾与红学

茅盾与世长辞了。学术界和文艺界平素与沈老相识或不相识的朋友,莫不感到悲痛。正如夏衍所说,茅盾是学贯中西的大家,不仅以自己的杰出的文学创作,为现代文学的发展树立了丰碑,而且在文艺学和古典文学研究方面,也有独特的贡献。他渊博的学识和严谨的治学态度,值得我们永远学习。这里,我想就手边接触到的一些材料,谈一谈茅盾与红学的关系,作为对创办《红楼梦学刊》曾给过极大关怀和支持的沈老的缅怀与追悼。

一

茅盾的古典文学造诣深湛,早在青少年时期,《三国演义》、《水浒传》、《红楼梦》等中国文学史上的名著,就

茅盾

已经烂熟于心了。1932年正式从事文学创作之前,他主要致力于翻译和文学理论的研究,曾在上海大学讲授过"小说研究课"。这方面的工作加深了他对中国文学传统的理性认知。"五四"以后的《红楼梦》研究,由于胡适于1921年发表了《红楼梦考证》,长期以来考证派红学占压倒地位,很少有人从文学创作的角度对作品进行深入探究。茅盾则不然,他对《红楼梦》的创作技巧,一向是非常重视的,这在1934年他应开明书店之约叙订的《红楼梦》洁本里,表现得尤为突出。当时出版这部书的目的,就是为了使初学写作者"学一点文学的技巧"。现在的许多青年读者,已经不记得红学史上有过茅盾叙订洁本《红楼梦》的公案了，有必要重新提及，并略述我对这一特殊的《红楼梦》版本的看法。

茅盾叙订洁本《红楼梦》，是在1934年，当时他在上海，5月间完成叙订工作，第二年由开明书店出版。洁本分上下两册，共674页，竖排，每页18行，每行43字，标点在行外，约52万字，占百二十回本《红楼梦》的五分之三。把一部艺术结构首尾贯通的长篇巨作，删削、压缩在一定的文字范围之内，而又保持故事的大体完整，不伤其精华，是一件很不容易的事情，非文章圣手，难以达到预期效果。陈独秀在1921年为亚东图书馆铅印本《红楼梦》所写的"新序"中写道："我尝以为，如有名手将《石头记》琐屑的故事尽量删削，单留下善写人情的部分，可以算中国近代语的文学作品中代表著作。"陈独秀的这个愿望，经过十三年之后，由茅盾来加以实现，恐怕他当初不曾想到。

当然茅盾很谦虚，他在"导言"中说："在下何敢称'名手'，但对于陈先生这个提议，却感到兴味，不免大着胆子，唐突那《红楼梦》一遭儿。"他为自己拟定了删削工作的三条原则，即第一，书中有关太虚幻境、神仙幻术等神话性质的情节，一般都予删除；第二，除"大观园试才题对额"外，诗词、酒令、谜语一类描写，也是删削的重点对象；第三，为缩减篇幅，部分故事情节，如茗烟闹书房、蒋玉菡的故事，以及贾琏和多姑娘的故事等，也只好割爱。同时，与删削后的故事情节的发展相适应，又重订了章回，改题了回目，没有保留原回目的联语形式，只用一简单词组标出，求其切题而已。如第一回的回目作"贾府的历史"，第二回是"林黛玉初会贾宝玉"，第三回是"薛蟠"，第四回是"刘姥姥打抽丰"，第六回是"金锁"，第十二回是"黛玉多疑"，第十六回是"小红"，第十九回是"鸳鸯抗婚"，第二十一回是"晴雯补裘"，第二十六回是"紫鹃的心事"，第三十三回是"抄检大观园"，第三十五回是"晴雯之死"，第三十七回是"林黛玉的心病"，第四十二回是"失玉"，第四十四回是"黛玉之死"，第四十七回是"抄家"，第五十回是"宝玉出家"等等。总共有五十个回次，上册二十六回，下册二十四回。茅盾在"导言"中说，他叙订的这个洁本"虽然未能尽善"，但对"想从《红楼梦》学一点文学的技巧"的人，如中学生，"或许还有点用处"，至于"研究《红楼梦》的人，很可以去读原书"。我认为茅盾提出并在实践中贯彻的删削工作的宗旨和原则，是完全正确的，这样做便于初学者阅读和学习，有助于《红楼梦》的流传和普及。洁本《红楼梦》作为诸多《红楼梦》版本之一种，有它的特色，自有其存在价值，应该促其流布。因此，当此沈老逝世的时刻，如果出版部门能考虑重新出版茅盾手订的洁本《红楼梦》，这既是纪念沈老的一种方式，对青年作者向《红楼梦》学习文学技巧也大有裨益。

值得重视的是，茅盾在洁本《红楼梦》的"导言"里，对这部伟大著作的艺术特点和文学创作的技巧的概括，可以说语语中的，至今读起来仍给人以警醒之感。他明确提出，《红楼梦》"是个人著作，是作者的生活经验，是一位作家有意地应用了写实主义的作品，所以从中国小说发达的过程上看，《红楼梦》是个新阶段的开始"。他对曹雪芹描写人物个性化的技巧极为重视，做了详尽的分析，写道："《红楼梦》写人物的个性，力避介绍式的叙述，而从琐细的动作中表现出来。林黛玉在书中出场以后，作者并没有写一段'介绍词'来'说明'林黛玉的品貌性格；他只是从各种琐细的动作中表现出一个活的林黛玉来。读者对于林黛玉的品貌性格是跟着书中故事的发展一点一点凝集起来，直到一个完全的黛玉生根在脑子里，就像向来认识似的。《红楼梦》中几个重要人物都是用的这个写法。"他还把《红楼梦》和《水浒》加以比较，认为《水浒》写人物虽然也很好，但它里面人物的个性"连接几回的描写中就已经发展完毕，以后这人物再出现时就是固定的了，不能再增添"；而"《红楼梦》里许多人物却是跟着故事的发展而发展的，尽管前面写王熙凤已经很多，你自以为已经认识这位凤辣子了，然而后来故事中牵涉凤姐儿的地方，你还是爱读，还是觉得这凤姐始终是活的"。

这些直中肯綮的评断，如不是对文学创作深有体会，绝说不出来，或者即使说出来，感受也不会那样深。茅盾自己的许多作品，如《蚀》、《虹》和《子夜》等，都从《红楼梦》的艺术描写中汲取过养料，因此他之所谈，是融会了自己的创作体会的。从事文学创作的人读起来会感到更加切近。

二

二十世纪五十年代以后，茅盾担负繁重的文化行政方面的领导工作，主要注意力放到了推动文学创作的发展上，没有更多的余暇从事古典文学的研究；但是，对红学的研究和发展的情况，他始终是关注的。1954年对俞平伯《红楼梦研究》展开批评以后，他在中国文联主席团和作协主席团扩大会议上，做了很特别的发言，虽强调学习马克思主义理论的必要，却明确表示要反对贴标签的马克思主义。他说："我觉得，我们学习马克思列宁主义没有学得好，就好像是贴满了各种各样的旅馆商标的大脑皮质上又加贴了马克思列宁主义的若干标语。表面上看，有点马克思列宁主义，但经不起考验；一朝考验，标语后面的那些乱七八糟的商标就会冒出来。如果是从那些马克思列宁主义的标语的隙缝里钻了出来，那就叫作露了马脚，那倒是比较容易发现的；最危险的，是顶着马克思列宁主义的标语而冒出来，那就叫作挂羊头卖狗肉，自命马克思主义者，足以欺世盗名。"茅盾的预言后来应验了，我们从五十年代以来一些极"左"的人身上，看到了顶着标语的假马克思主义的巨大危险。至今彻底肃清他们的流毒，仍是一项艰巨的任务。

1963年，文化部、全国文联、作家协会和故宫博物院联合举办"曹雪芹逝世二百周年纪念展览会"，茅盾给予热情支持，对研究曹雪芹和《红楼梦》起了良好的作用。更为重要的是，茅盾撰写了题为《关于曹雪芹》的长篇纪念文章，发表在1963年第十二期《文艺报》上，概括介绍了《红楼梦》的产生和曹雪芹生活的时代环境和身世经历。对历史上诸红学派别做了爬罗剔抉的分析和评价，充分肯定了《红楼梦》的深刻的思想意义及高度的艺术成就，认为这是一部"继承了中国古典文学的优秀传统而发展到空前的高峰"的作品，对封建制度种种罪恶揭露之深刻"前无古人"。这篇文章正文八千字，注文一万字，许多重要见解都是在注释里说的，正文和注释结合在一起，实为一部"红学简史"。我在《红学三十年》一文中曾说，茅盾这篇文章"因发表于已开始进行'文艺批判'的时候，不久就开始了'文化大革命'，没有受到红学界应有的重视。现在应去掉尘埋，使它固有的光彩重新放射出来"。今天读这篇文章，我认为以下几点特别值得我们关注。

首先，茅盾对历史上的各种红学派别，采取实事求是的分析态度，不简单定是非，而是结合时代环境给予准确的评价。例如对索隐派旧红学，茅盾一方面揭破了它的带有形而上学的比附的特点，另一方面也客观地指出："平心论之，索隐派着眼于探索《红楼梦》之政治、社会的意义，还是看对了的。"对不同的索隐派别，在具体评价上也有所区别，如对蔡元培的

《石头记索隐》，他认为"虽穿凿附会，顾此失彼，然其三个方法及其以康熙朝诸名士影《红楼梦》主要人物，尚能自圆其说（当然我们不能相信他的结论）"；而王梦阮、沈瓶庵的《红楼梦索隐提要》，"则论证方法凌乱，常常自相矛盾"。为什么这样说呢？茅盾写道："王、沈二氏之'索隐'除卷首有'提要'外，每回有总评，行间有夹注，'广征博引'，而穿凿附会，愈出愈奇。然而最不能自圆其说者，为一人而兼影二人乃至三人。例如既以宝钗为影小宛之一体矣，又谓其有时亦影陈圆圆，有时亦影刘三秀；至于史湘云，则谓其影射完全不同的五个人：1.顾眉楼（横波，名妓，嫁龚芝麓）；2.孔四贞（孔有德之女）；3.卞玉京、卞嫩姊妹（明末秦淮名妓）；4.长平公主（明崇祯帝之女）。盖'索隐'之道，至此而泛滥无边，随心所欲，断章取义，几乎无一事无一人不可影射，愈索愈广，而离原作本意亦愈远矣。"应该说，茅盾对王、沈的批评是很尖锐的，可是又没有简单化之嫌，因为他运用的是具体问题具体分析的方法，褒贬得当，说理细密，具有强硬的说服力。当然，这并不意味着茅盾对蔡元培的"索隐"是完全赞同的，只是肯定他在某种意义上的一定的合理性，而肯定这一点，反而会加强批判索隐派的错误的力量。学术发展的历史表明，任何一种在历史上出现并产生了广泛影响的学派，都必然有其一定的合理性，简单地宣布一种学派完全是谬说，做起来非常容易，可惜于学术的发展无补。茅盾对待旧红学索隐一派的态度,为正确地研究红学发展的历史提供了榜样。

其次,茅盾在阐发《红楼梦》的思想意义的时候,牢牢把握住了知人论世的批评文学作品的方法,把《红楼梦》放在十八世纪上半期的特定历史环境中去,从当时的经济关系里寻找一定的意识形态赖以产生的最终根源。他说:"表现在贾宝玉身上的思想积极因素,一方面是继承了李卓吾、王船山的反封建的思想传统,另一方面也是中国十八世纪上半期新兴市民阶层意识形态的反映。"他不仅这样提出了问题,还进一步做了具体分析,提出:"十八世纪上半期的中国,城市手工业和商业虽有发展,而封建经济仍占支配地位,封建政权仍然很强大,而且利用政权工具,通过垄断性的官办手工业大工场,对城市手工业和商业进行多种多样的压迫和限制。在这样的情形下,商业资本家找到了一条风险较小的出路,即以高利贷形式剥削农民乃至中小地主,进一步兼并土地,取得又是商人又是地主的两重身份。同时,大地主和官僚也放高利贷,也经商(且不说当时还有'皇商'呢),对小商人、个体手工业者和小作坊所有主进行剥削。这样,当时市民阶层的上层分子和封建地主、官僚集团,既有矛盾,又有勾结;而市民阶层的广大底层(小商人、个体手工业者和小作坊所有主)则经济力量薄弱,且处于可上可下的地位,对封建主义又想反抗又不敢、不能反抗到底。这就决定了当时市民阶层思想意识中的积极因素(要求废除封建特权,要求个性解放等等),从来不是以鲜明的战斗姿态出现，这也就决定了他们反封建之不会彻底（正如李卓吾、王船山反封建思想不能完全彻底，而带着时代的和阶级的烙印），这也就决定了十八世纪中国市民阶层之历史命运——不能发展为资产阶级。"又说："《红楼梦》中贾宝玉的一生，象征了当时新兴市民阶层的软弱性和它的历史命运。"就我平素接触到的材料，对《红楼梦》产生的时代做出这样简括而又鞭辟入里的分析的，似还不多见。这正是《关于曹雪芹》这篇文章的光彩之处。茅盾认为，解放后《红楼梦》研究的不足，是对这部书的时代背景和社会基础的研究重视不够，因此较详尽地论述十八世纪上半期的社会特征，他是有意识这样做的。

第三，茅盾的《关于曹雪芹》这篇文章，集中反映了他的严谨的治学精神和坚持平等讨论的学术作风。他对曹雪芹生平活动和《红楼梦》成书过程的许多疑难问题，一般都不贸然做结论，也反对别人贸然做结论。关于后四十回的作者问题，历来聚讼纷纭。"五四"以来，高鹗补作说渐占上风，至二十世纪六十年代初，范宁在影印杨继振旧藏的《红楼梦稿》的时候，再次提出怀疑，认为是程、高刻本之前一位不知名姓的人士所续。茅盾说，"还未便作最后的结论"，"仅凭一个乾隆抄本，周春和舒元炜的一句话，似未便作为铁证，剥夺了高鹗补书的劳绩"。对后四十回的评价，他也主张态度要尽量客观，不同意像有的研究者那样，"把高鹗补书说得一钱不值"。曹雪芹的卒年问题，红学家们争论了三十多年，"壬午"和"癸未"两说相持不下，茅盾认为"双方都持之有故，言之成理，然而又都缺乏绝对的证据使对方心服"。鉴于这种情况，茅盾认为"暂时不作结论，有利于百家争鸣，从而将有可能获得更圆满的结论"。事实证明茅盾的意见是正确的。现在又有人提出了新说，对甲戌本第一回里"能解者方有辛酸之泪"一段批语，做出了新的解释，认为"壬午除夕"四个字是批语署年，批语为畸笏所写，因此"壬午说"便不攻自破了，癸未说也不能再以"除夕"为时间依据。看来这个问题确如茅盾所说："既有两说，则以百家争鸣精神，争个水落石出，是只有好处，没有坏处的。"还有，茅盾在征引各家的观点时，都一一注明出处，体现了对别人研究成果的尊重，即使不赞成对方的观点，态度也是平等的，这种作风对发展学术讨论和学术研究至为重要，应大大发扬。

三

茅盾的《关于曹雪芹》一文发表于1963年底，不久所谓"文艺整风"就开始了。文化部首当其冲，随后又开始了"史无前例"的时期，国家遭受磨难，他自顾不暇，自然无法再过问曹雪芹和《红楼梦》。

直到1973年初，红学家吴恩裕先生将其新发现的曹雪芹的佚著和传记材料呈送给茅盾过目,才又重新唤起了他对红学的兴趣。他当即复吴恩裕一信,表示祝贺,并希望"更有新的发现",或至少能看到《瓶湖懋斋记盛》的全文。同年12月,茅盾写了一首《读吴恩裕同志近作曹雪芹佚著及其传记材料的发现》的七律,书赠给吴恩裕先生,原诗是:

> 浩气真才耀晚年,曹侯身世展新篇。
> 自称废艺非谦逊,鄙薄时文空纤妍。
> 莫怪爱憎今异昔,只缘顿悟后胜前。
> 懋斋记盛虽残缺,已证人生观变迁。

对曹雪芹的思想特征做了新评价。《废艺斋集稿》的真伪,红学界存在着不同的看法,依我之浅见,断言其真实无误,固然感到证据尚稍嫌欠缺;论定其为伪,更显得无信而有征的第一手材料做坚强后盾。1977年秋天,一次我去看望沈老,谈到《废艺斋集稿》的真伪问题,他说在没有新的可靠的证据出现的时候,与其指其为伪,不如先信其为真。我认为茅盾对待曹雪芹佚著的态度是适当的。吴恩裕先生在沈老的热情鼓舞下,搜寻雪芹的有关传记材料更见辛勤了。1979年12月,吴先生不幸逝世,茅盾抱病写了追念文章,开头就说,"吴恩裕同志是红楼梦研究的专家,特别是曹雪芹佚事的发掘者",深表惋惜。谁知未及二载,我们又来悼念茅盾先生,抚今追昔,不免令人感慨系之。

茅盾前几年还写过一些题咏《红楼梦》人物和故事的诗词，立意警拔，情趣盎然，为《红楼梦》爱好者所喜爱。如《补裘》写道："补裘撕扇逞精神，清白心胸鄙袭人。多少晴雯崇拜者，欲从画里唤真真。"诗中晴雯的形象呼之欲出。又如《葬花》写林黛玉："高傲性格不求人，天壤飘零寄此身。谁与登茵谁落溷，愿归黄土破红尘。"《赠梅》写妙玉："无端春色来天地，槛外何人轻叩门。坐破蒲团终澈悟，红梅折罢暗销魂。"都深得人物性格底里、神韵。因这些诗词大都在报刊上发表，读者可亲自翻检，余不略及。下面，我想着重谈谈，《红楼梦学刊》在筹办和创刊的过程中，茅盾给予的关怀和支持。

多年以来，《红楼梦》的研究者和爱好者就希望有一个专门的刊物，为毫无拘束地探讨红学问题提供园地。这个愿望终于在1979年得以实现了。当时，文化部和文学艺术研究院（现中国艺术研究院的前身）的负责人，给予这项事业以种种支持。首都及外地的红学专家们表示热情赞助，百花文艺出版社又大力协助和积极配合，遂实施得很快，从拟议到出刊，仅三个多月的时间。为了尽可能多地吸引广大的《红楼梦》研究者，学刊组成了一个较大的编委会，并聘请茅盾和王昆仑做学刊顾问。茅盾慨然允诺，亲自为学刊题写刊名，并参加了编委会成立大会。他说："我非常赞成这项事业，是一个促进科学发展的大好事。学刊一年出四期，每期二十多万字，我相信不光在国内，对国外也会有影响。"《红楼梦学刊》第一辑出书后，我送样书给沈老看，他异常兴奋，说这是个创举，过去从未有过；对刊物的印刷和装帧技术，也极口称赞，说"百花是有名的，书印得好"。我请他给学刊写文章，他说体力不行了，主要写一点回忆录，其他无法如愿。尽管如此，当吴恩裕先生逝世以后，他还是写了《追念吴恩裕同志》一文，发表于《红楼梦学刊》1980年第三辑。他还向学刊推荐过其他作者写来的研究《红楼梦》的稿件。作为顾问，茅盾对刊物尽到了应尽的责任。

1980年6月，美国威斯康星州首府麦迪逊，有国际《红楼梦》研讨会之举，《红楼梦学刊》主编冯其庸及编委周汝昌、陈毓罴等，应邀赴美参加了会议。发起和筹备这次会议的美国威斯康星大学的周策纵教授，在致冯其庸先生函中，表示倾慕茅盾的学识，希望得到茅盾的手书，以为会议增色。当时沈老正在医院治疗，我请韦韬和陈小曼（茅盾的公子及夫人）转告后，沈老病中挥毫，以他俊秀的书法写了一首七律：

> 红楼艳曲最惊人，取次兴衰变幻频。
> 岂有华筵终不散，徒劳空邑指迷津。
> 百家红学见仁智，一代奇书讼伪真。
> 唯物史观精剖析，浮云净扫海天新。

陈小曼女士亲自将手书送到我家，起飞的头天晚上，我交给了冯其庸先生。后来得知，茅盾的诗作和法书受到了国际《红楼梦》研讨会与会者的称赏。

茅盾的一生，是为文化为国家的一生，他对祖国文化事业的贡献，是多方面的，就中也包括自三十年代以来对红学所做的贡献。上面谈的这些，只是一个粗略的轮廓，很难尽其万一，且不免有误，不过略述一个《红楼梦》爱好者的眷念之情而已。我想，后世的涉猎红学的人，当不至忘记沈老在从事文化事业和文学工作之余，对促进红学的发展所做的劳绩吧！

（写于1981年4月，载当年出版的《红楼梦学刊》）

"花落花开，水流不断"
——缅怀赵朴初先生

赵朴初先生逝世了，我并不感到意外。九十多岁的老人，这两年一直住在医院里。终归是一天天往人生的尽头走去。几周前与内子谈起，已有淡淡的不祥预感。四月上旬至五月中，南行养疴，先后在南京、扬州、常熟、苏州、上海、杭州逗留，多处看到朴老的字。没想到回京不久，就传来噩耗。坐落在北京南城东绒线胡同内南小栓胡同一号那所温馨的宅院，这几天一定悲戚肃穆而忙碌罢。我知道我应该却不必前去打扰。陈邦织先生也需要安宁。更没有想写悼念文字。但是，当看到报上朴老遗体火化的消息，遗嘱中有如下的字句："生固欣然，死亦无憾。花落花开，水流不断。我兮何有，谁欤安息。明月清风，不劳寻觅。"我感到虽不一定却有必要写点什么了。

我与朴老相识，是1975年的秋天，经李一氓先生的介绍。

赵朴初

当时正参加《红楼梦》新版本的校订，遇有版本校勘方面的疑问，常向氓老求教。一次谈及佛学问题，氓老说："我不懂佛学，你去找赵朴初。"于是写了一封信，并打了电话，荐我前去拜谒。从此便有了在南小栓胡同一号听赵朴老谈"缘"说"法"的机会。只不过时值四逆横行，国运少安，每当谈讲学问之余，难免议及时事。朴老的习惯，对国运兴衰的观感，常寄之以诗。且边吟诵，边随手书写，与友人共赏。1975年，社会上忽有评《水浒》之举，朴老以《读水浒传》为题，成诗四句："废书而长叹，燕青是可儿。名虽蒙浪子，不犯李师师。"恰好那一天我在，他用铅笔写在一张薄薄的稿纸上，笑着看我赏读。当发现我领会了三四两句的"今典"意涵时,他朗声大笑。这首诗1978年出版的《片石集》中没有收录,我保留有当时的手迹。

惊心动魄的1976年,是我与朴老接触最多的一年。总理逝世,举国同悲。清明祭扫,共讨逆贼。那是民意群情得以充分表达的历史时刻。然而"四五"运动,惨遭横暴,一夜之间,天安门广场风云变色。朴老写了一首《木兰花令》抒写愤懑的情怀:"春寒料峭欺灯暗,听雨听风过夜半。门前锦瑟起清商,陇地丝繁兼絮乱。人间自古多恩怨,休遣芳心轻易换。等闲漫道送春归,流水落花红不断。"一改惯常的温柔敦厚的诗风,几乎是金刚怒目了。他特地用宣纸写一小幅送给我,我知道这首词实含有对青年对后学的激励勖勉之意,相期不管风云如何变幻,也不更易人生定念,即使是已经归去的春天,也会披着新装重新走来。

新时期开始以后,朴老预闻国政,担负日重。我问学写作,又平添许多庶务,便自知不该多去打扰朴老了。整个八十年代,我们都很少见面。但朴老1977年给我写的一副对联:"天道无亲常与善,人才非正不能奇。"始终挂在我的书房里。对联附题识:"十年教训,得此一联。天道作自然法则历史法则解。与犹亲也。无亲而常与,非正则不奇,相反相成之理,不甚然欤。"1987年初秋的一天下午,我正伏案写作,猛一抬头,看见朴老联语的题款是"一九七七年九月",倏忽之间已过去十个年头，抚今追昔，不禁感慨顿增。遂信手草一信寄给朴老，感谢十年来这副联语对我的激励，同时坦告，此时的心境更喜欢王国维的两句诗："云若无心常淡淡，川如不竞岂潺潺。"没过几天，朴老就以娟淡秀美的笔墨，写来了静安诗句，下款署"丁卯中秋"，一个更加不容易忘记的日子。

1990年《中国文化》创刊一周年研讨会，朴老于百忙中参加了，并讲了话。他赞同我们确定的"深研中华文化，阐扬传统专学，探究学术真知，重视人文关怀"的办刊宗旨，勉励我们即使遇到困难，也要想办法把刊物办好。此前的一年，具体时间记不得了，我与朴老曾见过一面。在朴老家里。像往常一样，朴老坐在背南朝北的单人沙发上，我坐在旁边长沙发的右侧，近膝倾谈。但这次朴老面色凝重，很少笑容。他慢吟着说："殷有三仁焉"，"微子去之，箕子为之奴，比干谏而死"。我知道，《论语》里讲这个故事，下面还有柳下惠不能枉道事人而三次被黜的记载。因此我提到了柳下惠。但朴老如同没有察觉，仍喃喃念诵："殷有三仁焉！殷有三仁焉！"

最后一次见到朴老，是1998年5月，端午节的前一日，《世界汉学》创刊的时候。提前打电话给陈邦织先生，安排下在北京医院会面的时间。已经很久没见过朴老了。此前的一次是1996年2月，纯属偶然。我随内子探视冰心妈妈，吴青说赵朴老就住隔壁。下楼时见朴老的房门开着，不由回身，迟疑地轻轻走了进去。朴老和衣、穿着鞋、闭目仰卧床上，双手挽脑后，在安详小憩。注目致意片刻,正欲离去,朴老醒来,认出是我站在他的床前。迅即坐起,问这问那,欢悦非常。不一会邦织先生回来,我便告辞了。朴老一边送一边自言自语:"故人情呵!故人情呵!"朴老这句话,几年来一直萦绕在我心里。

《世界汉学》创刊座谈会朴老未能出席,因医嘱不宜离开医院。但他为这本新刊物的出版题写了贺语。本来以为随便写句什么话也就是了,陈邦织先生拿过来他常用的那种薄薄的稿纸,可是朴老不要,伸手去取宣纸,并拔开了毛笔的笔帽。略加沉吟,写出诗句:"汲古得修绠,开源引万流。"末署"世界汉学创刊志庆,赵朴初敬贺",并亲手压上刻有朴初二字的阳文图章。令我感愧惊喜的是,为《世界汉学》题词,朴老同时还想到了他喜欢的《中国文化》,两联诗句,各指一刊。笔者十余年的微薄而艰辛的努力,朴老只用两句话,即概括无遗。这是朴老最后一次对我的勖勉,也是我终其身命也不敢或忘并永远愿为之努力的为学轨则。

我和朴老最后这次见面,他还并非偶然地讲起了佛教的"因缘"与"因果"。《中国文化》第十四期上刊有庞朴先生笺释方以智《东西均》的文章,题目为《黑格尔的先行者》。朴老一边翻看一边说道:"方以智、黑格尔,已经晚得多了。辩证法是从释迦牟尼来的。佛教讲缘,缘就是条件。任何事物的存在,都需要条件,都有其成因。因上面还有因,可以不断地追上去。但要问最初的因是什么?回答是没有的。佛教不承认第一因，也不主张有最后的果。我们讲事物的因果，是指在长河中截取一段，这一段有因有果。万事万物，无始无终。"朴老说着哈哈大笑，说他在讲佛学了。他写的《佛教常识问答》，我自然读过，但当面聆听"因"、"缘"、"果"的讲释，确为生平第一遭。

听朴老讲释佛理，讲者心悦，我亦欢喜。如同这次诵读讲者之遗嘱，心生大欢喜，应知去来处。朴老停止了呼吸，却没有死。他的爱心，他的善念，他的慈悲，将永留人间世。

"花落花开，水流不断。"

（载《光明日报》2000年6月22日）

"高文博学，海外宗师"
——怀念柳存仁先生

一

刚送走季羡林、任继愈两先生，就传来了久居澳大利亚的柳存仁先生逝世的消息。时间是2009年8月13日上午11时15分，终年九十二岁。不久前刚收到他的信，告以体内有积水，足部微肿，尝住院疗治。他还为无大碍而释然呢。信的落款时间为"七月十六日"，距他远行只有二十余天。而信封上接收局的邮戳，则为2009年8月9日，是他不幸而逝的前三天。由于此信的内容殊为珍贵，兹特全文抄录出来以飨读者：

> 梦溪吾兄史席：前得五月间远道惠寄大刊《中国文化》最近期两册，甚为慰欣。拙文乞常指疵，俾得附骥，大编中奖饰逾恒，实当不起，更乞多加鞭策，俾得稍有寸

柳存仁

进耳。接尊刊后不久，弟即住入医院。自丁亥间去西安随喜，忽瘿足疾，不乐少履。返此间后，医生言体内积水分，宜加排除。近又发现足部微肿，或与肾脏有关系，需入医院加细检察。近始返家，幸尚无大碍。惟需多些休息，减少午夜抄阅劳顿，思之诚然。贱龄已九十二，近来举止颠顿，大异九十年代在京捧晤时之灵便，似不得不为左右言者耳。弟因失聪，听电话时感困顿，赐书乞作短笺为幸。惟府上电话，迁新第后，想旧号或已更新，便中仍乞并传真号码一并见示，俾必要时联系，则远人念兹在兹者耳。专此奉谢并遥祝俪福。弟存仁再拜。七月十六日。

尊刊本期《中国文化》已寄赠左首两人，皆专研摩尼教者也。
广州中山大学历史系林悟殊教授
瑞典Dr Peter Bryder
Department of Comparative Religion
University of Lund
Bredgatan 4, 522221
Lund, Sweden

我不知道，这是不是他写给友朋的最后的文字，但确是写给我的最后一封信。

二

我与柳先生初识于1980年国内首届《红楼梦》研讨会上，来往渐多起来是二十世纪八十年代末我开始创办《中国文化》杂志。承他俯允担任刊物的学术顾问，并先后有五篇文章赐给《中国文化》发表。这就是第十期的《马来西亚和汉学》、第十一期的《道教与中国医药》、第十三期的《藏文本罗摩衍那本事私笺》和《古代的幽默》，以及第二十九期的《金庸小说里的摩尼教》。信中所说的"《中国文化》最近期两册"，指的即是今年春季号总二十九期。由于该文有极高的学术价值，我在此期的"编后记"中予以特殊推荐，并介绍了柳存仁先生的学术成就和治学特点。这段文字是这样写的：

> 本期柳存仁先生《金庸小说里的摩尼教》一文，开启了武侠研究和宗教研究的新生面。柳先生精通《道藏》，小说史和道教史是其专精的两个域区，而尤以研究小说和宗教的关系享誉学林。写于1985年的《全真教和小说〈西游记〉》，就是这方面的代表论作。他还出版过英文著作《佛道教影响中国小说考》。现在又通过对金庸小说宗教门派的研究，将摩尼教在中国传布的情形作了一次历史的还原，钩沉索隐诸多不经见的珍贵史料，融大众欣赏的说部与枯燥无味之考据于一炉，虽不过四万余言，实为一绝大的著述。钱锺书先生称柳先生"高文博学，巍然为海外宗师"。余英时先生叹美其治学精神则说："他的著作，无论是偏重分析还是综合，都严密到了极点，也慎重到了极点。我在他的文字中从来没有看见过一句武断的话。胡适曾引宋人官箴'勤、谨、和、缓'四字来说明现代人做学问的态度，柳先生可以说是每一个字都做到了。"但当世真知仁老博雅渊深之学者甚乏其人，故余英时先生致慨："新史学家恐怕还要经过几代的努力才能充分地认识到他的全部中英文著作的价值。"（见柳著《和风堂新文集》之余序，新文丰出版公司，台北，1997）英时先生还披露，单是仁老多次阅读《道藏》的笔记，就有数十册之多，真希望这些稀世珍奇之初始著述能够早日印行面世。

柳先生信中所说的"奖饰逾恒",盖即指此。但我有些后悔写下了这些文字。特别关于期待他的《道藏》笔记能够早日面世,本应是现在可以说的话,却说在当时了,于今思之,实所不该。

三

国内学术界对柳先生了解是比较少的,一般读者更鲜知其人其学。可是当看了钱锺书先生和余英时先生的评价,我们应该知晓其在世界范围内的学术地位。钱锺书先生称柳先生"高文博学,巍然为海外宗师",绝非虚美之辞。以我对柳先生的粗浅了解,他完全当得。余英时先生说"新史学家恐怕还要经过几代的努力才能充分地认识到他的全部中英文著作的价值",也是物则有据的学理判断。因为钱也好,余也好,他们的眼界极高,从不轻易许人。

我所目睹,1991年6月新加坡国立大学中文系主办的"汉学研究之回顾与前瞻国际会议",和1993年马来亚大学召开的国际汉学研讨会,柳先生都是特邀主讲嘉宾,而尤以前者规模更其盛大,全世界稍见头脸的汉学家悉皆出席,仅列入名册的代表就有二百八十多人。柳先生在开幕式上以《从利玛窦到李约瑟:汉学研究的过去和未来》为题发表主旨演讲,大会主席陪侍一旁,礼仪隆重,全场肃穆而无不为之动容。

柳存仁先生的籍贯是山东临清,1917年8月12日生于北京。

早年毕业于北京大学国文学系，亦曾获伦敦大学哲学博士和文学博士学位。后长期定居澳大利亚，担任澳大利亚国立大学中文讲座教授，以及亚洲学院院长等教职。他还是英国及北爱尔兰皇家亚洲学会会员，也是澳大利亚人文科学院首届院士。1992年获澳大利亚政府颁发的AO勋衔和勋章。国际汉学界公认他是顶尖级学者。

上海古籍出版社出版的《和风堂文集》暨《和风堂文集续编》，以及台湾出版的《和风堂新文集》，是他专著之外的重要学术论文的结集。上海古籍出版社1991年还出版过他的文化随笔集《外国的月亮》，我们从中可以体会他的文史知识和文笔情趣。其实青年时期他还写过剧本和小说。我与柳先生的联系所以比较多一些，一则由于彼此都涉猎过红学，二则由于《中国文化》的创办和对相关问题的探讨，三则也与他的一部长篇小说重新在国内出版有一定关联。

四

刚好1993年12月23日这个日子我有记录，晚八时左右，柳存仁先生突然打来电话，说人在北京，第一次携家人到国内旅游，明天就返回，没有惊动任何人。我意识到他是有什么事需要和我见一面，于是立刻赶往他下榻的台湾饭店。原来他让我看一本书，他写的唯一的一部长篇小说，叫《青春》，1968

年香港初版。我说国内也许可以重版此书。他开心地笑了，答应可以暂放我处。三年之后，天津百花文艺出版社出版了这部五十多万字的小说，只不过将书名改作了《大都》。当然是经过柳先生同意改的。百花主人初意恐书的内容尚不够"青春"，故提出易名问题。柳先生于是改作《四季花开》，但百花嫌意涵稍轻，建议叫《故都春梦》或《故都》。最后柳先生定名为《大都》，与书中所写清末至二十年代中期京城的人物与故事，庶几能相吻合。

我与柳存仁先生有较多的通信，始于二十世纪九十年代初，迄今已有十七八年的时间，单是他写给我的信就有七十通之多。就中涉及《大都》出版事宜的，有十余通。他的信内容非常丰富，从不就一事而写一事，而是顺手牵引诸多文史掌故，娓娓道来，幽默细腻，妙趣横生。比如因讨论书名可否叫《故都春梦》，他会联想到鸳鸯蝴蝶派名家张恨水，以及民国十八九年阮玲玉演的一部无声电影。而且还插入一段鲜为人知的"今典"故实。他写道："说起张先生（指张恨水），有一逸事，是口头听人讲的。八十年代中国要人胡先生曾莅此间，有区区教过书的洋学生在外交部服务任接待者，曾陪同坐飞机，不免闲谈。胡公告以中国小说以张先生写得最好。"此语于张于胡均无贬义，而是觉得此掌故甚隽，可入"世说新语"。因为柳先生对张的作品是颇具好感的，连《啼笑姻缘》第一回的回目"豪语感风尘倾囊买醉，哀音动弦索满座悲秋"，他都背得出。只不过《大都》的写作，他认为还是属于"五四"新小说的一流，故取名宁愿远离鸳鸯蝴蝶派的"风花雪月"。

1996年6月，百花文艺出版社正式出版了《大都》，装帧设计柳先生均称满意。接着在8月20日，趁柳先生来北大出席道教会议之便，我们中国文化研究所专门召开了一次学术研讨会，在京学者、作家严家炎、钱理群、陈平原、赵园、韩小蕙，以及百花的社长、责编和天津的评论家夏康达、金梅等出席研讨。大家谈得很热烈，专家视角，言皆有中。柳存仁先生最后致谢辞，说："师姑生子，众神护持。"他强调自己的这部"旧作"，主要是写那一时期的几个忧郁幽悒的妇人和可怜的孩子，他的同情始终在妇人与孩子的一边。

1995年10月6日他给我的信里，也曾谈到《大都》的这一主旨，写道："主旨实在要说，不论什么民族，什么体制，一定仍得有做人的道德。此为看到今日青年、今日社会如饮狂药，所以有此文字，现代化了的世道人心的关怀。"他希望现实世界中能够有"真的人"存在。而所谓"真的人"，并非指传统的"圣人"，而是"有血肉有情感，真实不欺的人"。"真实不欺"四字，揆诸今天，极平常而分量极重。

五

《大都》研讨会之后，1998年在北京，2000年在台北，我们又有过几次学术会议上的不期之唔。虽然他当时已年过八旬，但精神很好，我不禁暗暗为之欣慰。可是2001年的4月，他接连两次突然晕倒，终于不得不为心脏安上起搏器。同年4月26日的信里，已告知此一情况，并感慨"贱龄八四，衰疲亦已逾格矣"。而第二年11月17日的长信里，写得更为详细：

> 不意去年四月五日，共内人上街，返程坐在公共汽车上（我们这里多数人有车，如弟之坐公共汽车者，往往可数，是不会很挤的），不知怎地，忽然晕了过去，醒时不知怎地是躺在车中地面上的，救护车已来，即抬上车，弟满面羞愧，平生无此窘境。送医院检示言无恙，氧气一吸，胸臆大畅，也就无事了。两小时后即回舍间。不意次日共友人及内人去一间饭馆"饮茶"，在座上人忽又变卦，再送医院，则四月六日了。住院中又五天，每天检验，最后说弟的心脏跳动失常，偶然会停摆。此皆有记录可查，弟不能不信，遂于第五天施手术，在胸肩之际种入一个pacemaker，中文曰起搏器。手术很正常，当天即出院了。现在坐飞机，检查身体会有异声，故医院又出了一张特别卡，作为过关的令箭，其余无所苦也。

尽管柳先生仍然像往常那样幽默乐观，但此后写给我的信，每每讲起他的身体状况，这也正是我所关心的。因为他只要身体允许，便难辞却演讲或者会议的人情之约。此次心脏病发作，

276　　现代学人的信仰

实与发病的前一月，即2001年3月，赴香港出席道教节并以"老子和太上老君"为题发表演讲过度劳累有关。

六

孰料事有不单行者。心脏病发作的第二年，先生又因视力严重受阻，不得不施行手术，割去双眼的白内障。但手术的预后并不理想，阅读文字反而需要戴一种像放大镜似的眼镜。以前患白内障未经割治时，眯着眼勉强能看清楚报上的文字，现在却非戴那个笨重的放大镜不可了。因此先生颇有后悔之意。但他在2002年11月17日的信里说："然世间亦乏治后悔的药，吾又何尤？"这是一封很长的整整三页纸的信，在最后一页他又写道：

还有一层下情，也当告诉您，就是我的眼睛施手术后，常会发生一种黏黏的半液体似的东西，最近才似乎好了些。有时候眼睛又会觉得有一种也许别人看不见的光线，只自己能看见，有时在黑暗的甬道走，忽然左边或右边会看到有一盏小灯似的，刚才觉得它有，立刻这光就自己没有了，不知何故。问我的医生，他听了我的报告，"笑而不言心自闲"。也有人说，这样的光有害，也许慢慢会影响到眼球的下面，底下的地方retina者，眼球最后的薄膜，它要是坏了，人就看不见东西了。希望区区的肉眼还不至于这样的倒霉。

柳先生心脏病和眼病之后的痛苦和乐观情状,这封信里表露无遗。

但接下来的打击更让他难以承受。这就是2003年的冬天,与先生一生甘苦与共的老妻,经医检发现患有乳癌,医治三载终归无效,于2006年4月28日不幸去世。柳先生在2006年1月20日的信里写道:"前年冬季发现内人患乳癌,以年纪较大(今实足八十七,弱弟一岁),乳旁为有淋巴结核lymph nodes,不宜电疗,经医生推荐用药疗chemotherapy,每周只用药注射一次。而其治甚苦,经过数月,头发悉脱,顶如比丘尼,行动无力,说话声音低喑。"此情此境,加上家中只有夫妇二人,原来一直都是老妻照料先生的生活起居,现在则变成"生活杂乱,起居无节",故信的结尾,情不能禁地发出了"北望中原,不胜綦念"之叹。

而2006年5月28日的信中则告知:"内人不幸已经不在了,她于上月二十八日逝世,年阳历八十八岁,现在荼毗已毕,弟成了孟子所说的鳏夫了。"6月23日函又告余:"内人罹胸癌之疾,历三年余,至今春(北半球之春)乃加剧,四月二十八日不幸去世,年八十八。"孟子鳏夫之说,见于《梁惠王下》:"老而无妻曰鳏,老而无夫曰寡,老而无子曰独,幼而无父曰孤。此四者,天下之穷民而无告者。文王发政施仁,必先斯四者。"由先生引孟子，可知他处境的孤独与凄凉。

这也就是2006和2007两年间给我的信里，何以一而再、再而三地提起老妻病逝一事的潜因。2007年1月17日的信里说："舍间仅一男一女（谓内人及区区也），一人生病，另一人自难离开，固已不在话下。去岁四月底内人病逝，舍间堆积甚繁，不止开门七事，平时内人管的，弟俱不记渠恒言'生在福里不知福'。今则弟自作自受孽，盖可谓深受其报矣。结缡六十四年，奈何！"2007年4月1日一信又写道："去年四月底内人去世，寿八十八。弟在舍间杂务顿增，忡忡若有所失。"此可知先生当时寂寞无助的苦况。

而且由"结缡六十四年"一语，可推知先生结婚的时间系1942年，二十五岁，夫人当时为二十四岁。先生之子女，各有自己的专业职司，平时无法尽在身边照料。子为医生，也年过六旬，工作在悉尼。女儿在母亲离去后时来帮助"治具共食"，使先生稍破寂寥。

七

先生身体正常之时，每年都有外出讲学或参加学术会议的安排，早些年去得最多的是中国的香港、台湾，以及新加坡和马来西亚，近些年也曾多次到过北京和上海。但2004年自己以及老妻患病之后，有三四年的时间不曾"出远门"。2006年12

月,饶宗颐先生九十岁生日的庆会,柳存仁先生出席了。因为有做医生的儿子全程随侍,虽年已八十九岁,往返还算平安顺利。

但2007年3月香港中文大学新亚书院邀为主讲钱宾四讲座,共三次讲了三个题目,然后又去台湾,还第一次到了台南的成功大学,返港后再赴西安的道德经论坛。这样自3月底至4月29日,前后一个整月的时间,尽管也有人陪同,显然是过于劳顿了。致使返程由西安经港,不得不以轮椅代步。而甫及回到澳大利亚住所,便住进了医院。本文开头所引最后一信所说的"自丁亥间去西安随喜,忽瘿足疾,不乐少履。返此间后,医生言体内积水分,宜加排除"等等,就是指此而言。

不用说是九十岁的老人,即使是一中年人或者青年人,连续一个月频换地址的旅行演讲,也会让身体有吃不消之感。所以先生在2007年5月30日(返回澳大利亚住院后未久)的信里,在向我讲述此次出行经过的时候,不免痛乎言之,说"三月至四月间弟作了些愚而可数的傻事"。

八

柳存仁先生的离去在我是很突然的。如果不是那一个月的过度劳累,我想他也许不会走得这样快。他有着惊人的学术生命力,即使近五六年每信必及年龄与身体,好像在预示着什么，也始终不曾或离艺文与学术。《中国文化》杂志每次收到，他都有所评骘。

前引主要谈患病经过的2007年5月30日这封信，最后一段也还是关于《中国文化》，2007年春季号，他刚收到。此期有龚鹏程兄《土默热红学小引》一文，柳先生连类写了好长一段话："在台南看见了龚先生，这一期他的土默热红学看了很让人折服。弟于《红楼梦》所识甚薄，对此亦无异说，只是觉得现在有这样的新意见，龚先生加以分析，登在尊刊上是很可宝贵的。私意则以为此案归诸曹公的线索不止一条，曹学固可不治，但知道《红楼梦》之外还有曹家，也就很复杂的了。今又拉远拉早到明末，则范围益大，颇疑此一方面清初诸老时代与之更接近者，何以不一疑及，今既疑之，何不更多找些结实的材料来和曹学或索隐派学者重辨资料，此固读红、涉红的人所共关心者也。"

他并不以为土默热的观点可以完全论定，《红楼梦》曹著说也不见得已然被推翻，但不同的意见发表出来总是好的。特别由拙编《中国文化》来刊载，他见之而喜，因此使用了"很可宝贵"一词。他信中还提到持曹著说最力的冯其庸先生是不是表达了什么意见，问"冯宽堂（冯先生号宽堂——笔者注）等人有没有新消息"。先生称自己对《红楼梦》书"所识甚薄"是过谦了。其实他治《红楼梦》极具心得，1994年撰写的《王湘绮和〈红楼梦〉》，发表在翌年"中研院"文哲集刊第七期，曾蒙见寄抽印本，那是一篇绝妙的好文。

　　柳先生护惜我们的《中国文化》杂志，经常勖勉有加，但遇有舛误，也会不吝指教。2006年秋季号的《编后》在介绍作者和文章时，有"本期刘梦溪先生《论国学》一文"的措辞，先生看后以为不妥，随即在2007年1月17日的来示中写道："编后话未署名，文中称梦溪为先生，而卷首即梦溪为主编，梦溪素本谦卦六四爻俱吉，此一笔漏重印时可稍移易，信无褒贬也。"此一教示令我极为感动，当即复函致歉致谢。《编后》虽非我所写，但实难辞失察之责。《易》"上经"第十五卦"谦"，其六四爻为"无不利，㧑谦。"《象》辞则曰："'无不利，㧑谦'，不违则也。""㧑谦"指奋发向上之谦。盖先生在期许于晚辈的同时，其督责亦分毫无漏。

　　我们的通信，先生总是有信必复，我则未能做到四时节候都及时问候。一次许久未向先生通音问，故在信里讲起，平素和友朋对坐，也曾有默然无语的时候。先生回示讲了一则故实警示于我。他说与一老辈长期书信往来，中间有一段时间居然有去无还，电话中问起，对方直说并无他因，只缘近来懒惰耳。这是先生写给我的七十余封信里，仅有的两处对我直接垂教的地方。前者关乎文则，后者关乎礼仪。

九

　　我与柳存仁先生另外还有一次奇遇，不妨在这里一并向大家告白。那是2003年的10月份，我曾有澳大利亚之行，随同本院的学术访问团，其中16日在堪培拉有一个下午和一个晚上的时间。由于临行匆忙，竟未将先生的电话带在身边。我急得不知如何是好。当晚用餐后，陪同者开车送我们回宾馆，途经一路段的英文名称是Condamine，我大呼柳存仁先生就是这条街！陪同者先将其他成员送回住地，然后带我在这条街上慢慢寻访。车行没有几步，突然见路左侧小径的深处有一朴拙的房舍，我说停下来看看。待一敲门，开门者不是别人，正是柳存仁先生。

世界上竟然有如此蹊跷的事情，由不得不信造物的神奇伟力。柳先生也没有想到我会突然而至，他的高兴自不待言。这已经是他心脏发病的两年之后了，语言思维无任何问题，只是身体明显地向左倾斜。我们照的一张合照，我居左他居右，冲出来一看，先生的头部紧紧地歪向我的一侧。因急于寻觅先生，我的一只假牙落在酒店了，说起话来颇不雅观。柳先生说他的许多老友都有此经历，"我们管这叫无齿（耻）之徒"。说罢我们相视大笑。又过了两年，2006年，先生在5月28日写给我的信里，还提到"前两年您过澳洲摄寄的照片仍在架上"云云。

先生无论为文还是写信，字写得极小，密密麻麻，若非熟读，颇难辨识。心脏患病后，字不仅小，而且一溜往左侧倾斜。故先生信里多次引书家柳诚悬（柳公权字诚悬）"心斜则笔斜"语，自我调侃。2006年1月20日函云："此篇又写斜了，昔柳诚悬言'心斜则笔斜'，吾为此惧。"5月28日之信尾又云："纸无行格，字愈写愈斜。昔吾家诚悬先生言心不正则字不正，大可怵戒也。"病患缠身，亦不改幽默的习惯。

1994年为《大都》出版时，涉及小说正文中数字的写法，2月1日的函示中加一附语："国内出版小说，其中数目字皆改印亚刺伯数字，如10月、20元之类，弟较不习惯。幸十分高兴尚未作10分高兴，一宿无话尚未作1宿无话耳。一笑！"读来令人忍俊不禁。

十

接连多天整理重读先生的信函，其和蔼宽仁的音容宛然如在。又想到不久前给我的最后一封信，真有东坡"不思量，自难忘"之感。二十年来柳存仁先生对我的相惜之情和沾溉之益，我无法忘怀。如果有人问我，柳先生的学问精神有哪些值得晚生后学汲取呢？我可以用他信里的一段话作答。

2003年1月22日，我写了一封比较长的信，涉及了他治学的一些方面，于是他在2月6日的复示里写道："辱荷谬赏，高明前贤而外，时人又以选堂先生为比拟，弟荒陋何敢上侧饶公，无论先辈前贤。所自勉者，不轻妄语；有失必自己认错；看书必看完全部；于闲书力之所及，有读过周匝者；如是而已，不足为外人道也。"其中以分号隔开的几句话,即"不轻妄语;有失必自己认错;看书必看完全部;于闲书力之所及,有读过周匝者",可视为他一生为学经验的总结,同时也是他的治学格言。此亦可印证余英时先生所称美的"他的著作,无论是偏重分析还是综合,都严密到了极点,也慎重到了极点。我在他的文字中从来没有看见过一句武断的话",确是知者的平实之言。

真理原来如此简单。

可尊敬的我们学界的仁厚长辈柳存仁先生将永远活在愿意和学问沾边的人的心里。

(2009年9月24日写毕于京城之东塾,载《中国文化》2009年秋季号)

现代学者晚年的宁静

鲁迅的《关于太炎先生二三事》，有一段人们都记得的话："太炎先生虽先前也以革命家现身，后来却退居于宁静的学者，用自己所手造的和别人所帮造的墙，和时代隔绝了。"

其实不只太炎先生，"五四"前后的中国现代学者，许多都有与太炎先生相类似的经历，往往是早岁参加革命，中年以后专心向学，晚年退居宁静。问题是如何评价这种现象，这种现象的出现是学者主观的原因，还是客观社会环境的原因？应该用心理学的方法加以解释，还是需要求助于文化社会学？

熊十力回忆说："余在清光绪二十八九年间，即与王汉、何自新诸先烈图革命，旋入武昌兵营当一小卒。时海内风气日变，少年皆骂孔子、毁六经，余亦如是（皮锡瑞在清末著《经学史》一小册，曾谓当时有烧经之说，盖实录也）。辛亥武昌首义，神州光复，蔡子老主张学校禁止读经。余初未措意，旋见吾党诸新贵似不足办天下事,而旧势力之腐坏,亦岌岌不可终日。余自度非事功才,始决志从中国学术思想方面用一番功力。"[1] 其由投身革命军旅而转为专一的学者的经历,熊的自述已讲得明白。而黄侃,也是很早参加同盟会,在湖北东南一带曾是声名显赫的群众领袖,民元以后,宋教仁遇刺,袁世凯弄权,黄即对腐恶政治不再抱幻想,决心将兴国爱族之心,寄寓于学术文章。太炎先生为表彰黄氏素节,特作《量守庐记》,说当时"欲取朱紫,登台省,突梯足恭,以迷其国而自肥",或"寡得以自多,妄下笔以自伐;持之鲜故,言之不足以通大理;雷同为怪,以炫于横舍之间,以窃明星之号"的人物正多,但"季刚之不为,则诚不欲以此乱真诬善,且逮于充塞仁义而不救也"[2]。

当年求新不遗余力的梁任公,晚年也有所悔悟,尝自道爱博用浅之病,深以"屡为无聊的政治活动所牵率,耗其精而荒其业"为苦,而提出:"凡学问之为物,实应离'致用'之意味而独立生存,真所谓'正其谊不谋其利,明其道不计其功'。质言之,则有'书呆子',然后有学问也。晚清之新学家,欲求其如盛清先辈具有'为经学而治经学'之精神者,渺不可得,其不能有所成就,亦何足怪?"[3] 说得至为沉痛,也很透彻,连自己都打入了"不能有所成就"的"新学家"之列。

这样看来,中国现代学者的由激扬而转为宁静,主要的还是学术本身的原因和社会原因,学者个人年龄和心理的变化还在其次。目睹政治现状怪异腐恶，自知不可为不愿为也就不为了。因此鲁迅对章太炎的评价，似乎有未尽的一面，用陈寅恪先生倡言的评价古人的著述"应具了解之同情"的态度相衡量，尚存一定距离。何况，即使公认的已"退居于宁静的学者"，其晚年的生活际遇和内心世界是否真正获得宁静，也还是个问题。

章太炎逝世前一直为实现全面抗战而奔走呼号，始而撰文陈辞，继而与熊希龄、马良等组织国难救济会，联合六十多位著名知识分子电告当局，要求召集国民会议，成立救国政府。1932年1月28日上海十九路军奋起抗击日军侵略，他倍受鼓舞，不顾年高体病，愤然北上，找张学良、段祺瑞，又向爱国军人和学生演讲，并致函顾维钧，希望他身为外交官，要有殉国的勇气。直至1936年夏天，生命垂危之际，仍在遗嘱中告诫子孙，万一中国被日人统治，绝不可担任官职。可见太炎先生的晚年内心并不宁静。黄侃临终前也曾问家人："河北近况如何？"叹息说："难道国事果真到了不可为的地步了吗？"这是1935年10月8日，比太炎先生的病逝于1936年6月14日，仅早半年时间。所以黄之墓志铭竟是其师太炎先生所写，其辞曰："微回也，无以肾附；微由也，无以御侮。虽上圣犹恃其人兮，况余之瘣腐。嗟五十始知命兮，竟绝命于中身；见险征而举翻兮，幸犹免于逋播之民。"[4]

最早传播新学于海内的侯官严复，因曾列名于筹安会，晚

严复

年颇遭訾议,因而"闭门谢客,不关户外晴雨"。但看他写给熊纯如的信,一则曰"中国前途,诚未可知,顾其大患在士习凡猥,而上无循名责实之政";再则曰"吾人学术既不能发达,而于公中之财,人人皆有巧偷豪夺之私,如是而增国民担负,谁复甘之?即使吾为国家画一奇策,可得万万之赀,以为扩张军实之用,而亦不胜当事之贪情欲望,夫如是则又废矣"[5]。对国事的瘁劳,未尝稍减。那么侯官的心情,未必很宁静罢。熊十力晚年,正遭遇国家的巨变奇劫,穿褪色长衫,腰系麻绳,端坐桌前,凝望写有孔子、王阳明、王船山名字的白纸条,形似贫僧,心涌波涛,其如同自撰联语所形容的:"衰

杨文会

年心事如雪窖，姜斋千载是同参。"

难得例外的是中国近代新佛学的创始人杨文会，虽早年任侠，好读奇书，又有操办团练，与太平军作战的记录，也曾随曾纪泽两使欧洲，考察与学习英法各国的工业和政治，但天命之年过后，目睹"世事人心，愈趋愈下，誓不复与政界往还"，专以刻经传典和筹办佛学教育为职司。1908年在金陵刻经处开设"祇洹精舍"佛学学堂，1910年创立佛学研究会，逢七日讲经，每月开会，景况极一时之盛。当晚年卧病之际，只有一事让他"心颇戚戚"，即经营多年的《大藏辑要》尚未完成。此事一旦有托，他便"熙怡微笑"，午刻嘱家人为之濯足剪指甲,"须臾小解,身作微寒,向西瞑目而逝,面色不变,肌肤细滑不冰",真正吉祥而逝,时在1911年农历八月十七日。而他的弟子欧阳竟无大师卒于1943年2月23日,虽然也是"安详而逝",却因国难期间,创办未久的南京支那内学院内迁四川江津,精刻大藏并进一步传道弘法的愿望未尽实现,其心境就没有杨老居士那样安宁了。

注释

[1] 熊十力:《论六经》,《熊十力全集》第五卷,湖北教育出版社,2001年,第761、762页。
[2] 章太炎:《量守庐记》,程千帆、唐文编《量守庐学记》,生活·读书·新知三联书店,2006年,第5—6页。
[3] 梁启超:《清代学术概论》,《梁启超论清学史二种》(朱维铮校注),复旦大学出版社,1985年,第80页。
[4] 章太炎:《黄季刚墓志铭》,《量守庐学记》,第2页。
[5] 《严复集》第三册"与熊纯如书",中华书局,1986年,第619、620页。

(写于1991年8月,载香港《明报月刊》)

附录一

儒家话语下的宗教与信仰

1

中国人有信仰吗？照说不是个问题。其实一直是一个问题。所以成为问题，是由于迄今为止，绝大多数西方人都认为中国人没有或者缺少信仰。中国人自己回答这个问题，也没有十足的底气。学术界更长期存在争论，至今仍未能在这个问题上给出妥切的答案。

中国不是有佛教和道教吗？难道不是信仰吗？

这里，需要对信仰一词稍作分疏。所谓信仰，应该指一种带有宗教意味的终极关怀。佛教自东汉传入中国之后，经历了繁复的本土化的过程。它在中国社会裂分为两条途径。往知识阶层里面走，出现禅宗，禅宗流于智辩，其信仰的成分大大减低。往民间社会走，出现世俗化的趋向，香火虽盛，信仰却不能说是牢固不移。民间宗教的适用性取向和为我所用的特点甚为明显。

至于道教，属于自然宗教性质，神出多门，不易取信。如果以西方的宗教理念来衡量，终极关怀一词宜乎与佛道二教无缘。

2

那么儒家呢？这涉及学术界的一个争论，就是儒家到底是不是宗教。我个人不赞成把儒家宗教化。大史学家陈寅恪先生也明确讲过"儒家不是真正的宗教"。

儒家虽不是宗教，但儒家一向有重"教"的传统。"教"是儒家思想的应有之义。其"教"应解释为教化之"教"。因此唐宋以还盛行"三教合一"的说法，可以看作是"教化"思想的殊途同归。

因为佛教和道教，实际上也担负着对其拥趸和信众的教化任务。儒释道"三教"对"天生烝民"的态度，都是以"教"而"化"之相期许。

中国文化的这一特异之点，使得中国历史上从来没有宗教战争，中华民族也从来不排外。这也就是，孔子的弟子子夏为什么能够讲"四海之内皆兄弟也"。孔子还说："夷狄入中国，则中国之。"《易经》的系辞也说："天下同归而殊途，一致而百虑。"《中庸》则说:"万物并育而不相害,道并行而不相悖,小德川流,大德敦化,此天地之所以为大也。"所谓"大"者,就是能容能化。

这是儒家的文化态度,也是儒家的包容精神,同时也是中华民族的文化态度和中华民族的包容精神。

3

问题是应该对这种现象做怎样的解释。

大史学家也是大思想家陈寅恪说:"中国自秦以后,迄于今日,其思想之演变历程,至繁至久。要之,只为一大事因缘,即新儒学之产生,及其传衍而已。"[1]按佛教的说法,佛陀出世是一件"大事因缘"。陈寅恪先生把宋代新儒学的产生与传衍,看作是中国思想史的"一大事因缘"。

这样说的道理安在?主要是通过宋儒的改造融解过程,终于使外来之佛教完成了实现中国本土化的最关键的步骤。

儒家从先秦两汉一直到宋代,经过几个发展阶段。春秋战国时期是思想家的思想。汉代儒学成为和社会制度结合起来的学说。宋代大儒朱熹出来,创建理学,使儒学成为系统的哲学思想。宋明理学吸收了道教和道家的思想,吸收了佛教特别是禅宗的思想,实现了空前的思想大汇流。由于是儒释道三家融合过的思想,所以可以称作"新儒家"。

4

儒家为什么有如此的包容性？我认为，主要由于儒家不是真正的宗教。不是宗教，所以没有排他性。孔子思想涉及历史、文化、制度、人伦各个方面，但对宗教与信仰问题他似乎有所保留。他的名言是"祭神如神在"、"敬鬼神而远之"、"未能事人，焉能事鬼"、"未知生，焉知死"，以及"子不语怪力乱神"等。他雅不情愿在这个问题上多发表意见。

"祭神如神在"最多是要求祭祀的人应该对神保持一种礼敬的态度，而不是必然的信仰。因为当孔子这样说的时候，已经对信仰对象做了一种假设，而信仰对象是不能够假设的。"敬鬼神而远之"也是表达对鬼神的一种礼敬的态度。

我们由此看到了孔子思想在宗教与信仰问题上所有的和所没有的东西。有的，是礼仪和礼敬，没有的，是终极意味的信仰。

5

孔子强调"执事敬"、"修己以敬"、"行笃敬"。孟子释"义"的时候也说"行吾敬而已"。早期儒家已经把"敬"视作社会人伦甚至生之为人的基本价值。宋儒深悟此理，更大张旗鼓地提出"主敬"的概念。"敬"既是道德伦理，又是中国人和中国社会普遍持久的人文指标，不妨看作是中国文化话语里面的具有永恒价值的道德理性。

孔孟等先秦儒家和宋儒提倡"主敬",目的是要使中国人的文化性格庄严起来。如果说在宗教与信仰层面,儒家思想尚留有某种空缺的话,那么"主敬"思想的提出,应是一种恰如分际的补充。

何谓敬?敬是自性的觉照庄严。觉照系佛家语,有虚明照澈之意,也可以解作人的本性的庄严。所以《中庸》里说:"自诚明,谓之性。"又说"唯天下至诚,为能尽其性,能尽其性,则能尽人之性"。《中庸》里还有"齐庄中正,足以有敬"的话。

"齐庄"就是庄严,也就是人性的庄敬。"至诚"则不为俗尘物欲所遮蔽。二程子说:"当大震惧,能自安而不失者,惟诚敬而已。"[2] 当一个人遇到某种不可抗拒的意外,遭遇大的变故,身心受到大的震撼,却能够安稳自定,而不手足无措,只有牢固秉持诚敬之心的人,才有可能做到。

这种情境之下,诚敬已经成为当事人的不可移易的信仰。

6

所以二程子说:"君子之遇事,一于敬而已。"[3] 而切忌"简细故以自崇",也就是不用一些无关紧要的细琐之事来安慰自己。也不自作聪明,"饰私智以为奇",也就是不施用一些小技巧来搪塞蒙蔽自己。因为这些都是内心缺乏诚敬的支撑,亦即没有信仰。

信仰之境的"敬",可以使一个人的意志不发生动摇。所以孔子说:"三军可夺帅也,匹夫不可夺志也。"怎样使得自己的"志"不被夺去?按马一浮先生的解释,"敬"就有这种奇妙的作用。他说:"何以持志?主敬而已矣。"[4] 又说:"以率气言,谓之主敬;以不迁言,谓之居敬;以守之有恒言,谓之持敬。"

这是告诉我们,如果要让此一"诚敬"之心守之有恒,持之不迁,则"居敬"和"持敬"是必不可少的修持功夫。"居敬"、"持敬",才能"主一"。也就是二程子之一的弟弟伊川所说的:"主一者谓之敬。"[5] 如此来解释、界定"敬",显然已使"敬"的价值意涵带上了终极的意味。

7

诚和敬是连同在一处的。不诚则不敬,不敬也就没有诚。二程子说:"诚然后能敬,未及诚时,却须敬而后能诚。"[6] 诚敬,诚敬,敬则诚,诚则敬,二者是一而二、二而一的关系。而且诚与信可以互训。按《说文》:"信,诚也。"段注曰:"诚,信也。"无诚则不信,反之,无信亦无诚可言。

中华文化立国之大本和立人之大德,无非诚信二字。益信"敬"之为德具有终极价值,是不诬也。

"敬"还与礼仪的重建密切相关。孔子说:"为礼不敬,临丧不哀,吾何以观之哉?"如果用一个概念范畴来表达礼仪的内涵，那就是"敬"。中国自古号称礼仪之邦，主要是有"敬"存焉。

8

因此，信仰是终极，诚敬是本体，功夫在约束。

所谓"约束"，就是"约之以礼"。所以孔子说："博学于文，约之以礼，亦可以弗畔矣。"（《论语·雍也》）意即一个知识广博的人，如果懂得用礼仪来约束自己，便不至于做出不合适的举动来。孔子还说："以约失之者鲜矣。"（《论语·里仁》）意思是，由于约束自己而发生过失，这种情况太少见了。

"约之"，就是建筑在理性自觉基础上的自省之道。自省的目的，为的是保持诚敬忠信。忠信有疑，就是诚敬有疵。改变之道，在于"克己"，在于"修己"。

孔子"克己复礼"一语，释证缤纷，莫衷一是。其实"复礼"就是复性，也就是恢复诚信，重构"敬"的价值本体。而做到了诚敬和诚信，也就达到了"仁"的境界。然则圣人"克己复礼为仁"的"六语掾"，意在斯乎？意在斯乎？

9

所以我认为，"敬"之一字，足可唤醒个体生命的人性尊严，足以维持社会人伦的基本价值。"敬"既是道德伦理，又是中国人和中国社会永恒的人文指标，也是中国文化背景下具有终极价值的道德理性。

中国人不是没有信仰。我们的信仰不在彼岸，而是在此岸。即事即理，即心即理，即性即佛。不必登舟，无须拾筏，此岸同样可以实现超越。中国人精神信仰的特点，是不离开自身，不著意外求。

注释

[1] 陈寅恪：《金明馆丛稿二编》，《陈寅恪集》，生活·读书·新知三联书店，2001年，第282页。

[2][3]《二程集》下，中华书局，1981年校点本，第1227、1221页。

[4]《马一浮集》第一册，浙江古籍出版社、浙江教育出版社，1996年，第108页。

[5][6]《二程集》上，中华书局，1981年校点本，第315、92页。

（此文是2009年10月22日在哥本哈根召开的"中欧第二届文化对话会"上的论文报告）

附录二

一架子书和一所荒凉的花园

　　我的不同时期，书的影响比较清晰。童年时代，在1949年以前，发蒙时期，对我影响最深的，是《三字经》、《论语》和侠义小说。当时不能够完全理解，但是《论语》念起来很舒服，《三字经》的语句铿锵悦耳，"苟不教，性乃迁，教之道，贵以专。昔孟母，择邻处，子不学，断机杼……养不教，父之过，教不严，师之惰"，现在我还能脱口而出。《论语》也是这样，小时候能背很多。后来长时间不接触，但只要一接触，就回来了。

　　《论语》的思想，和《三字经》是互相联系的。都是教你做一个好人，知仁知义，走君子之道。小时候发蒙多背些东西，对训练记忆力有好处。学界熟悉我的朋友，都说我记忆力比较强，这和小时候背很多东西有关。越是年龄小的时候背的东西，越不容易忘记。中学、大学即使背下，也容易忘记。当时的《百》（家姓）、《三》（字经）、《千》（字文）、《语》、《孟》发蒙，对我日后进入中国传统文化，有铺垫预热的作用。

侠义小说对我的性格很有影响。我父亲会讲这些书，比如《小五义》、《大五义》、《大八义》、《小八义》、《三侠剑》等，里面渗透一种打抱不平的英雄主义和正义精神。

念新式小学以后，要我说哪本书对我影响最大，反而不清晰了。小学的时候，我继续偷偷读武侠，但老师不让我读。那时候看的是苏联文学，《卓娅和舒拉的故事》，《钢铁是怎样炼成的》，但是我觉得构不成对我的影响。

比较明显的是初中，我产生了对中国诗词古文的特殊喜欢。《唐诗三百首》、《古文观止》，其他古代诗文等，背了很多。和一个要好的同学一起背，互相比赛着背。中国诗词很优美，古人文章简洁典雅，对后来文章写作，对审美，都有好的影响。

高中我一头扎进了欧洲十九世纪文学，不知读了多少。托尔斯泰、屠格涅夫、巴尔扎克、雨果、罗曼·罗兰、普希金、拜伦。读西方这些文学作品，容易滋生爱情的情绪。我最喜欢的是普希金，诗、小说都喜欢。普希金的作品，有一种温情的清雅。很喜欢念他的《假如生活欺骗了你》。《奥涅金》里达吉雅娜写给奥涅金的信，我一字不漏地抄在笔记本上。信中有一句话，还给了我一种人生意象，影响我一生。意思说我没有太多的需求，只要有一架子书，和一所荒凉的花园，就很满足了。现在念这句诗，还使我心动。当然，我现在不是一架子书了。

我的读书生活不足为法，不构成现在的典范性。但小时候背诵的训练，使我进入学术比较便利，有时它会变成思维的符号，丰富你的想象。许多古诗文能脱口而出，会使语言比较讲究，不堕入流俗。年纪逐渐大了，我反而会很清晰地想起小时候父亲讲了什么话，母亲讲了什么话。小时候的生活有了某种复活，历历在目。

现在，由于自己做研究，大部分时间都是专业阅读，但是我的阅读习惯，使我在阅读时，并不仅仅满足找材料，会把某一本书又重读一遍，这使我写作的时间拖得很长。好处是，"学而时习之"，对文本的理解会往深里走。我期待的，是一种闲适阅读，没有目的的阅读。比如我现在经常还会念一些诗，看一些无用但有趣的书，带来一种愉悦。

我对目前少年儿童阅读的建议是，阅读的关键在于不要偏食，应该进行非常丰富广泛的阅读，书籍的选择面要广，小时候开始也要念一些外国的书，外国的诗，特别是童话和寓言。

（载《中华读书报》2011年6月8日之《阅读导刊》）

补：感谢陈香，如果不是她的循循善诱，我说不出这些记忆中的话。